RUTH RENDELL
Der Fieberbaum

Buch

In diesen elf Storys beweist Ruth Rendell wieder einmal, welche Meisterin im Ausloten von menschlichen Abgründen und in der Beschwörung von unheimlichen Stimmungen sie ist.
So begibt sich in der Titelgeschichte »Der Fieberbaum« ein Ehepaar nach langer Trennung zum ersten Mal wieder gemeinsam auf Reisen und unternimmt eine große Safari nach Afrika. Doch von Anfang an liegt ein Schatten über der Reise – an deren Ende der Jäger selbst zum Gejagten wird. Oder aber wenn ein herzloser Mann seine langjährige Verlobte wegen einer anderen Frau verlässt, dann weiß man, dass man auf das Schlimmste gefasst sein muss – doch bei Ruth Rendell kommt es immer noch bei weitem schlimmer und erschreckender.

Autorin

Ruth Rendell wurde 1930 in South Woodford/London geboren. Nach der Schule arbeitete sie zunächst als Journalistin, bevor sie sich ganz dem Schreiben widmete. Seitdem hat sie an die dreißig Romane veröffentlicht. Dreimal schon hat sie den Edgar-Allan-Poe-Preis erhalten; außerdem wurde sie zweifach mit dem »Golden Dagger« von der Crime Writers' Association für den besten Kriminalroman ausgezeichnet. Ruth Rendell, die auch unter dem Pseudonym Barbara Vine bekannt ist, lebt in London.

Von Ruth Rendell außerdem im Goldmann Verlag lieferbar:

Alles Liebe vom Tod (43813) · Das geheime Haus des Todes (42582) · Der Krokodilwächter (43201) · Der Kuss der Schlange (43717) · Der Liebe böser Engel (42454) · Der Tod fällt aus dem Rahmen (43814) · Die Besucherin (43962) · Die Brautjungfer (41240) · Die Werbung (42015) · Flucht ist kein Entkommen (43815) · Eine entwaffnende Frau (42805) · Mord ist des Rätsels Lösung (43718) · Mord ist ein schweres Erbe (42583) · Phantom in Rot (43610) · Schuld verjährt nicht (43482) · Der Herr des Moors (44566) · Die Herzensgabe (44363) · Die Tote im falschen Grab (43580) · Die Verblendeten (43812) · Leben mit doppeltem Boden (44590) · Mancher Traum hat kein Erwachen (44664) · Urteil in Stein (44225) · Wer Zwietracht sät (44672) · Der gefallene Vorhang (45388) · Lizzies Liebhaber (43308) · Durch Gewalt und List (44978) · Kein Ort für Fremde (45012) · Der Mord am Polterabend (42581) · Schweiß der Angst (44979) · See der Dunkelheit (44910) · Der Sonderling (45004) · Das Verderben (45129) · Die Wege des Bösen (44980)

Ruth Rendell
Der Fieberbaum

Storys

Aus dem Englischen
von Ilse Bezzenberger

GOLDMANN

Die Originalausgabe erschien 1982
unter dem Titel »The Fever Tree«
bei Hutchinson, London

Umwelthinweis:
Alle bedruckten Materialien dieses Taschenbuches
sind chlorfrei und umweltschonend.

2. Auflage
Taschenbuchausgabe September 2003
Copyright © der Originalausgabe 1982
by Kingsmarkham Enterprises Ltd.
Copyright © der deutschsprachigen Ausgabe 2003
by Wilhelm Goldmann Verlag, München,
in der Verlagsgruppe Random House GmbH
Deutsche Übersetzung mit freundlicher Genehmigung des
Verlagshauses Ullstein Heyne List GmbH & Co. KG
Umschlaggestaltung: Design Team München
Umschlagfoto: Zefa/Meier
Satz: DTP-Service Apel, Hannover
Druck: Elsnerdruck, Berlin
Titelnummer: 45443
An · Herstellung: Sebastian Strohmaier
Made in Germany
ISBN 3-442-45443-3
www.goldmann-verlag.de

Für
Catherine, Pam und Brett Jones

Inhalt

Der Fieberbaum 9

Der Tag des Jüngsten Gerichts 35

Eine glänzende Zukunft 54

Außerberufliches Interesse 67

Ein merkwürdiger Zufall 84

Stechapfel 106

May und June 158

Eine Nadel für den Teufel 172

Uferbank 199

Malkastenplatz 219

Die falsche Kategorie 246

Der Fieberbaum

Wo es Malaria gibt, dort wächst der Fieberbaum.

Er hat fedrige, farnähnliche Blätter, frischgrün und zart, wie sie bei vielen Bäumen in tropischen Regionen vorkommen. Sein Erscheinungsbild ist anmutig und hat ein Flair von Jugendlichkeit, so als warte jeder Fieberbaum erst noch darauf, erwachsen zu werden. Das Hervorstechendste an ihm jedoch ist die Farbe seiner Rinde. Es ist das Gelb unreifer Zitronen. Fieberbäume unterscheiden sich von allen anderen durch ihre schlanken, gelben Stämme.

Ford wusste, wie der Baum genannt wurde, und er erkannte ihn auch, aber sein botanischer Namen war ihm fremd. Auch hatte er nie gehört, weshalb man ihn Fieberbaum nannte – ob die Eingeborenen seine Blätter oder Rinde oder Früchte als Arznei gegen die Malaria verwandten, oder ob der Name einfach nur von seiner warnenden Gegenwart herrührte, überall dort nämlich, wo es Malaria übertragende Moskitos gab. Bei seinem Anblick hier in Ntsukunyane spürte er denn auch förmlich ein Fieber in seinem Blut aufsteigen.

Ein Afrikaner in Khakishorts und -hemd öffnete ihnen den Schlagbaum, sodass sie das Tor passieren konnten. Drinnen sah es nicht anders aus als draußen, derselbe Busch, still, reglos, von keinem Windhauch bewegt, erstreckte sich nach beiden Richtungen. Während er auf der Teerbetonstraße die zweieinhalb Kilometer zur Rezeptionsbaracke fuhr, dachte Ford, wie es wohl wäre, wenn er jetzt den Kopf wandte und er sähe Marguerite neben sich auf dem Beifahrersitz. Dieser Illusion nachzuhängen war ihm zu gefährlich – und einen Moment später hatte sie sich auch wieder verflüchtigt. Tricia zerstörte sie. Sie begann ihn mit ihren Schulmädchenfragen zu traktieren, vorgebracht mit hoher, unnatürlicher Stimme.

Es war wieder ein Schwarzer, aber in prächtigerer Uniform, mit weit mehr Verzierungen, der ihren Buchungsbeleg entgegennahm und ihn mit der Gästeliste verglich. Man musste Wochen im Voraus zahlen für das Privileg, sich hier aufzuhalten. Ford hatte einen Tag, nachdem er Marguerite Lebewohl gesagt hatte und – für immer – zu Tricia zurückgekehrt war, seine Buchung vorgenommen.

»Meine Frau wüsste gern die Gebietsgröße von Ntsukunyane«, sagte er.

»Vier Millionen Morgen.«

Ford pfiff angemessen anerkennend. »Haben wir die Chance, einen Leoparden zu sehen?«

Der Mann zuckte die Achseln und lächelte. »Wer weiß? Sie können Glück haben. Sie sind ja eine ganze Woche hier, da werden Sie sicherlich Löwen, Elefanten und Flusspferde sehen, vielleicht auch einen Geparden. Der Leopard aber ist ein Nachttier, und Sie müssen ja immer bis sechs Uhr abends im Camp zurück sein.« Er sah auf die Uhr. »Ich rate Ihnen auch, fahren Sie jetzt weiter, Sir, wenn Sie es noch bis Thaba schaffen wollen, bevor die dort die Pforten schließen.«

Ford stieg wieder in den Wagen. Es war beinahe vier. Die Sonne Afrikas, eine lebende Allgegenwart, eine eigene Gottheit, brannte durch einen Dunstschleier. Es ging kein Windhauch. Tricia, in blassgelbem Sonnenkleid mit

Rüschen, hatte ihren Arm aus dem offenen Fenster gehängt, und die blondbehaarte Haut war glutrot. Er teilte ihr mit, was der Mann gesagt hatte, und berichtete ihr auch von dem Aushang drinnen in der Baracke: ›Es ist streng verboten, Schusswaffen ins Wildreservat mitzunehmen, Tiere zu füttern, die Geschwindigkeitsgrenze zu überschreiten und Abfälle zurückzulassen.‹

»Und vor allem darf man nicht aus dem Wagen steigen«, ergänzte Ford.

»Was? Überhaupt nicht?« Tricia machte ihre blassblauen Augen rund und – wie Murmeln.

»So steht es da.«

Sie zog ein Gesicht. »Bescheuerter, beschränkter Vorschriftenkram!«

»Man braucht sie halt«, erwiderte er.

Ja, man brauchte sie – hier drinnen genauso wie draußen in der Welt. Es ist streng verboten, sich zu verlieben, seine Frau zu verlassen und zu versuchen, ganz von vorn anzufangen. Er warf einen Blick zu Tricia hinüber, um zu sehen, ob ihr wohl die gleichen Gedanken durch den Kopf gingen. Sie hatte ihren neckischen Gesichtsausdruck aufgesetzt, lieb, niedlich.

»Eine Belohnung«, rief sie eifrig, »für den, der zuerst ein Tier sieht!«

»Na schön.« Er hatte sich auf diese Versöhnung eingelassen, auf diese Ferienreise mit ihr, diese zweiten Flitterwochen, und jetzt musste er es eben versuchen. Er musste sich Mühe geben. Es würde nicht so einfach geschehen, wie die Liebe zwischen ihm und Marguerite da gewesen war, unvermutet und unbeabsichtigt.

»Und wer stiftet die Belohnung?«, fragte er.

»Wenn ich gewinne, du, und wenn du gewinnst, dann ich. Und wenn ich es bin, dann möchte ich ein nettes, kleines Geschenk aus dem Camp Shop; eine sehr hübsche, sehr teure Kleinigkeit.«

Der Gewinner war Ford. Er sah ein einzelnes Zebra aus dem Dornengestrüpp auf der rechten Seite heraustreten und dann eine kleine Herde. »Krieg *ich* nun ein Geschenk aus dem Shop?«

Er spürte es mehr, als dass er es sah, ihr affektiertes Kopfschütteln. »Nein«, sagte sie, »du kriegst einen Kuss.« Und sie presste warme, trockene Lippen auf seine Wange.

Es machte ihn unmerklich schaudern. Ford verlangsamte das Tempo, damit das Zebra die Straße überqueren konnte. Das Dornengebüsch hatte fünf Zentimeter lange Stacheln. Am Straßenrand wuchs eine Art wilder Zinnie mit winzigen Blüten, korallenrot, die rote Tupfer zwischen das trockene, bleiche Gras setzten. Im Busch gab es rostrote Ameisenhügel mit hohen Spitzen, wie Zinnen von Märchenburgen. Noch achtunddreißig Kilometer bis Thaba. Er beschleunigte wieder, blieb gerade so unter der Geschwindigkeitsbegrenzung und ignorierte Tricia jedes Mal, so gut er konnte, wenn sie ihn bat, langsamer zu fahren. Sie würden jetzt ohnehin keins der großen Raubtiere mehr sehen, nicht an diesem Nachmittag, da war er ganz sicher, höchstens Impalas, Zebras und vielleicht eine Giraffe. Er hatte sich früher bei seinen Geschäftsreisen öfter Urlaub genommen, um in die Serengeti oder in den Krügerpark zu fahren, er kannte sich aus. Er holte das Fernglas für Tricia heraus, stellte es ein und hängte ihr den Lederriemen um den Hals, denn er hatte weder all die Ferngläser und Kameras vergessen, die sie bereits fallen gelassen und kaputtgemacht hatte, weil sie ebendies unterlassen hatte, noch ihre Tränenströme hinterher. Der Wagen hatte keine Klimaanlage, und die

Hitze lag schwer und stumm zwischen ihnen. Sie fuhren westwärts, vor ihnen versank die Sonne mit mattem gelbem Glanz. Der Schweiß rann Ford aus den Achselhöhlen und zwischen den Schulterblättern herunter, durchnässte sein ohnehin schon feuchtes Hemd und überzog seine Haut mit einem kalten, klebrigen Film.

Auf der Mitte einer Straßenkreuzung stand eine Steinpyramide mit Pfeilen darauf und wies den Weg nach Thaba, dem größten Camp bei Waka-Suthu, und zur Hippo-Brücke über den Suthufluss. Oben auf der Spitze saß ein Pavian mit einem grauen, flauschigen Jungen auf den Knien. Tricia streckte sehnsüchtig die Arme danach aus. Sie hatte nie ein Kind gehabt. Die Pavianmutter begann den Kopf ihres Babys zu lausen. Tricia stieß einen kleinen, nervösen Schrei aus, halb entsetzt, halb belustigt. Ford fuhr die Straße nach Thaba hinunter und passierte die Einfahrt zum Camp zehn Minuten, bevor sie für die Nacht das Tor schlossen.

Die Dunkelheit setzt unvermittelt ein in Afrika. Die Dämmerung ist nur von kurzer Dauer; kaum hat man sie bemerkt, ist sie schon vorüber, und die Nacht bricht herein. In den kurzen Momenten der Dämmerung leuchten all die blassen Dinge förmlich auf, und die Vögel lassen ein sanftes Murmeln hören. Im Camp von Thaba gab es ein Restaurant und einen Laden, runde Hütten mit Strohdächern und hölzerne Chalets mit Veranden davor. Ford und Tricia war ein Chalet an der nördlichen Begrenzung zugewiesen worden, und von ihrer Veranda aus konnte man hinter dem hohen Drahtzaun den Suthufluss gemächlich und still zwischen dem hohen Schilfgras an seinen Ufern dahinfließen sehen. Die Dämmerung hatte eben eingesetzt, als sie die hölzernen Stufen hinaufstiegen. Ford trug ihre Koffer. Und da sah er die

Fieberbäume, zwei Stück, die fedrigen Blätter grau im Zwielicht, die Stämme jedoch von schärferem, stechenderem Gelb als am Tage.

Ganz gut, dass wir unsere Malariatabletten genommen haben«, meinte Ford, als er die Tür aufstieß. Als das Licht brannte, sah er an der gegenüberliegenden Wand zwei Moskitos sitzen. »Anopheles sind die Überträger der Malaria, bloß, unglücklicherweise verraten sie einem nicht, ob sie Anopheles sind oder nicht.«

Getrennt stehende Betten, Lampen, ein Ventilator, ein Kühlschrank, eine offen stehende Tür zu Toilette und Duschbad. Tricia setzte ihr Beauty Case, ohne dass sie nirgendwo hinging, auf dem Bett am Fenster ab. Das Licht war nicht besonders hell. Das war keine der Lampen im ganzen Camp, denn die Elektrizität kam von einem eigenen Generator. Dies hier war eine kleine Kolonie von Menschen in einer Welt, die den Tieren gehörte, eine Umkehrung der gewöhnlichen Ordnung der Dinge. Vom Fenster aus konnte man andere Chalets sehen, andere trübe Lichter, andere parkende Wagen. Tricia redete mit den beiden Moskitos.

»Ist dein Name Anna Phyllis? Nein? Liebling, du kannst ganz beruhigt sein. Sie sagt, sie heißt Mary Jane und ihr Mann John Henry.«

Ford brachte ein Lächeln zu Stande. Er hatte Tricias Scherzchen hingenommen und sich daran gewöhnt, bis er Marguerites Witz entdeckt hatte. Er schob seinen Koffer in den Schrank, ohne ihn auszupacken, und ging unter die Dusche. Tricia stand auf der Veranda und lauschte den Zikaden, Tausenden von Zikaden. Es war stockdunkel geworden, während sie ihre Kleider aufgehängt hatte, und der Himmel war übersät mit hellen Sternen.

Sie hatte Ford zurückbekommen von dieser Frau, und

jetzt musste sie ihn festhalten. Sie hatte ein paar Pfund abgenommen, eine Menge neuer Kleider gekauft und sich Strähnen ins Haar färben lassen. Eigentlich hatten Männer ihr von jeher Angst eingeflößt, angefangen mit ihrem Vater, als sie ein Kind war. Und damals, als sie ein Kind war, hatte sie auch damit begonnen, Kind zu spielen mit all den kleinen Vorteilen, die sich daraus ergaben. Sie hatte herausgefunden, dass ihr Vater gegenüber kleinen Mädchen freundlicher und nachgiebiger war als gegenüber ihrer Mutter. Ford hatte ein kleines Mädchen geheiratet, anschmiegsam und niedlich, und es hatte ihm sehr gut gefallen, bis er einer erwachsenen Frau begegnet war. Tricia wusste das alles, aber wie sie ihn halten sollte, das wusste sie jetzt nicht besser als früher. Die alten Methoden erschienen ihr genauso langweilig und abgestanden, wie auch er sie vermutlich empfand. Wie sie da so auf der Veranda stand, wünschte sie sich halb und halb, sie wäre allein, müsste nicht partout einen Ehemann haben, müsste sich nicht aus Gründen der Konvention und des Stolzes, wegen des Unterhaltes und wegen der Gesellschaft an ihm festklammern. Sehnsüchtig horchte sie hinaus, ob nicht ein Löwe brüllte da draußen im Busch hinter dem Zaun, aber es gab nirgends einen Laut, abgesehen von den Zikaden.

Ford kam in einem Frotteebademantel heraus. »Wo hast du das Mückenzeug? Das Spray?«

Schlagartig verängstigt sagte sie: »Ich weiß nicht.«

»Was heißt das, du weißt nicht? Du musst es doch wissen. Ich hab dir im Hotel die Sprühdose gegeben und gesagt, du sollst sie in dein Dingsda, dieses Beauty Case tun.«

Sie machte den Koffer auf, obwohl sie wusste, dass die Mückenspraydose nicht darin war. Natürlich nicht. Sie sah sie ja im Geiste vor sich auf der Badezimmerablage im Hotel, zurückgelassen, weil sie so sperrig war. Sie biss sich auf die Lippen und sah Ford verstohlen von der Seite an. »Wir können ja im Laden was kaufen.«

»Tricia, der Laden schließt um sieben, und es ist jetzt zehn nach.«

»Dann kaufen wir eben morgen früh was.«

»Moskitos sind aber zufällig nachts höchst aktiv.« Er wühlte zwischen den Flaschen und Töpfchen in ihrem Koffer herum. »Nun sieh dir diesen ganzen nutzlosen Quatsch an: ›Reinigungsmilch‹, ›Perlglanz-Tönung‹, ›Feuchtigkeitscreme‹ – wie ein blutjunges Mannequin! Das Mückenspray mitzunehmen und dafür die ›Perlglanz-Foundation‹ zurückzulassen, darauf bist du wohl nicht gekommen, was?«

Ihre Lippen zitterten. Sie spürte, wie sie – fast unbewusst – ihre runden Augen machte und die Lippen zu einem Lispelmündchen vorschob. »Aber an die Tabletten haben wir gedacht.«

»Das wird die verdammten Viecher nicht am Stechen hindern!« Er ging ins Bad zurück und knallte die Tür hinter sich zu. Marguerite hätte nicht vergessen, die Sprühdose mitzunehmen. Tricia wusste, er dachte wieder an Marguerite, sein Kopf war angefüllt von ihr, sie hatte sich schon während der ganzen langen Fahrt nach Thaba unabweisbar und mit Macht in seine Gedanken gedrängt.

Sie fing an zu weinen. Das Wasser floss ihr nur so aus den Augen und wollte nicht aufhören. Sie zog ein anderes Kleid an und weinte immer weiter. Die Tränen durchweichten den Puder, den sie auf ihr Gesicht stäubte.

Sie aßen im Restaurant zu Abend. Tricia in ihrem rosa geblümten Crêpe war die einzige zurechtgemachte Frau dort. Früher hätte sie sich eingebildet, alle anderen Gäste blickten sie an, weil sie sie bewunderten, jetzt aber schien ihr eher Hohn und Spott dahinter zu stecken. Sie aß ihr kleines, zu lange gekochtes Stück Seehecht und ihr großes, zu lange gebratenes, unter Semmelbröseln verborgenes Stück Kalbfleisch und betrachtete die roten Flecken der Moskitostiche, die sich auf Fords Arm abzeichneten.

Es gab keine Beleuchtung im Camp außer dem Licht, das aus den Fenstern des Hauptgebäudes und aus den Chalets fiel. Nach und nach gingen die Lichter aus, und es wurde sehr dunkel. Trotz seiner Moskitostiche schlief Ford augenblicklich ein, Tricia aber wurde durch das Geräusch des Ventilators wach gehalten. Um elf Uhr schaltete sie ihn aus und öffnete das Fenster. Da konnte sie endlich einschlafen, aber um vier Uhr wachte sie schon wieder auf, lag eine halbe Stunde wach, stand dann auf, zog sich an und ging hinaus.

Es war noch dunkel, aber die Dunkelheit lichtete sich schon ein wenig, so als ob man ihren dichtesten Schleier bereits fortgezogen habe. Schwerer Tau lag auf dem Gras. Als sie unter einem Merulabaum, überladen mit kleinen, grünen, aprikosenförmigen Früchten, hindurchging, stob ein Schwarm Fledermäuse aus seinen Zweigen auf und umflatterte ihren Kopf. Wäre Ford bei ihr gewesen, sie hätte losgeschrien und sich an ihn geklammert, da sie aber allein war, verhielt sie sich still. Das Camp und der Busch jenseits des Zauns waren voller Geräusche. Laute, die Tricia an die Gemälde von Hieronymus Bosch erinnerten – Teufelchen, Dämonen und grauenhafte Homunkuli, die, wären ihnen Stimmen verliehen, wohl Laute ausstoßen würden, wie diese hier – Knurren, leises Pfeifen und Zirpen und winzige, dünne Schreie.

Sie spazierte umher, wartete auf den Tagesanbruch, glaubte, es würde ein grandioses Spektakel sein. Aber es war bloß eine graue Blässe am Himmel, bleiche Farblosigkeit zwischen sich teilenden schwarzen Wolken, und ein Gefühl der Enttäuschung erschreckte sie, so, als sei dies Symbol oder Omen für etwas viel Einschneidenderes in ihrem Leben als nur der Anbruch eines beliebigen Tages.

Ford wachte auf und brachte es zuerst nicht fertig, die Augen wegen der Schwellungen durch die Moskitostiche zu öffnen. Wie Flocken von Distelwolle saßen die Moskitos an den Wänden, dicht an dicht, von oben bis unten. Er stand auf, stolperte halb blind aus dem Schlafzimmer und ließ sich das Wasser aus der Dusche über das Gesicht laufen. Tricia trat ein, starrte auf sein Gesicht, kicherte nervös, biss sich aber sofort auf die Lippen.

Die Tore des Camps wurden um halb sechs geöffnet, und die Autos begannen hinauszuströmen. Tricia hatte nie den Führerschein gemacht, und Ford konnte nichts sehen, also gingen sie ins Restaurant zum Frühstücken. Als der Laden öffnete, kaufte Ford zwei Sorten Mückenschutzmittel und, innerlich seufzend, weil er ihre Entschuldigungen und ihre bettelnden Augen nicht länger ertragen konnte, für Tricia eine Halskette aus Elfenbeinperlen und einen Rock mit aufgedruckten Giraffen. Um neun Uhr, als die Schwellungen um Fords Augen ein wenig abgeklungen waren, fuhren sie mit dem Wagen los und nahmen die Straße zur Hippo-Brücke.

Der Tag war feucht und brütend heiß. Ford hatte die Mückenstiche gezählt, die er abbekommen hatte, und kam auf die stattliche Summe von vierundzwanzig. Schwer zu glauben, dass zwei kleine Chinintabletten ausreichen sollten gegen vierundzwanzig Stiche, von denen einige mit Sicherheit von der Anopheles herrühren mussten. Hatte er nicht sofort, als sie gestern Abend gekommen waren, die beiden Fieberbäume gesehen? Jetzt steuerte er den Wagen langsam und verbissen, nahezu wortlos, die geschwollenen Augen hinter einer Sonnenbrille verborgen.

Am Suthufluss hielt er an, und später noch einmal an einem Wasserloch, und sie suchten angestrengt die Wasseroberfläche ab. Aber nirgends tauchte etwas auf, wenn man den dicken, dunklen Ast nicht rechnete, der am Ende plötzlich verschwand und sich dadurch nachträglich als ein Krokodil auswies. Es war schon zu spät am Vormittag, um noch viel zu sehen außer Marabustörchen, die regungslos und in sich versunken auf einem Bein in einer Lichtung oder auf dem dürren Ast eines Baumes standen. Ford schwenkte sein Fernglas über den Busch hin, der sich in ungebrochener, scheinbar lebloser Eintönigkeit bis zu den blauen Gebirgszügen am fernen Horizont erstreckte.

Von den Moskitostichen allein konnte man doch kein regelrechtes Fieber bekommen. Wenn Malaria im Anzuge war, dann würde sie nicht jetzt ausbrechen. Dennoch empfand Ford, wie er so im Wagen neben Tricia saß, eine Art Fieberwahn. Vielleicht kam es nur durch die schwere Irritation seiner gesamten Körperoberfläche, durch das Brennen der Haut und die Unfähigkeit, sich zu bewegen, ohne neue Qualen heraufzubeschwören. Aber es zog auch seinen Geist in Mitleidenschaft, und jedes Mal, wenn er Tricia ansah, stieg eine Art Panik in ihm auf. Warum war er zu ihr zurückgegangen? War er verrückt? Seine Augen, sein ganzer Kopf pulsierte, als ob seine Temperatur erhöht sei. Diese rosa Jeans waren zu eng für Tricia, und die Rüschen an ihrer weißen Bluse waren lächerlich. Mit Hilfe des Fernglases hatte sie in den Zweigen eines Peepulbaumes eine Familie kleiner, grauer Affen entdeckt, und sie hing aus dem Fenster, machte ständig girrende Lockrufe. Jetzt öffnete sie die Wagentür, hielt sie spaltbreit offen und wandte ihm einen Blick zu, wie ein Kind seinen Vater anblickt, wenn er etwas verboten hat, das es dennoch brennend gern tun möchte.

Sie hatten weder Großkatzen noch einen Elefanten zu Gesicht bekommen, sie hatten nicht einmal einen Schakal gesehen. Ford hob die Schultern.

»Okay, aber wenn ein Aufseher vorbeikommt und dich erwischt, dann kriegen wir verdammten Ärger.«

Sie stieg aus dem Wagen und ließ die Tür offen. Das Gras, das am Straßenrand begann und die Wildnis bedeckte, so weit das Auge reichte, war hoch und spröde. Es reichte Tricia bis ans Knie. Eine Löwin oder ein Gepard, die etwa darin lagen, wären vollständig verborgen gewesen. Ford griff nach dem Fernglas und blickte in die andere Richtung, um nicht Tricia ansehen zu müssen, die wieder einmal vergessen hatte, sich den Riemen der Kamera um den Hals zu legen. Sie näherte sich vorsichtig den Affen, die vor ihr zurückwichen; dabei umarmten sie einander, verbargen Köpfe an Schultern, wie bedrohte Flüchtlinge auf einem kitschigen Gemälde. Langsam schwenkte er sein Glas. Und da sah er knappe hundert Meter von einer unruhig grasenden kleinen Ziegenherde entfernt die beiden Katzengesichter dicht beieinander, die aneinander geschmiegten Leiber, die gefleckten Rücken ... Geparden! Ihm fiel ein, dass er einmal gehört hatte, sie seien die schnellsten Tiere der Welt.

Er musste Tricia rufen und sie sofort in den Wagen zurückholen. Aber er rief nicht. Durch das Glas beobachtete er die großen Katzen, die dort so anmutig lagerten, gesättigt und in sich ruhend, wenn auch mit offenen Augen. Marguerite hätten sie gefallen, sie liebte Katzen, sie besaß eine Burmakatze, ebenso geschmeidig, schlank und gelassen wie diese wilden Kreaturen. Tricia kam in den Wagen zurück, voll lauten Entzückens, wie süß die Affen waren. Er ließ den Motor an und fuhr los, ohne ihr von den Geparden zu erzählen.

Später, so gegen fünf Uhr am Nachmittag, wollte sie wieder aus dem Wagen aussteigen, und er hielt sie nicht zurück. Sie spazierte die Straße auf und ab und redete auf Mungos ein. In kaum mehr als einer Stunde würde es dunkel sein. Wenn er nun den Wagen anließe und ohne sie ins Camp zurückfuhr, schoss es ihm durch den Kopf. Leoparden waren nächtliche Jäger, die bis zur Dunkelheit warteten. Die Schwellungen um seine Augen waren nahezu ganz abgeklungen, aber sein Hals, die Arme und Hände schmerzten noch wegen der Heftigkeit der Stiche. Die Mungos flüchteten ins Gras, als Tricia leise redend näher kam, die Hände beschwörend ausgestreckt. Ein Wagen mit vier Männern kam aus Richtung der Hippo-Brücke angefahren. Er verlangsamte das Tempo, und der Fahrer streckte den Kopf heraus. Sein Gesicht war ziegelrot, hatte grobe Züge, das Haar ein rostiges Blond, und seine Stimme verriet den Akzent des in Afrika geborenen weißen Mannes durch seine gequetschten Vokale.

»Die Dame sollte aber nicht so auf der Straße rumlaufen!«

»Ich weiß«, versetzte Ford, »ich hab's ihr gesagt.«

»Verzeihung, wissen Sie, dass Sie da etwas sehr Gefährliches tun, so aus dem Wagen zu steigen?« Die Stimme dröhnte einschüchternd. Tricia errötete. Sie tat geziert beleidigt, lächelte, biss sich auf die Lippen. Dabei hatte sie im Grunde große Angst vor diesem Mann, der sie ansah, als verachte er sie, als widere sie ihn an. Wenn er ins Camp zurückkam, würde er sie verpetzen?

»Versprechen Sie, dass Sie's nicht weitersagen?«, stammelte sie, den Kopf zur Seite gelegt.

Er gab ein zorniges Grunzen von sich und zog den Kopf zurück. Der Wagen fuhr weiter. Mit einem Satz war Tricia wieder auf dem Beifahrersitz neben Ford. Sie hatten weniger als eine Stunde Zeit, nach Thaba zurückzufahren. Ford fuhr los und folgte dem Wagen mit den vier Männern.

Beim Abendessen saßen die vier am Nebentisch. Tricia fragte sich, wie vielen Leuten sie wohl von ihr erzählt hatten, denn sie bildete sich ein, dass etliche Gäste sie neugierig oder feindselig anblickten. Der Mann mit dem krausen, blonden Haar, den sie Eric nannten, prahlte laut damit, was er und seine Gefährten an diesem Tage alles gesehen hätten – wahre Prachtstücke von Löwen, zwei Flusspferde, Hyänen und die seltene Säbelantilope.

»Sie können nicht erwarten, dass Sie da unten an der Hippo-Brücke viel zu sehen kriegen, wissen Sie«, meinte er zu Ford. »Die große Show läuft bei Sotingwe. Nehmen Sie gleich morgen früh die Straße nach Sotingwe, und ich garantiere Ihnen Löwen.«

Mit Tricia sprach er nicht, er sah sie nicht einmal an. Vor zehn Jahren hätten sich die Männer im Restaurant den Kopf verrenkt, um sie anzusehen, und obgleich sie sich insgeheim vor ihnen fürchtete, hatte sie sich doch zitternd in ihren Blicken gesonnt. Als sie durch das Gras zu ihrem Chalet zurückgingen, klammerte sie sich an Fords Arm.

»Um Gottes willen, denk an meine Mückenstiche!«, sagte er. Lange lag er wach in seinem Einzelbett, einen Fußbreit von Tricias entfernt, und dachte an die Leoparden dort jenseits der Einfriedung, die nachts jagten. Der Leopard glitt auf dem Ast eines Baumes entlang und ließ sich von dort auf seine Beute fallen. Löwinnen jagten am frühen Morgen und brachten, was sie erlegt hatten, ihren Gefährten und den Jungen. Ford hatte all diese Dinge auf dem Fernsehschirm gesehen. Wie Geparden jagten, wusste er nicht, nur, dass sie sehr schnell waren. Ein wütender Elefant konnte sich auf ein Auto werfen und es zerdrücken, oder mit einem Schlag seines Fußes die Windschutzscheibe zertrümmern.

Es war zu dunkel, um Tricia zu sehen, aber er wusste, sie war wach; sie lag ganz still, und manchmal hielt sie den Atem an. Dann folgte ein tiefes Ausatmen, ein Seufzer, der trotz des Rasselns des Ventilators hörbar war.

Vor Jahren hatte er versucht, ihr das Autofahren beizubringen. Man sagte ja, ein Mann solle nie versuchen, seiner Frau etwas beizubringen, er habe keine Geduld mit ihr und könne keine Zugeständnisse machen. Tricia hatte denn auch nie recht Fortschritte gemacht. Dauernd musste man darauf gefasst sein, dass sie die unmöglichsten, lächerlichsten Sachen machte, und dann hatte er sie angebrüllt. Sie machte eine Fahrprüfung und fiel durch, und sie behauptete, das sei bloß passiert, weil der Prüfer sie angeschnauzt habe. Tricia schien zu glauben, kein Mensch dürfe ihr gegenüber auch nur die Stimme erheben, und ein Blick von ihr genüge, um alle Männer als Sklaven zu ihren Füßen niedersinken zu lassen.

Er hätte sich gefreut, wenn sie im Stande gewesen wäre, ihn beim Fahren abzulösen. Schließlich gab es keinen Zweifel, dass man eine Menge versäumte, wenn man sich auf die Straße konzentrieren musste. Aber es hatte gar keinen Sinn, es auch nur vorzuschlagen. Fords Wagen war einer der ersten in der Schlange, die um halb sechs Uhr früh durch das Gatter hinausfuhr in die graue Dämmerung, die stumme Buschlandschaft. An der Steinpyramide, auf der zusammengekauert eine Pavianfamilie saß, bog er in die Straße nach Sotingwe ein.

Ein paar Kilometer weiter stießen sie auf die Löwen. Eric und seine Freunde waren bereits da, lehnten sich mit ihren Kameras aus den Fenstern. Die Löwenfamilie, zwei ausgewachsene Muttertiere, zwei Junglöwinnen und ein halbwüchsiger Löwe mit zaghaft sprießender Mähne, lag mitten auf dem Fahrweg. Ford hielt an und parkte am Rand, Erics Wagen gegenüber.

»Hab ich Ihnen nicht gesagt, hier würden Sie Glück haben?«, rief er Tricia zu. »Ich hoffe, Sie kommen nicht wieder auf die Idee, auszusteigen und auf Entdeckungsreise zu gehen!«

Tricia würdigte ihn keines Blickes und antwortete auch nicht. Sie sah nur die Löwen. Die Sonne ging auf, überstrahlte den Himmel mit rosa-orangefarbenem Glanz, und eine kleine Brise bewegte zitternd all die blassgrünen, farnähnlichen Blätter ringsum. Die größere der erwachsenen Löwinnen erhob sich gemächlich – eher gelangweilt als erschreckt durch Erics aufwendige Fotoausrüstung –, schlenderte ins Gestrüpp, quer durch das hohe, trockene Gras und die roten Zinnien. Die Jungen folgten ihr, die andere Löwin folgte ihr ... Ford beobachtete durch das Glas, wie sie mit stolz erhobenen Köpfen dahinschritten, selbst die Kleinen auf anmutig lässige, gemessene Art. Nirgends ringsumher waren Impalas, auch keine Giraffen, keine Gnus. Die Welt hier gehörte den Löwen.

Das meiste spielte sich bei Sotingwe ab, in der Nähe des Wasserloches. Ein Elefant mit Ohren wie indische Zimmerfächer überstäubte sich mit rotem Sand, den er aus seinem Rüssel blies. Tricia stieg aus dem Wagen, um den Elefanten zu fotografieren, und Ford versuchte nicht, sie daran zu hindern. Er kratzte seine Moskitostiche, die vom brennenden ins juckende Stadium übergegangen waren. Wieder einmal hatte Tricia nicht daran gedacht, sich den Kameramriemen um den Hals zu hängen. Sie bahnte sich einen Weg ans Ufer hinunter und betrachtete aus sicherer Entfernung – war überhaupt irgendeine Entfernung hier sicher? – ein Krokodil. Ohne sich recht darüber klar zu sein und ohne selbst ganz zu verstehen, was er damit meinte, dachte Ford, dass es die falsche Tageszeit war; es war zu früh. Sie fuhren zum Frühstück nach Thaba zurück.

Beim Frühstück und auch später beim Lunch wieder sprudelte Eric förmlich über von dem, was er gesehen hatte. Er hatte den Sandweg genommen, der von Sotingwe zur Suthu-Brücke hinunterführte, und dort, hoch in einem Baum am Wasser, war ein Leopard gewesen. Malcolm hatte ihn zuerst gesichtet – schlafend ausgestreckt auf einem Ast, ein gutes Stück entfernt, aber durch den Feldstecher ganz deutlich zu sehen.

»Massiver, mächtiger Bursche, mit diesen typischen, mehr rechteckigen Flecken«, sagte Eric, eine Zigarre rauchend.

Tricia wollte nun natürlich auch zur Suthu-Brücke, also nahm Ford ebenfalls den Sandweg, nachdem sie ihre Siesta gehalten hatten. Malcolm beschrieb ihnen haargenau, wo er den Leoparden gesehen hatte. Er hielt es für möglich, dass er dort immer noch auf seinem Ast schlief.

»Einen guten halben Kilometer hinter der Brücke. Schauen Sie auf die linke Seite. Da ist dann so eine Art Lichtung mit einem von diesen Bäumen mit dem gelben Stamm darauf. Und da lag der Bursche auf einem Ast zur rechten Seite der Lichtung.«

Der Sandweg war nur eine Fahrspur aus roter Erde zwischen grünen Wegrändern. Ford fand die Lichtung mit dem einzelnen Fieberbaum, aber der Leopard war verschwunden. Langsam fuhr er zur Brücke hinunter, die sich über den trägen, grünen Fluss spannte. Als er den Motor abstellte, war es totenstill, die Luft heiß und schwer. Nichts regte sich, außer den Mücken, die wie aufs Geratewohl torkelnd und dennoch zielstrebig über der Wasseroberfläche tanzten.

Tricia stieg jetzt schon mit größter Selbstverständlichkeit aus dem Wagen. Diesmal machte sie sich nicht einmal mehr die Mühe, ihm ihren scheuen, erlaubnisheischenden Blick zuzuwerfen. Sie trug ein rot und weiß gestreiftes Sonnentop mit Trägern, die zu schmal, und einen Rock, der zu eng war. Sie rannte zum Ufer hinunter, zog eine Sandale aus und tauchte kühn einen Fuß ins Wasser. Sie lachte, schüttelte den Fuß und sprenkelte Wassertropfen über die trockenen, runden Steine. Ford musste daran denken, wie er all diese kleinen Dinge an ihr liebte, als er sie gerade kennen gelernt hatte, und nun würde er all das für den Rest seines Lebens ertragen müssen. Der Schweiß brach ihm aus, als ob seine Körpertemperatur sprunghaft angestiegen sei.

Sie hüpfte auf den Steinen und im Wasser herum und raffte den Rock hoch. Es waren keine Tiere zu sehen. Den ganzen Nachmittag über hatten sie bloß Impalas gesehen. Die Sonne begann zu sinken und den dunstigen, blass getönten Himmel zu verfärben. Tricia, jetzt bereits drüben am anderen Ufer, brach ein weiteres Ntsukunyane-Verbot und pflückte Maßliebchen, steckte sich eins hinter jedes Ohr. Mit einer Blüte zwischen den Zähnen wie eine spanische Tänzerin schwenkte sie ihre Hüften und lächelte.

Ford drehte den Zündschlüssel und ließ den Motor an. In wenig mehr als einer Stunde wurde es dunkel, und lange vorher schon wurden die Tore in Thaba verschlossen. Er setzte den Wagen vorwärts, stieß zurück, machte ein Zickzack-Wendemanöver, wie Tricia es sicherlich genannt hätte. Und als er jetzt in Fahrtrichtung Thaba stand, den Schalthebel auf ›Drive‹ gelegt, den Fuß auf dem Gaspedal ... da sog er tief den Atem ein, während ihm der Schweiß zwischen den Schulterblättern hinunterrann.

Die Hitze ließ Luftspiegelungen über dem Weg flirren, aus denen heraus ein Wagen auf sie zukam. Ford stoppte und schaltete den Motor aus. Es war nicht Erics Wagen, sondern einer, der einem jungen amerikanischen Urlauberpaar gehörte. Der junge Mann hob die Hand und grüßte zu Ford hinüber.

Ford rief Tricia zu: »Beeil dich, sonst kommen wir zu spät.« Aber da war sie schon wieder im Wagen. Ihre Blumen hatte sie auf dem Weg fallen gelassen.

Ford war also drauf und dran gewesen, sie einfach zurückzulassen, so sehr wünschte er sich, sie los zu sein. Sie zitterte am ganzen Körper, und sie presste die Hände fest zusammen, damit er es nicht sah. Er war wirklich drauf und dran gewesen, wegzufahren und sie hier der Dunkelheit und den Löwen zu überlassen oder den Leoparden, die bei Nacht jagten. Er wäre glatt davongefahren, aber dann war der Wagen der Amerikaner gekommen.

Stumm dachte sie darüber nach. Die Amerikaner kehrten bald nach ihnen um und fuhren auf dem Sandweg hinter ihnen her. Impalas standen um den einsamen Fieberbaum herum, horchten vielleicht auf unhörbare Laute, witterten vielleicht unsichtbare Gefahren. Der Sonnenuntergang überzog den Himmel mit rauchigem

Gelb. Tricia grübelte darüber nach, was Ford vorgehabt haben musste – nämlich, zum Camp zurückzufahren, knapp bevor sie die Einfahrt schlossen, die einsetzende Dunkelheit zu beobachten in dem Bewusstsein, dass sie hier draußen war, niemandem etwas über ihr Verschwinden zu erzählen ... wer würde sie denn auch vermissen? Eric? Malcolm? Und dann wäre Ford eben nicht ins Restaurant gegangen, und morgen früh, wenn sie die Tore öffneten, wäre er einfach weggefahren. Abmeldungen waren überflüssig in Ntsukunyane, wo man Wochen im Voraus zahlte.

Der perfekte Mord. Wer sollte nach ihr suchen, wenn niemand wusste, dass es nötig war? Und wenn man ihre Knochen fand? Ein Satz Knochen – Mensch, Impala, Wasserbock –, das sah einander alles sehr ähnlich, nachdem sich Schakale und Geier darüber hergemacht hatten. Und wenn er wieder nach Hause kam, würde er sagen, er habe sie wegen Marguerite verlassen ...

An diesem Abend war er netter zu ihr, höflicher. Vielleicht, weil er Angst hatte, sie hätte begriffen oder ahnte zumindest, was sich in Wahrheit dort in Sotingwe abgespielt hatte?

»Wir haben doch gesagt, wir wollten eines Abends Champagner trinken. Wie wär's denn jetzt? Nichts geht über die Gegenwart.«

»Wenn du möchtest«, meinte Tricia. Ihr war schon die ganze Zeit übel, und sie hatte keinen Appetit.

Ford protestete ihr mit dem Champagnerglas zu: »Auf uns beide!« Er bestellte sämtliche Gänge des Menüs, Suppe, Fisch, Wiener Schnitzel, Crème brûlée. Sie stocherte in ihrem Essen herum und musste immer nur daran denken, dass er vorgehabt hatte, sie umzubringen. Nie mehr konnte sie sich jetzt sicher fühlen, denn nachdem es ihm einmal missglückt war, würde er es wieder versuchen. Vielleicht nicht auf die gleiche Weise, aber dann eben auf eine andere. Wie konnte sie wissen, ob er es nicht bereits getan hatte? Womöglich hatte er zum Beispiel diese Chinintabletten durch Aspirin ersetzt, oder vielleicht würde er versuchen, sie zu ertränken, wenn sie wieder in dem Hotel in Mombasa waren. Nie mehr würde sie vor ihm sicher sein, außer sie verließe ihn.

Und genau das wünschte er sich ja, abgesehen von ihrem Tod wäre es das Beste, was ihm passieren konnte.

In der Nacht lag sie wach und malte sich aus, wie das wäre, wenn sie zurückginge, um bei ihrer Mutter zu leben, während er wieder zu Marguerite zurückkehrte. Er schlief ebenfalls nicht. Sie hörte seine unregelmäßigen, wachen Atemzüge. Sie hörte sein Bett knarren, wenn er sich ruhelos umherwarf, hörte das Mahlen des Ventilators, das Sirren einer Mücke. Wenn sie nicht schon getötet worden wäre, so liefe sie jetzt also womöglich voller Panik dort draußen im Busch umher, in der Dunkelheit, voller Angst, einen Schritt zu tun, voller Angst aber auch, sich still zu verhalten, voller Angst vor jeglichem Laut, ohne indessen zu wissen, welche Laute sie am meisten fürchten musste. Es schien kein Mond. Das hatte sie gesehen, ehe sie zu Bett gegangen war, und in ihrem Kalender hatte sie festgestellt, dass morgen Neumond sein würde. Der Himmel war während der Dämmerung bezogen gewesen, und jetzt war es stockdunkel. Leoparden aber sahen – vielleicht durch das Licht der Sterne oder aber durch ein instinktgesteuertes inneres Auge – unfehlbarer, als es normaler Sehkraft möglich war. Lautlos würde er sich von seinem Ast fallen lassen und seine Zähne in die wehrlose Kehle schlagen.

Die sirrende Mücke hatte Ford an etlichen Stellen seines Gesichtes, seines Halses und an seinem linken Fuß gestochen. Er hatte am Abend vergessen, sich mit dem Mückenschutzmittel einzureiben. Früh am Morgen, bei Tagesanbruch, stand er auf, zog sich an und machte seinen Spaziergang rund um das Camp. Sonst war noch kein Mensch auf, bloß einer der afrikanischen Bediensteten, der den Wagen eines Gastes abspritzte. Aus dem Busch jenseits des Zaunes ertönte Rumoren und spitze Schreie.

Hatte er allen Ernstes die Absicht gehabt, Tricia loszuwerden, indem er sie, wie man so schön sagte, den Löwen zum Fraß vorwarf? Ja, einen schlimmen Augenblick lang wohl, gestand er sich ein, weil Fieber sein Blut, Gift seine Venen überschwemmt hatte. Und sie wusste Bescheid, das war ihm klar. In gewisser Hinsicht vielleicht gar nicht so schlecht, dass sie es wusste. Es musste ihr zeigen, wie hoffnungslos diese Ehe war, die sie krampfhaft aufrechtzuerhalten versuchte.

Die Schwellungen an seinem Fuß, obwohl verborgen unter der Socke, ließen den Spann durch die Sandale hervorquellen. Der Fuß fühlte sich steif an und brannte, und er wurde sich bewusst, dass er leicht humpelte. Er lehnte sich an den Stamm eines Fieberbaumes, die Haut gegen die kühle, feuchte, gelbe Rinde gepresst, zog seine Sandale aus und betastete den geschwollenen Fuß vorsichtig mit den Fingerspitzen. Niemals kam eine Mücke Tricia zu nahe, sie schienen den Kontakt mit ihrem bleichen, trockenen Fleisch tunlichst zu meiden.

Sie war auf, als er hereingehumpelt kam, saß auf ihrem Bett und lackierte sich die Fingernägel. Wie konnte man mit einer Frau zusammenleben, die sich in einem Wildreservat die Fingernägel bemalte?

Sie fuhren nicht vor neun Uhr aus dem Camp. Auf der

Straße nach Waka-Suthu begegnete ihnen Erics zurückkommender Wagen.

»Hier herunter ist kilometerweit nichts los, Sie verschwenden bloß Ihre Zeit.«

»Okay«, sagte Ford, »danke.«

»Sotingwe, das ist und bleibt der Platz. Haben Sie gestern den Leoparden gesehen?« Ford schüttelte den Kopf. »Na ja, wir können nicht alle Glück haben.«

An der Hippo-Brücke spielten Elefanten im Fluss, bespritzten sich gegenseitig mit Wasser und rempelten einander mit schweren Schultern an. Ford dachte schon, das wäre der Höhepunkt des Vormittags, aber dann erlebten sie den Tod eines Beutetieres. Sehen taten sie ihn genau genommen nicht, es war schon vor ein paar Stunden zur Strecke gebracht worden, aber die Löwin und ihre Jungen taten sich noch immer an dem Kadaver gütlich, einem von schwarzem Blut verkrusteten Rippenkorb. Sie saßen im Wagen und sahen zu. Nach einer Weile ließen die Löwen das Skelett im Stich und marschierten, einer hinter dem anderen, durch das Gras davon. Aber schon hatten sich die kleinen Schakale gesammelt, ein ganzes Rudel, versteckt hinter Bäumen. Gegen vier kam Ford auf der Rückfahrt den gleichen Weg entlang, und da waren die Geier am Werk und pickten die Knochen ab.

Es war ein heißer Tag mit gnadenlosem Sonnenschein, der Himmel blau und vollkommen klar. Fords Fuß war auf das Doppelte seiner normalen Größe angeschwollen. Ihm fiel auf, dass Tricia heute nicht ein einziges Mal den Wagen verlassen hatte, und sie hatte weder kleinmädchenhaft auf ihn eingeredet noch gekichert noch ihm verschämte Küsse verpasst. Sie glaubte also wohl, er habe versucht, sie umzubringen? Wirklich eine absurde Einbildung! In Wirklichkeit hatte er ihr doch bloß einen

Schreck einjagen wollen, damit sie begriff, wie dumm es war, die Vorschriften zu übertreten und den Wagen zu verlassen. Warum sollte er sie denn auch umbringen? Er konnte sie ja einfach verlassen. Er würde sie auch verlassen, und sobald sie wieder in Mombasa waren, *würde* er es ihr sagen. In dem Gedanken daran wandte er sich zu ihr und lächelte. Er hielt an der Lichtung, auf der der Fieberbaum stand; gelb die Rinde, zart und fedrig die Blätter, so stand er da im Sonnenschein wie ein junger Schössling im Frühling.

»Warum steigst du eigentlich nicht mehr aus?«

Sie zauderte. »Ach, es gibt ja nichts zu sehen.«

»Nein?«

Er hatte das Stachelschwein schon mit bloßem Auge ausgemacht, aber er reichte ihr den Feldstecher. Sie blickte hindurch und lachte vor Entzücken. Genau so hatte sie immer gelacht, als sie jung war, nicht aus Belustigung, sondern aus hellem Entzücken. Er schloss die Augen. »Oh, das süße Stachelschwein!«

Sie griff auf den Rücksitz nach der Kamera. Und dann stockte sie. Er sah die Furcht, den Argwohn in ihren Augen. Schweigend zog er den Zündschlüssel ab und streckte ihn ihr auf der flachen Hand hin. Sie errötete. Er blickte sie unverwandt an, genoss ihre Verlegenheit, gekränkt, dass sie ihn solcher Gemeinheit für fähig hielt.

Sie zögerte, aber sie nahm den Schlüssel. Sie packte die Kamera und öffnete die Wagentür; dabei hielt sie den Schlüssel an seinem Etui in der linken, die Kamera in der rechten Hand. Er sah, dass sie schon wieder nicht den Riemen der Kamera, seiner kostbaren Pentax, um den Hals gelegt hatte, das tat sie ja nie. Er hätte es ihr zum tausendsten Male sagen können, aber er brachte einfach nicht die Energie auf. Sein geschwollener Fuß pochte, und er dachte an die endlosen Tage in Ntsukunyane, die ihnen noch bevorstanden. Marguerite schien so unendlich weit entfernt, nicht bloß auf der entgegengesetzten Seite der Erde.

Gute fünfzehn Sekunden, ehe es wirklich passierte, wusste er schon, dass Tricia die Kamera fallen lassen würde. Es kam, weil sie den Schlüssel in der anderen Hand hatte. Wenn der Riemen um ihren Hals gelegen hätte, dann wäre das nicht weiter schlimm gewesen. Er wusste, wie es war, wenn man in jeder Hand etwas trug und den sicheren Halt unter Händen oder Füßen verlor. In so einem Augenblick hatte man kein Gefühl dafür, welches der Dinge wertvoll und wichtig war und welches nicht. Tricia hielt prompt den Schlüssel fest und ließ die Kamera fallen. Um das Stachelschwein besser fotografieren zu können, war sie auf die verschlungenen Wurzeln eines Baumes geklettert, Wurzeln, die so hart aussahen wie Stufen einer Steintreppe.

Sie schrie leise auf. Durch das Krachen und den Schrei erschreckt, stellte das Stachelschwein seine Stacheln auf. Ford sprang aus dem Wagen, zuckte zusammen, als er seinen Fuß auf den Boden stellte, und humpelte durch das Gras auf Tricia zu, die dastand wie angewurzelt, aus Angst vor ihm. Die Kamera, die Teile seiner Kamera waren zwischen die knorrigen Baumwurzeln gefallen. Er ließ sich auf die Knie fallen, brüllte sie an, verfluchte sie.

Da rannte Tricia. Sie rannte zum Wagen zurück und stieß den Schlüssel ins Zündschloss. Der Wagen stand in Richtung Thaba, und die Uhr im Armaturenbrett zeigte fünf Uhr fünfunddreißig. Ford kam angehumpelt, schwenkte die Arme, die Hände voll zerbrochener Teile der Kamera. Sie blickte von ihm fort und trat das Gaspedal hart durch.

Der Sonnenuntergang überzog den Himmel mit klarem Orangerot, schwarze Balken der heraufkommenden Nacht lagen am Horizont. Sie stellte fest, sie konnte fahren, wenn sie musste, auch wenn sie keine Prüfung bestehen konnte. Etwa einen Kilometer die Straße hinunter kam ihr das amerikanische Pärchen entgegen. Der Mann steckte den Kopf aus dem Fenster. »Gibt's da irgendetwas, für das es sich lohnt, runterzufahren?«

»Nicht das Geringste«, sagte Tricia, »Sie verschwenden bloß Ihre Zeit.«

Der junge Mann wendete seinen Wagen und fuhr hinter ihr her. Es war zwei Minuten nach sechs, als sie nach Thaba hineinfuhren, die allerletzten Wagen. Hinter ihnen schlossen sich die Gatter.

Der Tag
des Jüngsten Gerichts

Sie arbeiteten zu viert auf dem Friedhof. Angestellt waren sie von der städtischen Behörde, um – ja, um was eigentlich zu tun? Selbst der Vorarbeiter wusste nicht recht Bescheid über ihren Auftrag, den man ihnen nicht sehr präzise erläutert hatte. Sicherlich bestand er nicht darin, den gesamten Mittelteil freizuräumen, denn das wäre nicht eine Arbeit für vier, sondern für vierhundert Mann gewesen. Und in einem Naturschutzgebiet – denn als solches war es vorgesehen – musste ja auch ein wenig wilde Natur bleiben. Also sollten sie es wohl grob säubern, die schlimmsten Zeugnisse von Vandalismus beseitigen, Grabsteine, die umgestürzt waren, wegschleppen, diesen und jenen der vielen verschlungenen Wege von wucherndem Dornengestrüpp, Efeu und Nesseln befreien. Wenn sie den Polier fragten, ob sie dies tun sollten oder jenes, dann sagte er meist, sie sollten das nur selbst entscheiden, er wisse es auch nicht, er werde sich aber erkundigen. Aber das tat er nie. Manchmal kam ein Vertreter der Behörde und begutachtete ihre Arbeit, nickte dann und verschwand mit dem Vorarbeiter in der Baracke, um Tee zu trinken. Als es Winter wurde, erschien der Beamte seltener, und der Polier seufzte, es sei ein hoffnungsloses Unternehmen, sie bräuchten mehr Leute, aber die Behörde könne es sich nicht leisten, mehr Geld dafür auszugeben, also müssten sie es eben so gut machen, wie sie könnten.

Die Baracke stand gleich neben dem Haupteingang. Der Polier hatte einen Lageplan des Friedhofes an die Wand geheftet, gleich neben Gillys Kalender mit dem Mädchen im durchsichtigen Nachthemd. Ihm gehörte der Wasserkessel und der Spirituskocher, die Tassen aber und die Teekanne hatte Marlon mitgebracht; er hatte sie von seiner Mutter bekommen. In der Baracke herrschten immer Hitze, schlechte Luft und Qualm. Der Vorarbeiter war Kettenraucher, und Marlon war es auch, obgleich er so jung war, und überall in der Baracke standen Untertassen voller Asche und Zigarettenstummel herum. Eines Tages brachte Gilly, der selber nicht rauchte, eine Blechbüchse in die Baracke, die er in einem offenen Grabgewölbe gefunden hatte. Der Polier und Marlon waren zufrieden damit, einen neuen, leeren Aschenbecher zu bekommen, denn sie kamen nie auf die Idee, die anderen auszuleeren, sondern ließen sie überquellen, bis alles auf dem Boden verstreut lag.

»Marlon würde durchdrehen, wenn er wüsste, woher das Ding stammt«, sagte John, »er würde sterben vor Angst.«

Aber Gilly lachte bloß. Er fand alles komisch, was den Friedhof betraf, sogar die Soldatengräber, die einzigen gut gepflegten Grabstellen, weil sich die Kriegsgräberkommission immer noch darum kümmerte. Anfangs hatte er sich oft einen Spaß daraus gemacht, hinter einem Grabmal oder einer von Säulen getragenen Gruft hervor auf Marlon zuzuspringen, aber der Vorarbeiter hatte das trotz seiner Lethargie unterbunden, denn Marlon war nicht ganz so, wie sie waren, er war zurückgeblieben, konnte kaum lesen oder schreiben.

Die Flügel des Haupttores hingen zwischen Steinpfosten, wie der Polier sie nannte; einzig John wusste, dass es korinthische Säulen waren. Eine hohe Mauer umgab den Friedhof, der etliche Hektar groß war. Die Randbezirke, ein breiter Streifen direkt innen an der Mauer, waren schon vor längerer Zeit gesäubert, eingeebnet und mit Bäumen bepflanzt worden, die allerdings noch winzig klein waren. Hier sollte ein öffentlicher Park für die Stadtbevölkerung entstehen.

Der Zentralbereich dagegen, Herz und Mitte der Friedhofsanlage, früher Begräbnisstätte dieser aufstrebenden Stadt, war als Schutzgebiet für Vögel und andere kleine Tiere vorgesehen, die sich dort ansiedeln und heimisch werden sollten.

Schon jetzt nisteten viele Vogelarten in den Stechpalmen und Lorbeerbäumen, in den Ulmen und den schlanken, silberstämmigen Birken: Krähen mit Flügeln wie schwarze Fächer, Spechte, deren Tack-Tack-Tack aus dem verfilzten Dickicht ertönte, und kleine Vögel, deren Namen nicht einmal John kannte, die zwischen den Flechten auf den umgestürzten Grabsteinen mehr herumkrochen als -hüpften. Still war es hier drinnen, abgesehen von gelegentlichem Flügelraschen oder dem leisen Knacken eines verdorrten, herabfallenden Zweiges. Unten in der Ebene lag die Stadt ausgebreitet. Im Winter allerdings war sie oft hinter einer Maske aus Nebel verborgen, und dann war es schwer zu glauben, dass dort unten Tausende lebten und arbeiteten, dass sie in Lichterglanz und Lärm umherhasteten. Hier oben lagen die Gräber ihrer Vorfahren in Reihen oder in Gruppen zusammengekauert, oder sie stießen rein zufällig aneinander – sinnlose Gewölbe, Marmorblöcke, Granitkreuze, zerbrochene Säulen, mit Drapierungen verzierte Urnen, schlichte Steine –, und das alles überwuchert, versunken, kaum noch zu sehen. Kein berühmter Name dazwischen, kein denkwürdiger Titel, bloß obskure Tote, vergessen, verlassen, zu nichts mehr im Stande als Stille zu gebieten.

Und diese Stille wurde vergewaltigt durch Gillys Geschwafel. Er hatte nur ein einziges Gesprächsthema, aber das war unerschöpflich, und alles und jedes brachte ihn darauf zurück. Ein Name auf einem Grab, Bruchstücke eines Verses auf einem Gedenkstein, ein Spatzenpärchen, die Statue eines Engels in fließendem Gewand. »Alles tipptopp dran an der da«, sagte er dann, schnalzte mit der Zunge und strich einer weinenden Muse über das steinerne Fleisch – mit Händen so rau und schwielig, dass John sich fragte, ob wohl irgendeine lebendige Frau es ertrüge, von ihm berührt zu werden. Oder er riss den Efeu von einem Grab, in dem eine Wirtschafterin lag, die drei Mal geheiratet hatte. »Konnte nicht genug kriegen davon, die da, was?« Und derartige Betrachtungen führten ihn dann jedes Mal zu endlosen Reminiszenzen an Frauen, die er gehabt hatte, oder an solche, die er gerade hatte, oder er prahlte wie als Vorgeschmack auf jene, die in der Zukunft auf ihn warteten.

Vor nichts machte er Halt. Weder das steingemeißelte Leid eines Elternpaares, das den Tod seiner siebzehnjährigen Tochter betrauerte, noch die steinernen Beschwörungen der Qualen jener, die im Kindbett gestorben waren, ließen ihn verstummen. Einige der Grabgewölbe waren aufgebrochen worden und standen offen, und da stieg er dann hinein, die unterirdischen Stufen hinunter, um aus der Tiefe heraus John und Marlon zuzurufen, dies sei ein feiner Platz, mal ein Mädchen mitzubringen. »Wär dufte hier im Sommer. Diese Regale hier, das gibt 'n gutes Bett ab, aber echt! Richtiges kleines Lotterbett.«

John bedauerte oft, was er einmal getan hatte – diesen

Vorfall, der dazu geführt hatte, dass Gilly ihn rückhaltlos bewunderte. Es war an ihrem ersten Tag hier draußen gewesen. Noch ehe er es tat, war er sich darüber klar gewesen, dass er es nur machte, um ihnen zu zeigen, dass er anders war als sie, um von Anfang an deutlich zu machen, dass er nur deshalb zum Arbeiter geworden war, weil es zurzeit für Leute wie ihn keine andere Beschäftigung gab. Sie sollten wissen, er hatte die Universität besucht und war ausgebildeter Lehrer. Scham und ein Gefühl der Erniedrigung, dass er gezwungen war, diese unqualifizierte Arbeit anzunehmen, fraßen an seiner Seele. Sie sollten wenigstens begreifen, dass seine Ausbildung ihn zu Höherem befähigte. Aber im Grunde war es nur dumme Eitelkeit gewesen.

In einer tiefen Gruft war weiter nichts mehr gewesen als Steine und tote Blätter. Er war hineingesprungen, hatte einen großen Stein voller Narben und Höhlungen in die Höhe gehoben und dröhnend deklamiert: »Der Schädel hatte einmal eine Zunge und konnte singen: wie ihn der Schuft auf den Boden schleudert, als wär es der Kinnbacken Kains, der den ersten Mord beging!«

Gilly gaffte ihn an. »Denkste dir das selbst aus?«

»Shakespeare«, belehrte ihn John, »Hamlet«, und die Ehrfurcht auf Gillys ungeformtem Stupsnasengesicht ließ ihn weitermachen – ein erbärmlicher Aufschneider in einem Erdloch: »Sei so gut, Horatio, sage mir dies eine. Glaubst du, dass Alexander in der Erde solchergestalt aussah? Und so roch? Pah!«

Marlon war weiß geworden. Spitz ragte sein Gesicht zwischen den dünnen, gelben Haarsträhnen hervor. Er trug eine schwere, blaue Kapuzenjacke, eine Art Anorak. Sie verlieh ihm ein mittelalterliches Aussehen, wie er da gegen die Kapellenwand lehnte, über deren Turm ein El-Greco-Himmel wogte, purpurn und schwarz, der seine tief hängenden Wolken über dieses nördliche Toledo jagte. Gilly aber lachte und bat John weiterzumachen. Und John machte weiter, wandte sich an die Zuschauer im Parkett, den Stein hoch in der aufgereckten Hand: »Ach, armer Yorick! ...«, bis er ihn schließlich mit dem Pathos eines Schmierenschauspielers in die Gegend schleuderte. Und als er wieder oben auf dem Weg stand, ließ er sich von Gilly auf die Schulter klopfen, der ihm sagte, was er doch für einen mordsmäßigen Grips habe. Und Gilly bewies so recht, wer er war und was das alles ihm bedeutet hatte, indem er die ganze Sache noch einmal hören wollte, diese Sache da mit den Lippen, die wer weiß wie oft geküsst hatten ...

Marlon hatte weder gelacht noch ihm gratuliert. Völlig verstört, erschreckt durch die Dreistigkeit und die Unverständlichkeit des Ganzen, fummelte er an einer neuen Zigarette herum, zündete sie an – eine von den sechzig, die er an diesem Tage rauchen würde. Zigaretten waren alles, was er hatte, eine fragile Verbindung zu jener realen Welt, in der seine Mutter ihn vor sechzehn Jahren nach einem berühmten Schauspieler benannt hatte. Der Rauch floss von seinen hängenden Lippen. Wäre die Zigarette nicht gewesen, man hätte ihn für einen Schauspieler aus einem mittelalterlichen Mysterienspiel oder aus einem Chor von Wahnsinnigen halten können. An jenem Tag, wie auch an all den anderen, die noch folgten, trottete er hinter ihnen her, als sie sich auf den Heimweg machten, durch schattige Schneisen unter lederblättrigen Stechpalmen zwischen den kleinen Häusern der Toten.

In der Baracke gab es noch einen Tee, und dann nichts wie nach Hause; der Vorarbeiter zu seiner Doppelhaushälfte und seiner gemütlichen Frau, Marlon zu seiner Mutter in ihrem stickigen Zimmer und zum Werbefernsehen, John in sein Wohnschlafzimmer und Gilly (es war ein Privileg, dass John, der Bevorzugte, es erzählt bekam) in die Arme der Frau eines Kasinobesitzers, deren Gatte die Virilität eines Totengräbers vermissen ließ.

Die Kapelle war aus gelblich-grauen Steinen erbaut. Sie hatte ein achteckiges Hauptschiff, und auf dem Fußboden wuchsen haardünne Gräser zwischen den Steinplatten. An einer Seite war ein gedrungener Turm angefügt, der an jeder Ecke von einem schmalen, reich verzierten Helm überragt wurde. Die vier Seitentürmchen, verwittert, zerfressen und schmutzig, sahen aus wie mit Rost überzogene Nadeln. Die Arbeiter benutzten die Kapelle als Depot für Fragmente zerstörter Begräbnisstätten, Steinfiguren und alte Eisengitter. Nicht einmal Gilly brachte Marlon mit seinem raubeinigen Drängen dazu hineinzugehen. Er fürchtete sich zwar vor Gilly und vor dem Polier, aber doch nicht so sehr wie vor der Kapelle mit ihrem hallenden Echo und dem trockenen Staub zu seinen Füßen.

Gilly spottete: »Was würdest du machen, Marl, wenn du dich umdrehst, und da steh nicht ich, sondern ein Skelett in einem Leichentuch – na, Marl?«

»Lass ihn in Ruhe«, verlangte John, und als sie allein im Mittelschiff standen: »Du weißt doch, er ist ein bisschen retardiert.«

»Großartige Worte, die du dafür benutzt, John. Ich nenn ihn beknackt: Weißt du, was er gestern zu mir gesagt hat? – All die Gräber werden sich öffnen, und die toten Leichen werden rauskommen. Und an irgendeinem bestimmten Tag soll das sein. – Und was für 'n Tag ist das?, hab ich gefragt. Aber er hat bloß den Kopf geschüttelt.«

»Der Tag des Jüngsten Gerichts«, erklärte John, »wenn die Geheimnisse aller Herzen enthüllet werden.«

»Wär mir aber gar nicht recht, so was. Paar von den alten Schädeln würden ganz schön rot werden, wenn ich ihnen erzähle, was ich so in der letzten Nacht alles gemacht hab. Die Geheimnisse aller Herzen? Mann, da brauchste bei mir bloß ein paar zu enthüllen, und es wär ein ganzer Haufen Kerle hinter mir her, allen voran der alte Knacker, du weißt schon. Würde sein verdammtes Rouletterad zerbrechen, der!«

»Auf deinem Schädel, nehme ich an?«, versetzte John.

»Ein Leben – kurz, aber geil, sag ich immer!« Sie traten in das kalte, blasse Sonnenlicht hinaus. »Sieh mal, hier haste gleich einen Beweis für meine These: Angelina Clara Bowyer, 1816 bis 1839. – Genauso alt, wie du bist, Freundchen, und hat fünf Kinder gekriegt. Die muss ihren Alten ganz schön fertig gemacht haben.«

»Er hat sie fertig gemacht«, antwortete John, und im Geist sah er sie vor sich – mit ihren aufgesteckten, geflochtenen Haaren, mit dem langen, schlichten Kleid und den Symptomen der Schwindsucht im Gesicht. Und er sah den jungen Ehemann zwischen seinen fünf wohlgenährten Kindern trauern, den Flor am Hut, den schwarzen Mantel. Unter einem Himmel wie diesem, die Sonne eine weißliche Pfütze zwischen Wolkenschichten, kam er mit dem Geistlichen und den Trauernden und den Sargträgern, um sie in die Erde zu legen. Die Blumen raschelten im beißenden Wind ... Brachte man damals überhaupt Blumen zu einer Beerdigung mit? Er wusste es nicht, und dass er es nicht wusste, vertrieb die Vision und brachte ihn in die Wirklichkeit zurück – zum Klirren des Spatens gegen Granit, zu dem Geruch von Marlons Zigarette und zu Gillys Geschwätz, so entnervend wie das eines alten Weibes über seine Wehwehchen und Zipperlein; bloß, dass er von Sex redete.

Sie hörten immer um vier mit der Arbeit auf, jetzt, wo die Dämmerung so früh kam. »Tja, die Nächte werden länger«, meinte der Vorarbeiter, brühte Tee und füllte die Konservendose, die Gilly in dem Grab gefunden hatte, mit Kippen.

»Wann haben wir es denn geschafft?«, stotterte Marlon, rückte näher an den Ofen und hustete ein wenig.

»Kommt drauf an, was wir eigentlich schaffen sollen«, meinte der Polier, »hier ein bisschen graben, da ein bisschen ausholzen ... Ich hab so das Gefühl, irgendwann in diesen Tagen kommt dieser Behördenheini an und sagt: ›Das war's nun, Jungs, den Rest könnt ihr den Eichhörnchen überlassen.‹«

Gilly betrachtete seinen Kalender, klappte das November-Nachthemdmädchen zu Gunsten des Dezember-Nikolausgirls um. »Wenn's nach mir ginge, dann würden sie das Ganze hier planieren, den gesamten Mittelteil, Rasen anlegen und die ganze Chose zu einem tollen Park machen. Das ist gesund, ist so was, 'nen Platz, wo einer sein Mädchen mitbringen kann. ›Lovers Lane Park‹, das wär doch ein guter Name. Ich würd hier lieber richtige heiße Vögel sehen, nicht bloß die verdammten Krähen.«

»Das kannst du nicht machen«, widersprach Marlon, »da sind doch die toten Leute drin.«

»Na und? Da waren doch auch tote Leute an den Rändern, und die haben sie ausgegraben. Die haben ... die haben ... wie nennt man das doch, John?«

»Sie haben den Boden säkularisiert.«

»Hörst du, was John sagt? Der ist gebildet, der weiß Bescheid.«

Marlon erhob sich langsam, die Zigarette klebte an seiner Lippe. »Du meinst, sie haben sie ausgegraben? Da waren noch mehr, und sie haben sie ausgegraben?«

»Klar haben sie das gemacht. Du glaubst doch wohl nicht, sie haben sie da drin liegen gelassen, wie?«

»Aber wo sind die denn nun, wenn der Jüngste Tag kommt? Wie sollen sie die Steine aufheben und rauskommen?«

»Also um Christi willen, jetzt ist aber genug davon, Marlon, junger Freund«, sagte der Vorarbeiter. »Mir scheint, es wär' besser, deine Mutter nimmt dich nicht mehr mit in die Kirche, wenn du nur solches Zeug dort aufschnappst.«

»Aber sie *müssen* herauskommen, sie müssen kommen und richten!«, schrie Marlon, und da befahl der Vorarbeiter ihm scharf, er solle den Mund halten, denn sogar ihn packte das Grausen bei so was, zumal bei der Dunkelheit, die die Baracke einkreiste und in der sich das Kernstück des Friedhofes abzeichnete wie ein einziger schwarzer Grabhügel, gehörnt von den Turmspitzen der Kapelle.

John fragte sich, in was für eine Kirche Marlon wohl ging, die einer merkwürdigen Sekte vielleicht. Oder war es nur sein unvollkommenes Hirn, das die gängige Vorstellung vom Jüngsten Gericht zu seiner eigenen Version verzerrte? Die grimmigen Toten, die richtenden Toten, die wie Zensoren in der Erde lagen?

Für ihn war der Friedhof anfangs nichts anderes gewesen als eine bewaldete Hügelkuppe, und die Grabsteine nichts anderes als zufällig freigeschürftes Granitgestein. Jetzt war das nicht mehr so. Die Namen der Inschriften, still für sich gelesen oder spöttisch hergesagt von Gilly, ließen leibhaftige Bilder ihrer Träger vor ihm entstehen:

James Calhoun Stokes, 1798–1862, Städtischer Kaufmann: »Aufrecht in allen seinen Taten; aufrecht stand er auch, seinem Schöpfer zu begegnen.« Natürlich hatte Gilly dafür eine obszöne Bemerkung parat gehabt. Thomas Charles Macpherson, 1802–1879, Baumeister: »Gesegnet sind, die reinen Herzens sind.« Lucy Matilda Osborne, 1823–1896: »Ihre ergebene Pflichterfüllung gegenüber ihrem Gatten und ihre Zuneigung zu ihren Söhnen ward nur übertroffen von ihrer frommen Hingebung zu ihrem Gott.«

John sah sie vor sich in ihren Cuts, in wollenen Amtstalaren oder auf dem Totenbett, mit der Nachtmütze auf dem Kopf.

Marlon aber sah sie als eine Ehrfurcht gebietende Prozession, horchend, prüfend, vielleicht wissend von ihren schlimmsten Freveln.

»So ein Haufen alter Stümper! Dabei wirst du selber bald da unten liegen, bei all den Glimmstängeln, die du so an einem Tage schaffst!« Gilly saß auf einem umgestürzten Stein und lachte. Er hatte John mehr über die Frau des Kasinobesitzers erzählt, während er versuchte, zwischen den Statuen, die sie zusammengetragen hatten, eine zu finden, deren Figur der ihren vergleichbar wäre. Britannias, Musen, Allegorien von Tugenden und Künsten, alle lagen sie hingestreckt, die leeren, grauen oder bronzenen Gesichter aufwärts starrend in den bewölkten Himmel.

»Was machen wir eigentlich mit ihnen?«, fragte Marlon mit seiner gequälten Stimme, die immer gleich verzweiflungsvoll klang, egal, ob er nach Trivialitäten fragte oder einen seiner prophetischen Ausbrüche hatte.

»Frag den Vorarbeiter«, meinte John.

»Der wird das gerade wissen!« Gilly hob sich eine

Bronzestatue auf den Schoß, die nahezu nackt war, kaum über den Schenkeln mit einem metallenen Faltenwurf verhüllt. »Ein geiler alter Teufel muss er gewesen sein, dieser Sidney George Sowieso, wenn er die über sich sitzen hatte, als er tot war.«

»Er war Historiker, besagt die Inschrift«, erklärte ihm John, »und sie ist wahrscheinlich Klio, die Muse der Geschichtsschreibung. Deshalb hat sie auch eine Schriftrolle in der Hand.«

Und dann, weil Gilly ihn anödete und weil er wegen Marlon Angst hatte: »Komm, wir schaffen sie alle in die Kapelle, bis der Bursche von der Behörde kommt.«

Aber Gilly wollte nicht ablassen von dem Mordsspaß, die Bronze zu tätscheln. Jeder erreichbare Zentimeter ihrer Anatomie wurde untersucht, bis er unversehens aufsprang, sie in eine der schlammigen Fahrspuren kippen ließ, die der Lastwagen hinterlassen hatte, und auf das säulenverzierte Mausoleum zulief, von dessen Kuppel sie herabgestürzt war.

Er stellte sich mitten hinein und warf die Arme in die Luft – ein Satyr, dachte John, in einem von nordischem Regen besudelten Tempel.

»Ich sag ja, du warst ein geiler alter Bock, Sidney, jawohl, das warst du! Ich hatte selbst mal 'ne Tussi, die Klio hieß, ha, ein heißer Vogel!« Sein Geschrei durchlöcherte das dichte Grau, die Stille, die nebelgetränkte Luft. Gilly sprang von dem Podest herab, stieß mit dem Fuß hier gegen einen Grabstein, dort gegen eine Marmorurne, dann hockte er sich auf eine abgebrochene Säule. »Kommt doch raus, ihr alle, wenn ihr wollt«, schrie er, »bloß, ihr könnt nicht, weil ihr so verdammt tot seid!«

Da gab Marlon einen grauenhaften Ton von sich, ein Stöhnen, wie es ein Mann im Schlaf, in einem Albtraum ausstößt, wenn er zu schreien glaubt. Er flüchtete in die Fahrerkabine des Lastwagens und kauerte sich dort zusammen.

»Du dämlicher Hund, Gilly!« John hob Marlons heruntergefallene Zigarettenpackung auf und wischte den Schmutz ab. »Musst du dich wie ein zehnjähriges Kind benehmen?«

»Ich musste mir einfach mal irgendwie Luft machen in dieser Knochenkippe«, murrte Gilly, »diesem Endstationsloch.«

»Na ja, genau das ist es nun mal, oder? Was hast du erwartet? Eine Bar? Schnaps? Tänzerinnen?«

Gilly fing erneut an zu lachen und hob seine Muse wieder auf. »Hätte nichts gegen diese Tänzerin hier. Ich glaub nicht, dass sie die vermissen würden, oder was meinst du? Würde gut aussehen in meiner Bude. Ich könnte sie auf den Tisch stellen.«

»Und wozu?«

»Na, die Leute haben doch oft solche Statuen, was? Im Rathaus haben sie welche. Würde meine Bude richtig aufmöbeln.«

»Komm«, sagte John, »schaffen wir sie alle in die Kapelle. Der Vorarbeiter kriegt zu viel, wenn er dich damit weggehen sieht. Und sie ist zu groß, um unter deine Jacke zu passen.«

Also stapelten sie die Statuen und Urnen in der Kapelle auf, und Gilly amüsierte sich damit, Schimpfwörter und Obszönitäten herauszubrüllen, deren Echo von den feierlichen Wänden zurückhallte, sodass Tauben, schwarze und weiße, furchtsam aus ihren Schlupfwinkeln aufflatterten.

»Was machst du eigentlich immer so in deinem Zimmer, John? Muss ein ziemlicher Frust sein, so jede Nacht ganz allein. Wie wär's, wenn du mal mitkommst zu meiner Puppe? Die hat 'ne sehr appetitliche Freundin. Das gäbe 'ne Festveranstaltung, du! Und ich meine damit nicht Essen und Trinken.«

»Nein, danke«, sagte John, und um seine Absage zu entschärfen, fügte er hinzu, er müsse lernen, was Gilly schwer beeindruckte. Nicht dass John zu stolz gewesen wäre, dass etwa die Vorstellung eines Zusammenseins mit Gillys Freunden irgendwelche snobistischen Ansprüche seiner Natur beleidigt hätte, es war keine verwöhnte Überheblichkeit; aber er zog doch die wortlose Gesellschaft eines James Calhoun Stokes und der Angelina Bowyer und des Historikers vor; besser, während der Abende von ihnen zu träumen und über ihre verlorenen Leben nachzusinnen. Aber auch, wenn er ablehnte, hielt er es für sehr wahrscheinlich, dass der plump aufdringliche Gilly sein Nein nicht ernst nahm und ihn eines Abends mit seinem Mädchen und dieser Freundin aufstöberte. Davor hatte er ein bisschen Angst, wenn es auch nicht Marlons besessene Angst vor Drohungen aus einer anderen Welt war.

Als Gilly dann wirklich bei ihm auftauchte, war es an einem kalten, mondhellen Abend, und er kam allein.

»Ich haue ab«, erklärte Gilly, »bei mir ist die Hölle los. Alle guten Sachen haben mal ein Ende. Du kannst dem Vorarbeiter morgen früh Bescheid sagen, okay? Ich geh nach Süden. Hab da ein Mädchen in London, die küsst den Boden, auf dem ich gehe, die arme Kuh. Bei der komme ich unter. Aber das bleibt zwischen uns beiden, verstanden?«

»Aber warum?«

»Er hat es rausgekriegt, ihr Alter, und ich glaub bestimmt, der setzt seine schweren Jungs auf mich an, dass sie mich abknallen. Zusammengeschlagen hat er sie – verdammte Gangster sind die, allesamt! Sie wird mir fehlen.« Tränen standen ihm in den Augen, und John starrte ihn verblüfft und beschämt an. »Arme Kuh«, sagte Gilly, und der Ausspruch war eine Liebkosung, eine Zärtlichkeit.

»Soll ich mit dir zum Bahnhof kommen?«

»Nicht nötig. Ich komme bloß, um's dir zu sagen, damit du dem Polier Bescheid sagst. Übrigens muss ich vorher noch was erledigen, nämlich die Statue, diese Klio, holen.« Er wandte sich halb ab. »So als Souvenir – wegen der haargenauen Ähnlichkeit.«

»Du willst jetzt, nachts, auf den Friedhof? Deswegen?«

»Hab doch gesagt, ich will sie haben.« In seinen glasigen Augen lag ein erschütternder Hunger. Alles, was seine Liebe betraf, hatte er in den dürftigen Worten ausgedrückt, die ihm zur Verfügung standen. Beredt war er nur bei Obszönitäten. »Ist ja Mondschein«, meinte er, »und ich hab 'ne Taschenlampe. Ich klettere über die Mauer.«

»Tschüss, Gilly«, sagte John, »mach's gut.«

Am Morgen war der Himmel kupferfarben, oben grau und rötlich am Horizont, wo die Sonne hing. Es war Wintersonnenwende.

»Wie das Ende der Welt«, sagte Marlon.

Händereibend kam der Polier herein. »Wir kriegen Schnee, und zwar noch ehe der Tag zu Ende ist, sag ich euch. Gilly kommt zu spät.«

John erklärte ihm, dass Gilly überhaupt nicht käme. Er sagte nicht, warum, und wartete auf einen Wutausbruch, aber der Vorarbeiter schob bloß die Unterlippe vor, setzte den Kessel auf und nahm sich eine von Marlons Zigaretten.

»Kein großer Verlust«, meinte er. »Den werden wir nicht vermissen. Und wenn mich nicht alles täuscht, dann sind wir heute Abend sowieso alle entlassen, wenn dieser Schuttplatz hier eingeschneit ist. Da könnt ihr euch alle begraben lassen, Jungs, gerade rechtzeitig zu Weihnachten.«

Marlon zeigte keine Neigung, die stickige Wärme der Baracke, wo der Vorarbeiter jetzt einen kleinen Koksofen hatte, gegen die raue Luft und das gelbliche Halbdunkel des Friedhofes einzutauschen. Aber der Polier wollte sie los sein, er wollte allein sein, müßig und warm und in Ruhe gelassen. Er nahm Gillys Kalender von der Wand und schob ihn zwischen die glühenden Koksbrocken, und das Letzte, was John davon sah, war der sonnenbraun glänzende Körper eines nackten Mädchens, der sich im Feuer krümmte.

Sie traten hinaus in die fröstelnde Kälte des kürzesten Tages, und der Polier trieb sie zur Eile, indem er eigenhändig den Raureif von der Windschutzscheibe des Lasters wischte.

John fürchtete, dass der Junge Scherereien machen würde, so abschreckend wirkte der Friedhof in dem Dämmerlicht unter dem unheimlichen Himmel. Aber nachdem John mehrfach beteuert hatte, dass Gilly wirklich nicht käme, und nachdem das auch schließlich in seinen Kopf eingedrungen war, wurde Marlon fröhlicher und einem normalen Menschen ähnlicher, als John ihn je erlebt hatte. Er lachte sogar. In der Fahrerkabine knuffte er John übermütig, und als dadurch der Laster ins Schlingern geriet, bog er sich vor Lachen.

Als sie jedoch im zentralen Bereich des Friedhofes ankamen und sich ans Aufräumen und Jäten machten, da wurde er wieder schweigsam, wenngleich er innerlich ruhig wirkte. All die Monate lang hatte John sich nach Ruhe gesehnt, nach der Erlösung von Gillys endlosen Prahlereien und Anzüglichkeiten, aber nun, da er diese Ruhe hatte, war ihm keineswegs wohl zu Mute. Es hatte vielleicht etwas damit zu tun, dass er allein mit Marlon hier oben war. Insgeheim verachtete er sich selbst, dass er vor einem armen, zurückgebliebenen Jungen Angst hatte, aber es stimmte, er hatte Angst. Zum Teil lag es wohl an der immer schwerer lastenden Atmosphäre, an der kalten Windstille, der tiefer werdenden Dämmerung, wie bei einer Sonnenfinsternis, und an der Art, wie Marlon zuweilen minutenlang leer vor sich hin glotzte und dabei den Spaten hin und her schwang. Was ihn jedoch geradezu sehnsüchtig auf den Schnee warten ließ, der sie wieder in die Baracke zurücktreiben würde, das war Marlons neue Angewohnheit – jetzt, da Gilly nicht mehr da war und ihn verhöhnen konnte –, die Grabsteine zu streicheln und anscheinend mit ihnen zu flüstern. Dass er es ehrerbietig und behutsam tat, trug auch nicht dazu bei, Johns Gemüt zu erleichtern. Es war, als beschwichtige er die Toten und versichere ihnen, dass nun alles gut werden würde. Und eine untergründige Gewissheit, die an Intensität zunahm, während die Zeit langsam verrann, beschlich John, nämlich, dass der Friedhof irgendwie eine Veränderung erfahren hatte. Anfangs war er für ihn lediglich ein Ort gewesen, an dem er arbeitete, später dann ein Hort der Traurigkeit und der verlorenen Vergangenheit, niemals aber – bis jetzt – etwas Beängstigendes oder Makabres. Vielleicht war sein Gefühl hauptsächlich auf die Absonderlichkeit dieses Tages zurückzuführen, auf dieses permanente Zwielicht und das Bewusstsein, dass in diesen Stunden die Erde die größte Entfernung zur Sonne erreicht hatte.

Aber es war doch mehr als das. Das mochte als Erklärung für die Verzerrungen genügen, die er zu sehen meinte – die Gräber schienen dichter zusammengerückt, der Kapellenturm höher und dunkler –, nicht aber für sein Empfinden, dass sich auf dem Friedhof, seit er ihn zuletzt gesehen hatte, irgendein Frevel, irgendein Exzess ereignet habe. Als diese Wahnvorstellungen so stark geworden waren, dass er sich greifbare Veränderungen wahrzunehmen meinte – hatten sich nicht die Positionen der Steine und Grabplatten verschoben? –, blickte er auf seine Uhr und erklärte Marlon, dass sie jetzt aufhören könnten.

Der Polier hatte angeordnet, sie sollten eine Wagenladung Bruchstein aus der Kapelle mit hinunterbringen, danach könnten sie dann Schluss machen. Der Himmel hatte sich ein wenig aufgehellt, er schimmerte gleichmäßig, aber sie mussten trotzdem die Scheinwerfer eingeschaltet lassen. Die bleichen, dunstigen Lichtkegel bohrten sich in das Gestrüpp und erstarben in dichter Schwärze. Sie parkten neben dem Turm.

»Kannst du dich nicht zusammennehmen und mit reinkommen«, fragte John, »oder muss ich alles allein machen?«

Marlon brachte ein dümmlich verschlagenes Lächeln zu Wege.

»Aber du gehst zuerst!«

Das Abbruchgestein war an der entlegensten Seite des Oktagons aufgestapelt. Er sah Gilly, noch ehe er dort war. Gilly lag auf dem Rücken zwischen den Musen und Jungfrauen, Kopf und Gesicht eine Masse von schwarzklumpigem Blut, an der Steinsplitter klebten. Klio, das Souvenir seiner Liebe, war aus seinen Händen gerollt. Seine Augen starrten, als sähen sie noch immer jene Abgesandten der Vergeltung.

»Gilly, Gilly!«, brüllte John, und die acht Wände tönten zurück: »Gilly, Gilly!« Sie riefen es Marlon zu, als er durch den Turm ins Mittelschiff kam.

Marlon schrie nicht Gillys Namen, er brach in einen unirdisch hohlen Schrei aus.

»Die toten Menschen sind rausgekommen! Die Toten haben ihn gerichtet! Der Tag ist gekommen, das Ende der Welt ... der Jüngste Tag, der Jüngste Tag!«

Von den Balken, aus dem zerborstenen Dach stoben die Vögel auf, ein Krächzen, ein Kreisen, ein großes Flügelschlagen. Und das Echo lärmte wie das Dröhnen einer Totenglocke. John taumelte hinter Marlon her ins Freie, hinter der jagenden Gestalt, die da schrie wie ein Prophet in der Wildnis, taumelte hinein in das Weiß, das die Welt reinigte.

In großen, wattegleichen Flocken hatte es zu schneien begonnen.

Eine glänzende Zukunft

»Sechs müssten genug sein«, meinte er, »sagen wir also sechs Tee-Versandkisten und einen Überseekoffer. Wenn Sie sie morgen anliefern, dann packe ich das ganze Zeug zusammen, und vielleicht könnten Ihre Leute dann am Mittwoch alles abholen.« Er machte sich auf einem Stück Papier Notizen. »Fein«, sagte er, »also morgen um die Mittagszeit.«

Sie hatte sich nicht gerührt; sie saß noch immer in dem großen Sessel mit den Armlehnen aus Eichenholz am anderen Ende des Zimmers. Er blickte widerstrebend zu ihr hinüber, brachte eine Art Grinsen zu Stande und tat, als sei alles in Ordnung.

»Kein Problem«, meinte er, »die Leute sind sehr effizient.«

»Ich hab es nicht glauben können«, sagte sie, »dass du es wirklich tust. Nicht, bevor ich dich am Telefon gehört hab. Ich hätte es einfach nicht für möglich gehalten. Du wirst tatsächlich all die Sachen einpacken und zu ihr schicken lassen?«

Mussten sie es denn nun noch mal alles wieder von vorn durchkauen! Natürlich mussten sie; und es würde auch kein Ende haben, bis er den Kram hier heraus hatte und sich selber auch, weg aus London, und auf Nimmerwiedersehen von ihr fort. Aber er würde sich weder auf eine Auseinandersetzung einlassen noch lange Verteidigungsreden halten. Er zündete sich eine Zigarette an und wartete darauf, dass sie anfing, und im Stillen dachte er, dass in einer Stunde die Pubs aufmachten, dann konnte er weggehen und sich einen Drink genehmigen.

»Ich verstehe nicht, weshalb du überhaupt hergekommen bist«, sagte sie.

Er antwortete nicht. Er hielt noch immer das Zigarettenetui in der Hand, jetzt schloss er den Deckel, spürte die Kühle des Onyx an den Fingerspitzen.

Sie war kalkweiß geworden. »Bloß, um deine Sachen zu holen? Maurice, bist du bloß deswegen zurückgekommen?«

»Es sind *meine* Sachen«, sagte er wie nebenbei.

»Du hättest jemand anderen schicken können. Selbst, wenn du mir geschrieben und mich gebeten hättest, es zu tun ...«

»Ich schreib nie Briefe«, sagte er.

Da regte sie sich. Sie hob mit einer kleinen, flatternden Bewegung die Hand vor den Mund. »Als ob ich das nicht wüsste!«, keuchte sie schwer atmend. Unter großer Anstrengung gewann sie die Kontrolle über ihre Stimme zurück. »Du warst für ein Jahr in Australien, ein ganzes Jahr, und du hast mir nicht ein einziges Mal geschrieben.«

»Ich hab telefoniert.«

»Ja, zwei Mal. Das erste Mal, um mir zu sagen, dass du mich liebst und dass du mich vermisst und dass du dich danach sehnst zurückzukommen und ob ich auf dich warten würde, und da sei doch wohl kein anderer, oder? ... Und das zweite Mal, vor einer Woche, um zu sagen, du würdest am Sonnabend hier sein und ob ich – ob ich dich unterbringen könnte. Mein Gott, ich habe zwei Jahre lang mit dir zusammengelebt, wir waren praktisch verheiratet, und dann rufst du an und fragst mich, ob ich dich unterbringen könnte!«

»Na ja, Worte«, meinte er. »Wie hättest du es denn ausgedrückt?«

»Vor allen Dingen hätte ich Patricia erwähnt. O ja, ich hätte sie erwähnt, so viel Anstand und Menschlichkeit hätte ich besessen. Weißt du, was ich gedacht habe, als du sagtest, dass du kommst? Ich müsste ja wirklich allmählich wissen, wie verdreht er ist, hab ich gedacht, wie unbekümmert um andere. Schreibt nicht, ruft nicht an noch sonst irgendwas ... aber das ist typisch Maurice, der Mann, den ich liebe, und jetzt kommt er zurück zu mir, und wir werden heiraten, und ich bin so glücklich!«

»Ich hab dir aber doch von Patricia erzählt.«

»Aber erst, nachdem du mit mir geschlafen hast.«

Er krümmte sich innerlich. Es war ein Fehler gewesen, dass ... Natürlich hatte er nicht vorgehabt, sie über den gängigen Begrüßungskuss hinaus anzurühren. Aber sie war sehr attraktiv, und er war an sie gewöhnt, und sie schien es zu erwarten, und ... Ach, zum Teufel! Frauen hatten keine Ahnung von Männern und Sex. Und schließlich gab es da nur das eine Bett, nicht wahr? Es hätte doch eine Mordsszene gegeben an jenem ersten Abend, wenn er vorgeschlagen hätte, er wolle auf dem Sofa hier drinnen schlafen.

»Du hast mit mir geschlafen«, sagte sie, »und du warst so leidenschaftlich, es war genauso, wie es immer war, und dann, am nächsten Morgen, da hast du's mir erzählt: Du hättest eine Aufenthaltsgenehmigung gekriegt, um in Australien zu bleiben, du hättest einen festen Job, du hättest ein Mädchen kennen gelernt, das du heiraten wolltest ... Genau so hast du es mir erzählt, so beim Frühstück. Hast du je einen Schlag ins Gesicht bekommen, Maurice? Hat man dir je auf deinen Träumen herumgetrampelt?«

»Wär's dir lieber gewesen, ich hätte noch länger gewartet? Und was den Schlag ins Gesicht betrifft –«, er rieb seine Backenknochen, »– du hast 'nen ganz guten Schlag am Leibe!«

Ein Frösteln überlief sie. Sie stand auf und begann langsam, mit steifen Schritten durchs Zimmer zu gehen. »Ach, ich hab dich ja kaum getroffen. Ich wollte, ich hätte dich umgebracht!« An einem kleinen Tisch machte sie Halt. Ein Porzellanfigürchen war darauf, ein bronzener Brieföffner und eine Federschale aus Onyx, passend zum Aschenbecher. »All diese Sachen«, sagte sie, »ich hab sie für dich aufbewahrt, wie einen Schatz hab ich sie gehütet. Und jetzt wirst du sie alle zu ihr verfrachten. All die Sachen, mit denen wir gelebt haben. Immer habe ich sie betrachtet und dabei gedacht – das hat Maurice damals gekauft, da gingen wir zu ..., o Gott, ich kann es nicht glauben: Alles wegschicken zu ihr!«

Er nickte und blickte sie unverwandt an. »Du kannst das große Zeugs behalten«, sagte er, »und mit besonderem Vergnügen das Sofa. Ich hab zwei Nächte lang versucht, darauf zu schlafen, und möchte das verdammte Ding nie mehr wieder sehen.«

Sie nahm die Porzellanfigur und warf sie nach ihm. Sie traf ihn nicht, weil er sich duckte, sodass sie gegen die Wand prallte, wobei sie knapp eine gerahmte Zeichnung verfehlte.

»Achtung, der Lowry«, sagte er lakonisch, »ich hab eine Menge Geld dafür bezahlt.«

Sie ließ sich auf das Sofa fallen und brach in Schluchzen aus. Sie warf sich herum, hämmerte mit den Fäusten in die Kissen. Er ließ sich dadurch nicht aus der Fassung bringen. Er würde sich überhaupt nicht aus der Fassung bringen lassen. Sobald er diese Sachen hier eingepackt hatte, würde er auf und davon sein und die nächsten drei Monate damit verbringen, durch Europa zu reisen – ein freier Mann, frei für Eindrücke, für Vergnügungen, für Mädchen ... Er würde sich noch ein letztes Mal in einem tollen Ausbruch die Hörner abstoßen, und danach dann zurück zu Patricia, zu einem eigenen Heim, einem Job und zur Verantwortung. Es war eine glänzende Zukunft, und er würde sie sich durch dieses hysterische Weib nicht vermasseln lassen.

»Hör endlich auf damit, Betsy, um Gottes willen«, sagte er. Er schüttelte sie derb an der Schulter, und dann ging er einfach weg, denn es war jetzt elf, und er konnte seinen Drink bekommen.

Betsy machte sich einen Kaffee und wusch sich ihre geschwollenen Augen. Sie ging umher, betrachtete den Nippes und die Bücher, die Gläser und Vasen und Lampen, die er ihr morgen fortnehmen würde. Nicht dass es ihr viel ausmachte, all das zu verlieren, diese Gegenstände an sich, es war vielmehr die Leere, die dann zurückbleiben würde, und das Bewusstsein, dass sie alle Patricia gehören würden.

In der Nacht war sie aufgestanden, hatte seine Brieftasche gesucht, die Fotos von Patricia herausgeholt und sie zerrissen. Aber sie erinnerte sich gut an das Gesicht, hübsch, hart und habgierig, und sie malte sich aus, wie sich diese hellen Augen entzückt weiteten, während Patricia die Teekisten auspackte, wie die plündernden Hände in dem Überseekoffer nach weiteren Schätzen wühlten, und das alles vielleicht, bevor Maurice selbst dort anlangte; wie sie Lampen und Gläser und Nippes in ihrem Heim verteilte, zu seinem Entzücken, wenn er dann schließlich käme.

Er würde sie heiraten, natürlich. Sie glaubt wohl, er ist

ihr treu, dachte Betsy, genau wie ich einmal dachte, er wäre mir treu. Jetzt weiß ich's besser. Die arme dumme Närrin, die ahnte nicht, was er getan hatte, kaum dass er mit ihr alleine war, oder was er demnächst in Frankreich und Italien tun würde. Das wäre doch mal ein hübsches Hochzeitsgeschenk für sie, oder vielleicht nicht – zusammen mit all dem hübschen Kleinkram im Überseekoffer?

Warum eigentlich nicht? Warum nicht diese Ehe zerstören, noch ehe sie begonnen hatte? Ein Brief! Ein Brief, den man versteckte ... in, sagen wir, in der weiß-blauen Ingwerdose? Sie setzte sich hin und schrieb. »Liebe Patricia ...« Welch stupide Art anzufangen, aber es war nun mal die Art, wie ein Brief beginnen musste, selbst an einen Feind.

»Liebe Patricia. Ich weiß nicht, was Maurice dir von mir erzählt hat, aber wir haben hier wie ein Liebespaar zusammengelebt, seit er angekommen ist. Um es deutlicher auszudrücken, ich meine, wir haben uns geliebt, wir haben miteinander geschlafen. Maurice ist unfähig, irgendjemandem treu zu sein. Wenn du es nicht glaubst, dann frag ihn doch selbst, warum er nicht in einem Hotel abgestiegen ist, wenn er mich nicht wollte. Das ist alles. – Deine ...« Sie unterschrieb mit ihrem Namen und fühlte sich ein wenig besser, gut genug und stabil genug jedenfalls, um ein Bad zu nehmen und sich etwas zu essen zu machen.

Sechs Tee-Versandkisten und ein Überseekoffer erschienen am folgenden Tag. Die Kisten rochen nach Tee, und auf ihrem Grunde lagen noch Krümel von Teeblättern. Der Überseekoffer war aus silbrigem Metall und hatte goldfarbene Metallspangen, ein wirklich schönes Objekt, anderthalb Meter lang, neunzig Zentimeter hoch, sechzig

Zentimeter breit, und der Deckel passte so genau, dass ein nahezu hermetischer Verschluss entstand.

Maurice begann um zwei Uhr mit dem Packen. Er verwandte Seidenpapier und Zeitungen. Die Teekisten füllte er mit Küchenkram, mit Tassen, Tellern und Besteck, mit Büchern und mit den Kleidungsstücken, die er vor einem Jahr zurückgelassen hatte. Sorgfältig und mit einem gewissen grimmigen Vergnügen ließ er all die Dinge aus, von denen Betsy behaupten könnte, sie gehörten ihr – all das armselig billige Zeug, die Edelstahllöffel und -gabeln, das Woolworthgeschirr, die entsetzlichen bunten Betttücher, rot und orange und olivgrün, die er immer gehasst hatte. Er und Patricia würden in weißem Leinen schlafen.

Betsy half ihm nicht. Sie sah zu, kettenrauchend. Er nagelte die Deckel auf die Kisten, und auf jeden Deckel schrieb er mit weißer Farbe seine Adresse in Australien. Aber er schrieb nicht seinen eigenen, er malte Patricias Namen. Er tat das nicht eigens, um Betsy zu piesacken, aber es tat ihm doch gut zu sehen, dass es sie quälte.

Er war in der Nacht erst gegen ein Uhr zurückgekommen, und natürlich hatte er keinen Wohnungsschlüssel bei sich gehabt. Betsy hatte ihn nicht hereingelassen, hatte ihn doch glatt unten auf der Straße stehen lassen, also musste er bis sieben in dem Wagen sitzen, den er gemietet hatte. Aber sie sah aus, als habe sie auch nicht geschlafen. Miss Patricia Gordon schrieb er; schnell und geschickt malte er die Buchstaben.

»Vergiss nicht deine Ingwerdose«, sagte Betsy, »ich will sie nicht.«

»Die kommt in den Überseekoffer.« Miss Patricia Gordon, 23 Burwood Park Avenue, Kew, Victoria, Australia 3101.

»Die schönen Sachen kommen alle in den Koffer. Den denk ich mir als spezielles Geschenk für Patricia.«

Der Lowry wurde abgenommen, sorgfältig abgepolstert und verpackt. Er wickelte den Onyx-Aschenbecher und die Federschale ein, die Alabasterschale, den bronzenen Brieföffner, die winzigen chinesischen Tassen, die hohen Rheinweingläser, das Porzellanfigürchen, ach ... Er schlug den Deckel des Koffers auf.

»Ich hoffe, der Zoll öffnet ihn!«, schrie Betsy ihn an. »Ich hoffe, sie beschlagnahmen und sie zerbrechen was! Jede Nacht werde ich beten, dass er auf dem Grunde des Meeres versinkt, ehe er drüben ankommt!«

»Das Meer«, meinte er gedehnt, »ist ein Risiko, das ich auf mich nehmen muss. Aber was den Zoll betrifft ...« Er lächelte. »Patricia arbeitet da, sie ist Zollbeamtin – hab ich dir das nicht erzählt? Ich bezweifle stark, dass sie überhaupt einen Blick hineinwerfen.« Er schrieb einen Aufkleber und befestigte ihn an der Seite des Koffers: MISS PATRICIA GORDON, 23 BURWOOD PARK AVENUE, KEW ... »So, jetzt muss ich gehen und ein Vorhängeschloss besorgen. Die Wohnungsschlüssel, bitte. Wenn du diesmal versuchst, mich auszusperren, ruf ich die Polizei. Ich bin noch immer der rechtmäßige Mieter dieser Wohnung, vergiss das nicht.«

Sie gab ihm die Schlüssel. Als er gegangen war, steckte sie ihren Brief in die Ingwerdose. Sie hoffte, er werde den Koffer gleich verschließen, aber das tat er nicht. Er ließ ihn offen, den Deckel zurückgeklappt, und das neue Vorhängeschloss baumelte an dem goldfarbenen Verschluss.

»Gibt's hier irgendwas zu essen?«, fragte er.

»Geh doch und besorg dir dein eigenes Essen! Geh und such dir eine andere Frau, die dich füttert!«

Er mochte sie, wenn sie so wütend und außer sich war; was er fürchtete, war ihre Liebe. Um Mitternacht kam er zurück, fand die Wohnung dunkel und legte sich aufs Sofa. Die Teekisten standen wie ein Verteidigungszaun um ihn herum, wie Barrikaden, und die weiße Schrift schimmerte matt in der Dunkelheit. MISS PATRICIA GORDON ...

Da kam Betsy herein. Sie knipste kein Licht an. Sie schlängelte sich zwischen den Kisten hindurch und setzte die Untertasse mit der Kerze, die sie in der Hand hielt, auf dem Überseekoffer ab. Im Kerzenschein sah sie mit ihrem langen weißen Nachthemd aus wie ein Gespenst, eine nachtwandelnde Verrückte, eine Mrs Rochester, eine Weiße Frau.

»Maurice?«

»Geh weg, Betsy. Ich bin müde.«

»Maurice, bitte. Es tut mir Leid, dass ich all das gesagt habe. Und es tut mir Leid, dass ich dich ausgesperrt hab.«

»Okay, mir tut's auch Leid. Ist schon ein verdammter Mist, und vielleicht hätte ich's nicht so machen sollen, wie ich's gemacht habe. Aber mir scheint, es ist das Beste, wenn ich hier einfach verschwinde, wenn meine Sachen verschwinden ... 'ne saubere Trennung, klar? Und jetzt sei bitte ein gutes Mädchen und geh raus und lass mich ein bisschen Schlaf kriegen, ja?«

Was als Nächstes passierte, damit hatte er nicht gerechnet, das hätte er sich nie träumen lassen. Männer haben keine Ahnung von Frauen und von Sex. Sie warf sich auf ihn, unbeholfen, hungrig. Sie riss sein Hemd auf, begann seinen Hals zu küssen, seine Brust, hielt seinen Kopf, presste ihren Mund auf seinen Mund, lag schwer auf ihm und umklammerte seine Beine mit ihren Knien.

Er versetzte ihr einen derben Stoß, trat mit den Füßen

nach ihr; da fiel sie herunter und schlug mit dem Kopf gegen die Kante des Koffers. Die Kerze fiel um, flackerte und erstarb in einer Wachspfütze. Er fluchte laut in der Dunkelheit, und das sehr unverblümt, und knipste das Licht an. Sie stand auf und hielt sich den Kopf, der ein bisschen blutete.

»Oh, hau ab, um Gottes willen!«, sagte er, beförderte sie gewaltsam hinaus und knallte die Tür hinter ihr zu.

Als sie am Morgen ins Zimmer kam, eine blaue Beule an der Stirn, da lag er auf dem Rücken und schlief fest, alle viere von sich gestreckt. Sie schauderte bei seinem Anblick. Sie machte Frühstück, konnte aber nichts essen. Der Kaffee gab ihr den Rest, eine entsetzliche Übelkeit durchflutete sie. Als sie wieder ins Zimmer kam, saß er aufrecht auf dem Sofa und betrachtete sein Flugticket nach Paris.

»Die Leute kommen um zehn wegen der Sachen«, sagte er, als ob nichts geschehen sei, »und hoffentlich kommen sie nicht zu spät. Ich muss um zwölf am Flughafen sein.«

Sie zuckte die Achseln. Sie war durch die Hölle gegangen, und sie glaubte nicht, dass es noch irgendetwas gab, wodurch er sie verletzen konnte.

»Mach doch den Koffer zu«, sagte sie geistesabwesend.

»Alles zu seiner Zeit.« Seine Augen leuchteten. »Ich muss noch einen Brief reintun.«

Abschätzig sah sie ihn an, den Kopf gesenkt, die verletzte Stelle wund und geschwollen. »Du schreibst doch nie Briefe?«

»Bloß ein kleiner Gruß. Man kann schließlich kein Geschenk senden ohne einen beiliegenden Gruß, nicht wahr?«

Er holte die Ingwerdose aus dem Koffer, zog ihren Brief

daraus hervor und warf ihn, ohne auch nur einen Blick darauf zu werfen, auf den Boden. Flink, aber doch ostentativ darauf bedacht, dass Betsy es sehen konnte, schrieb er quer über einen Bogen Papier: »All dies ist für dich, Patricia, mein Liebling, für jetzt und immer.«

»Wie ich dich hasse«, sagte sie leise.

»Wie man sich doch täuschen kann.« Er hob eine schwere Winkellampe aus dem Koffer und setzte sie auf den Fußboden. Dann schob er den Briefbogen in die Ingwerdose, wickelte sie wieder ein und stopfte die Dose zwischen Handtücher und Kissen, mit denen er die fragilen Gegenstände abpolsterte. »Hass ist wohl nicht gerade der Ausdruck, den ich benutzen würde, um die Art zu schildern, in der du letzte Nacht über mich hergefallen bist.« Sie gab keine Antwort.

Vielleicht hätte er einen so schweren Gegenstand wie diese Lampe lieber in einer der Kisten verstauen sollen? Vielleicht sollte er deshalb eine der Kisten noch einmal aufmachen? Er wandte sich nach der Lampe um. Sie war nicht da. Betsy hielt sie mit beiden Händen.

»Komm, gib her.«

»Hast du je einen Schlag ins Gesicht bekommen, Maurice?« Sie sagte es atemlos, und dann hob sie die Lampe und schlug sie ihm voll über die Stirn. Er taumelte, und sie schlug erneut, noch einmal und noch einmal, immer wieder, ließ die Schläge niederprasseln auf sein Gesicht, seinen Kopf. Er schrie. Und er sackte zusammen, vergrub das Gesicht in seinen blutigen Händen. Da versetzte sie ihm mit all ihrer Kraft einen schweren, weit ausholenden Schlag. Er fiel auf die Knie, kippte seitlich weg, rollte herum und war endlich zum Schweigen gebracht, stumm und still.

Da war eine Menge Blut, obwohl es rasch aufhörte zu

fließen. Sie stand da und sah ihn an, und sie schluchzte. Hatte sie die ganze Zeit geschluchzt? Sie war blutüberströmt. Sie riss sich die Kleider herunter und ließ sie rings um sich fallen. Einen Augenblick lang kniete sie neben ihm, nackt und weinend, wiegte sich vor und zurück, rief seinen Namen und biss sich auf die Finger, die von seinem Blut klebten.

Aber Selbstschutz ist ein primärer Instinkt, mächtiger als Liebe oder Schmerz, Hass oder Reue. Es war neun Uhr, und in einer Stunde würden die Leute kommen. Betsy holte einen Eimer mit Wasser, Reinigungsmittel, Lappen und einen Schwamm. Die schwere Arbeit, das Großreinemachen, ließ ihre Tränen versiegen, beruhigte ihr Herz und lähmte ihre Gedanken. Sie dachte an gar nichts, sie arbeitete bloß wie besessen, im Kopf völlige Leere.

Nachdem Eimer auf Eimer rötlichen Wassers den Ausguss hinuntergeflossen war, der Teppich nass, aber sauber, die Lampe abgewaschen und blank geputzt, warf sie ihre Kleider in den Wäschekorb im Badezimmer und nahm ein Bad. Sie zog sich sorgfältig an und bürstete ihr Haar. Acht Minuten vor zehn. Alles war sauber, und sie hatte die Fenster aufgemacht, bloß jenes tote Ding lag noch immer da, auf einem Haufen rot verfärbten Zeitungspapiers.

»Ich habe ihn geliebt«, sagte sie laut, und sie ballte die Fäuste. »Ich habe ihn gehasst.«

Die Männer waren pünktlich. Sie kamen genau um zehn Uhr. Sie trugen die sechs Teekisten und den silberfarbenen Überseekoffer mit den goldenen Verschlüssen die Treppen hinunter.

Als sie gegangen waren und der Lastwagen weggefahren war, setzte Betsy sich aufs Sofa. Sie betrachtete die

Winkellampe, die Onyx-Federschale und den Aschenbecher, die Ingwerdose, die Alabasterschale, die Rheinweingläser, den bronzenen Brieföffner, die kleinen chinesischen Tassen und den Lowry, der wieder an der Wand hing. Sie war jetzt ganz ruhig, und eigentlich brauchte sie den Cognac, den sie sich eingegossen hatte, gar nicht.

An die Vergangenheit dachte sie mit keinem Gedanken, und die Gegenwart existierte lediglich als ein greifbares Nichts, ein dickes Schweigen, das sie umgab. Sie dachte an die Zukunft, drei Monate voraus, und sie ließ ein anhaltendes, ziemlich tonloses Gelächter in jenes Schweigen fließen. Miss Patricia Gordon, 23 Burwood Park Avenue, Kew, Victoria, Australia 3101 ... Das hübsche, harte, habgierige Gesicht, die Hände so emsig damit beschäftigt, das Vorhängeschloss zu öffnen, die goldenen Verschlüsse aufspringen zu lassen und den Schatz in seinem Inneren zu entdecken ...

Und wie interessant dieser Schatz in drei Monaten erst aussehen musste, interessanter als alles, was Miss Patricia Gordon in ihrem ganzen Leben gesehen hatte! Und damit sie ihn auch erkannte, war es ganz gut, dass obendrauf ein Gruß in einer vertrauten Handschrift lag: »All dies ist für dich, Patricia, mein Liebling, für jetzt und immer.«

Außerberufliches Interesse

Leute zu erschrecken war ein Hobby von mir. Vielleicht sollte ich lieber sagen, eine Besessenheit, und auch nicht Leute, sondern vor allem Frauen. Anderen Angst einzujagen ist ein Vergnügen, wie jedermann feststellt, der es probiert und damit Erfolg gehabt hat. Ich vermute, das hat etwas mit Macht zu tun. Die meisten Leute versuchen es nie so richtig, und deshalb wissen sie es nicht, aber nehmen wir mal die, die es tun: Richter, Polizisten, Gefängnisaufseher, Zollbeamte, Steuerfahnder. Die fühlen sich großartig, stimmt's? Es kommt nie vor, dass sie aufgeben oder andere Methoden anwenden. Und das Angstmachen steigt ihnen zu Kopf, sie werden richtig betrunken davon, sie leben davon. So war es auch bei mir. Während andere Männer etwa mit ihren Freunden in die Kneipe gingen oder zum Fußball, fuhr ich hinaus in den Epping Forest und erschreckte Frauen. Man könnte es ein außerberufliches Interesse nennen.

Verstehen Sie mich nicht falsch. Es war nichts ... also, nichts Unanständiges bei dem, was ich tat. Ich bin überzeugt, Sie wissen schon, was ich damit meine, und ich brauche nicht ins Detail zu gehen. Ich bin weit davon entfernt, irgendwie pervers zu sein, das kann ich Ihnen versichern. In der Tat, ich wandele eher auf den Pfaden zu großer moralischer Strenge. Auch bin ich nicht einer von diesen einsamen, von Entbehrung geplagten Männern; ich bin glücklich verheiratet und Vater eines kleinen Jungen, ich bin einen Meter achtzig groß, nicht schlecht aussehend und, das versichere ich Ihnen, körperlich und geistig vollkommen normal.

Natürlich habe ich versucht, mich selbst zu analysieren und meine Motive zu erforschen. War mein Hobby je etwas anderes als ein Gegengift für meine Langeweile? Gemessen an allgemeinen Maßstäben würde man das Leben, das ich führte, als ganz schön langweilig einstufen: Am Anglo-Mercian Airways Terminal Tickets verkaufen und Fragen der Passagiere beantworten, in einer Doppelhaushälfte in Muswell Hill wohnen, sonntags zum Tee zu meiner Schwiegermutter, und jährlich vierzehn Tage Urlaub in einer Ferienwohnung in South Devon ... Ich habe sehr jung geheiratet.

Abenteuer bildeten nicht gerade ein hervorstechendes Merkmal meiner Existenz. Das größte Ding, das ich erlebt habe, war damals, als wir dachten, eine unserer Chartermaschinen sei in Griechenland entführt worden, aber das erwies sich dann als falscher Alarm.

Meine Frau ist so eins von den nervösen Mädchen. Aber sehen Sie, sie hat ja auch Grund dazu, da, wo wir wohnen, dicht am Highgate Wood und am Queens Wood. Eine Frau riskiert ihr Leben, wenn sie in solchen Gegenden alleine herumläuft. Carol hat mich zur Genüge mit entsprechenden Geschichten beglückt – na ja, und sie tut es noch immer.

»Um zwanzig nach fünf am Nachmittag! Es herrschte noch volles Tageslicht. Er hat sie vergewaltigt und hat ihr das Gesicht zerschnitten. Siebzehn Stiche hat sie kriegen müssen im Gesicht und am Hals.«

Sie fährt nicht Auto, und wenn sie nach Einbruch der Dunkelheit von irgendwoher heimkommt, dann gehe ich immer zur Bushaltestelle hinunter und hole sie ab.

Sie geht nicht mal die Muswell Hill Road entlang, wegen des Waldes zu beiden Seiten.

»Wenn man an einem solchen Ort einen Mann sieht, ganz für sich alleine, dann fragt man sich doch natürlich, was der da macht, nicht wahr? Ein junger Mann, der ziellos umherläuft. Und nicht etwa, dass er einen Hund bei sich gehabt hätte! Da wird man am ganzen Körper steif, und man kriegt überall so ein kribbelndes Gefühl. Wenn du nicht kämst und mich abholtest, ich glaub, ich würde überhaupt nicht mehr ausgehen.«

Ob es das war, was mich auf die Idee brachte? Auf jeden Fall brachte es mich dazu, über Frauen und über Angst nachzudenken. Für einen Mann liegen die Dinge ganz anders, er denkt gar nicht daran, sich vor dem Alleinsein an dunklen oder einsamen Orten zu fürchten. Ich bin ganz sicher, dass ich es nie getan habe, und darum habe ich auch, bevor ich all das von Carol erfuhr, nie bedacht, wie wichtig diese Angelegenheit – dieses Angsthaben, wenn sie allein unterwegs sind – für Frauen sein könnte. Als ich es dann begriffen hatte, löste das eine merkwürdige Erregung in mir aus.

Und dann habe ich tatsächlich selbst eine Frau erschreckt – rein zufällig. Mein gewöhnlicher Weg zur Arbeit ist eine Abkürzung durch den Queens Wood zur U-Bahnstation Highgate, da nehme ich immer die Northern Line nach London. Wenn das Wetter sehr schlecht ist, fahre ich mit dem Bus zur Station, aber meistens gehe ich hin und zurück zu Fuß, und der Weg durch den Wald ist eine beträchtliche Abkürzung.

Eines Abends im März kam ich gegen sechs durch den Wald zurück. Es herrschte Dämmerung und wurde immer dunkler. Die Laternen, die den Weg beleuchteten – jede ein gutes Stück von der nächsten entfernt –, brannten, aber ich finde oft, sie verleihen der Gegend ein noch viel gespenstischeres und finstereres Aussehen, als wenn es völlig dunkel wäre. Man lässt den einen Lichtkegel hinter sich und geht durch eine trüb-schattige Allee auf die nächste Laterne zu, die etwa hundert Meter vor einem schwach leuchtet. Und kaum hat man sie erreicht mit ihrem bittergelben Glimmen zwischen nackten Zweigen, da lässt man sie auch schon wieder hinter sich und sieht sich der nächsten dunklen Strecke gegenüber. Ich dachte daran, wie es wohl sein müsste, eine Frau zu sein und durch den Wald zu gehen, und ich – ja, ich glorifizierte mich nahezu selbst in meiner Männlichkeit und meiner Furchtlosigkeit.

Und dann sah ich das Mädchen kommen. Sie ging den Weg von Priory Gardens entlang. Unwillkürlich kam mir der Gedanke, dass sie weniger auf der Hut sein würde vor mir, wenn ich so weiterginge wie bisher, flott und zielstrebig in Richtung Wood Vale drauflosmarschierte und wie ein Mann wirkte, der nach Hause strebt zu seiner Familie und zum Abendessen. Ich war mir keiner definitiven Absicht bewusst, als ich meinen Schritt verlangsamte, dann ganz anhielt und stehen blieb. Aber sobald ich angefangen hatte, war mir klar, dass ich es bis zu Ende durchführen würde. Das Mädchen kam auf die Stelle zu, wo die beiden Wege sich kreuzten und wo die nächste Laterne stand. Sie warf mir einen schnellen Blick zu. Ich stand betont lässig da und erwiderte ihren Blick durch ein geistesabwesendes Starren. Ich nehme an, ich habe absichtlich und aus einer Art Teufelei heraus meine Augen starr aufgerissen und meinen Mund offen stehen lassen. Jedenfalls wandte sie sich sehr schnell ab und begann viel schneller zu gehen.

Sie trug hohe Absätze, deshalb konnte sie nicht besonders schnell gehen, nicht so schnell wie ich, der ich mühelos hinter ihr herspazierte. Ich rückte dichter an sie heran, bis ich nur noch einen knappen Meter hinter ihr war.

Ich konnte ihre Angst förmlich riechen. Sie trug mächtig viel Parfüm, und ihr Schweiß schien das noch zu intensivieren, sodass ich zuerst nur in einen Hauch, dann in eine Wolke gehüllt war, eine Mixtur aus beinahe animalischem Geruch und Blumendüften. Ich atmete das ein, und ich atmete schwer. Sie begann zu rennen, und ich hinterher. Was sie dann tat, kam unerwartet. Sie stoppte abrupt, drehte sich um und schrie mit vor Furcht zitternder Stimme: »Was wollen Sie?«

Ich hielt ebenfalls an und glotzte sie wieder genauso an. Sie hielt mir ihre Handtasche hin. »Da, nehmen Sie!«

Der Spaß war weit genug gegangen. Ich wohnte schließlich dort in der Gegend, ich musste an meine Frau und meinen Sohn denken, also sagte ich in einem Cockney-Akzent: »Behalt deine Tasche, Kleine. Das ist ein Missverständnis.«

Und dann ging ich, um sie zu beruhigen, den Weg zurück und ließ sie nach Wood Vale entkommen, wo die Lichter und die Häuser anfingen. Aber ich kann nicht beschreiben, was für ein Gefühl von Macht und – na ja, von triumphierender Männlichkeit und was man so Machismo nennt, diese Begegnung in mir auslöste. Ich fühlte mich großartig. Ich stolzierte nach Hause, und Carol fragte, ob ich das große Los gewonnen hätte?

Da ich in dieser Hinsicht unerbittlich ehrlich bin, erwähne ich wohl besser auch die weitere Konsequenz dessen, was im Wald geschah, obwohl es mir ziemlich gegen den Strich geht, derartige Dinge zu erwähnen. In jener Nacht schlief ich mit Carol, und es war unerhört viel besser, als es seit langer Zeit gewesen war, es war tatsächlich sensationell für uns beide. Und ich konnte mir nicht vormachen, dass es an irgendetwas anderem gelegen hätte als an meinem Abenteuer mit dem Mädchen.

Am nächsten Tag betrachtete ich mich im Spiegel. Alle Lampen waren ausgeschaltet, bis auf das kleine Leuchtröhrchen über unserem Bett. Und ich machte dasselbe Gesicht, das ich dem Mädchen gezeigt hatte, als sie unter der Laterne in meine Richtung eingebogen war. Ich kann Ihnen sagen, ich habe mich beinahe selber gefürchtet! Ich sagte schon, ich sehe nicht schlecht aus, und das ist auch wahr, aber ich bin von Natur aus blass, weil ich dünn bin, und mein Gesicht neigt dazu, ein bisschen hager zu wirken. In der trüben Beleuchtung schienen meine Augen tief in die Höhlen gesunken, und mein Mund hing auf eine geistesabwesende Weise lose nach unten. Ich trat ein wenig zurück vom Spiegel, sodass ich mich im Ganzen sehen konnte – schlaksig, glotzend, mit hängenden Armen. Es gab keinen Zweifel, ich besaß eine Begabung zum Frauenschreck von nicht schlechtem Kaliber.

Man sagt ja, es kommt auf den ersten Schritt an. Ich hatte den ersten Schritt getan, aber der zweite war größer, und es dauerte Wochen, ehe ich ihn tat.

Ich sagte mir natürlich, ich solle doch kein Dummkopf sein und diese verrückte Idee vergessen; außerdem erkannte ich klar, dass ich bald in Schwierigkeiten geraten würde, wenn ich es mir zur Angewohnheit machte, in Queens Wood, vor meiner eigenen Haustür sozusagen, Frauen zu erschrecken. Aber ich konnte einfach nicht aufhören, daran zu denken. Ich erinnerte mich, wie großartig ich mich an jenem Abend gefühlt hatte, wie ich förmlich gewachsen und was für ein Mann ich gewesen war.

Merkwürdig auch, welche Häufung erniedrigender Dinge mir zu jener Zeit zustießen, zwischen dem Queens-Wood-Vorfall und dem nächsten Mal. Am Flughafen-Terminal spuckte mich eine Frau an. Ich übertreibe nicht. Natürlich war sie betrunken, um den Verstand gebracht von zollfreiem Scotch, aber sie spuckte mich an, und ich musste da stehen, mitten in der Schalterhalle mit all den Touristen, die da herumwimmelten, und mir die Spucke von der Uniform wischen. Dann bekam ich einen Verweis, weil ich einem Fluggast gegenüber unhöflich gewesen wäre. Das war total ungerecht, und genau genommen hätte ich auf der Stelle kündigen sollen, bloß, ich habe Frau und Kind, und gegenwärtig kommt man nicht so leicht zu einem Job. Alles das hatte es gegeben, und dann auch noch Probleme zu Hause, wo Carol mich nervte, wir sollten doch zusammen mit dieser Freundin von ihr und deren Mann nach Menorca auf Urlaub fahren, statt unserer üblichen vierzehn Tage in Salcombe. Ich sagte ihr rundheraus, wir könnten uns das nicht leisten, und es passte mir gar nicht, prompt gefragt zu werden, warum ich denn nicht so viel verdienen könne wie Sheilas Mike.

Meine Männlichkeit hatte sozusagen tiefste Ebbe. Dann luden uns Sheila und Mike ein, sie zu besuchen, Carol, Timothy und mich. Sie waren unsere Nachbarn gewesen und waren gerade weggezogen in ein neues Haus in einem der entlegeneren Vororte, die schon zu Essex gehören. Also fuhr ich mit den beiden nach Theyden Bois hinaus und machte so die Bekanntschaft mit dem Epping Forest.

Über siebzig Quadratkilometer Wald erstrecken sich an den nordöstlichen Rändern Londons. Wenn man von Wake Arms nach Theydon fährt, auf schmaler Straße, die von Wald, ausgedehntem Grasland, von Buschwerk und kleinen Birkengehölzen gesäumt ist, dann fühlt man sich ins tiefste Innere des Landes versetzt. Es scheint fast unmöglich, dass London keine zwanzig Kilometer entfernt ist. Der Wald ist grün und still, und vom Wagen aus sieht er unberührt aus, obwohl das natürlich nicht sein kann. Wir kamen an einer Frau vorüber, die einen wenig Furcht erregenden Hund spazieren führte, einen winzigen Malteserterrier ... Das brachte mich auf die Idee. Warum nicht hier herausfahren? Warum sollte ich nicht meine Erschreckenskünste hier draußen probieren, wo mich keiner kannte?

Zwei Tage später tat ich's dann. Es war Frühling, und an den Abenden blieb es fast bis acht Uhr hell. Ich nahm nicht den Wagen. Irgendwie kam es mir so vor, als ob die Art Mensch, der ich sein würde, den ich spielen würde, wohl kein Auto besäße. Die Fahrt allein war schon grässlich genug, um jeden weniger Entschlossenen abzuschrecken. Ich ging gleich nach der Arbeit los, nahm die Central Line bis nach Loughton und dann den Bus die Hügel hinauf und in den Wald. Bei Wake Arms stieg ich aus und begann hügelabwärts zu gehen, nicht auf dem Straßenpflaster, sondern ein paar Meter innerhalb des Waldes. Ich sah keine alleine gehende Frau, bis ich die Häuser von Theydon erreichte und mich wieder auf den Rückweg machte. Ich war schon gute hundert Meter wieder bergan gegangen, als sie aus einem der letzten Häuser kam, ein junges Mädchen in Jeans und Blazer, die Hände in den Taschen.

Es war klar, sie würde nach Wake Arms gehen. Jedenfalls dachte ich das. Eine Weile lang ging ich so, dass ich mit ihr Schritt hielt, aber ungesehen zwischen Weißdorn, Holzapfelbüschen und Brombeerranken. Ich wollte mich erst zeigen, wenn wir etliche hundert Meter von den Häusern entfernt waren. Da trat ich dann vor ihr auf die Straße hinaus. Ich drehte mich zu ihr um, stand da und glotzte, so wie ich es vor dem Spiegel geübt hatte.

Sie war nicht nervös, sie war tapfer. Nur ganz kurz stockte sie. Aber sie wagte doch nicht recht, an mir vorbeizugehen. Stattdessen überquerte sie die Straße. Es herrschte nie viel Verkehr auf dieser Straße, und bis jetzt war noch kein einziger Wagen vorübergefahren. Sie überquerte also die Straße und ging schneller. Ich ging ebenfalls über die Straße, aber hinter ihr, und ich ging auch weiter hinter ihr her. Da begann sie zu rennen, und ich rannte natürlich auch, jedoch nicht so schnell, dass ich sie einholte, bloß schnell genug, dass ich ein wenig aufrückte.

Wir waren ein paar Minuten lang so gerannt, Wake Arms noch einen guten Kilometer entfernt, als sie plötzlich herumfuhr, einen Haken schlug, auf die andere Straßenseite hinüber, und den Weg zurückrannte, den sie gekommen war. Da hatte ich genug davon, hinter ihr herzujagen. Ich stand bloß da und lachte, lachte lange und laut, und ich fühlte mich so frei und glücklich, verspürte eine derartige, alles erobernde Macht in mir ... und das bloß, weil ich, *ich ganz allein*, *mein* kleines, gewöhnliches, langweiliges Ich so viel Furcht einflößen konnte!

Danach machte ich es mir zur Gewohnheit, regelmäßig in den Epping Forest hinauszufahren. Nach ungefährer Schätzung würde ich sagen, so alle vierzehn Tage. Da ich Schichtdienst habe, von vier bis Mitternacht ebensooft wie von zehn bis sechs, konnte ich es manchmal so einrichten, dass ich während des Tages hinkam. Eine Menge Frauen sind ja während des Tages allein zu Haus und haben keinen Mann, der sie begleitet, wenn sie hinausgehen. Ich ließ nie mehr als zwei Wochen verstreichen, ohne dort hinzufahren, und gelegentlich ging ich auch öfter; wenn ich mich mies fühlte zum Beispiel, oder wenn Carol und ich Streit gehabt hatten, oder wenn ich wegen des Geldes deprimiert war. Es tat mir immer so unglaublich gut – ich wollte, ich könnte Ihnen begreiflich machen, *wie* sehr. Überlegen Sie mal selbst, was Sie so machen, was Ihnen zu einem wirklichen Aufschwung verhilft – mit dem Auto richtig Gas geben oder in der Disco Tanzen gehen oder durch irgendwas high werden? Na also, und Frauen-Erschrecken tat eben all das, und noch mehr, für *mich*. Hinterher war es immer wie Weihnachten, es war fast wie Verliebtsein.

Und es war ja auch nichts Schlimmes dabei, nicht wahr? Ich verletzte sie ja nicht. Es gibt ein französisches Sprichwort: »Mir macht's so viel Vergnügen, und dir so wenig Schmerz.« Genauso war es bei mir und den Frauen, obwohl es auch für sie ja nicht ohne Vergnügen war. Stellen Sie sich mal vor, welchen Spaß es ihnen gemacht haben muss, hinterher davon zu erzählen, mit all den Details, wie Carol es immer tat, und wie sie dabei die Tatsachen verdrehten, übertrieben und sich für eine Weile zum Mittelpunkt des Interesses machten!

Vielleicht haben sie ja auch privat Untersuchungen angestellt. Ehemänner, Freunde und Väter, alle zusammen draußen, auf der Suche nach mir; und alle haben's genossen, wie es halt unweigerlich geht, wenn die Leute etwas oder jemanden jagen. Aber schließlich – was habe ich denn gemacht, alles zusammengenommen? Nichts. Ich habe sie nicht belästigt oder beleidigt noch habe ich versucht, sie zu berühren; ich habe bloß dagestanden und sie angesehen oder bin ihnen hinterhergelaufen – oder ich bin gerannt, wenn sie auch gerannt sind, was ja nicht unbedingt dasselbe ist.

Nein, es war nichts Schlimmes dabei. So dachte ich jedenfalls. Ich konnte mir auch nicht vorstellen, dass dabei etwas Schlimmes herauskommen könnte, und glauben Sie mir, ich habe viel darüber nachgedacht, denn ich bin genauso von Schuldgefühlen geplagt wie jeder andere auch. Ich habe darüber nachgedacht, mich gerechtfertigt, Schuld ausgeschlossen. Junge Frauen kriegen keine Herzattacken oder fallen tot um, weil ein Mann sie verfolgt. Junge Frauen behalten kein psychisches Trauma zurück, weil ein Mann sie anstarrt. Die älteste Frau, die ich je erschreckt habe, war die mit dem Malteserterrier, und die war nicht älter als vierzig. Ich sah sie bei meinem dritten oder vierten Besuch wieder, folgte ihr eine Weile, trat dann hinter den Büschen hervor und stellte mich ihr in den Weg. Sie sagte dieselben Worte, die das Mädchen in Queens Wood gesagt hatte, mit der gleichen, strangulierten Stimme: »Was wollen Sie?«

Ich habe ihr nicht geantwortet, ich hatte Mitleid mit ihr und ihrem nutzlosen kleinen Hund, ich verschwand lautlos im Waldesschatten. Der Nächsten, die mich das fragte, antwortete ich mit professionellem Ernst: »Ich sammle bloß Flechten, Madam.«

Beweis genug dafür, wie harmlos ich war, ist auch, dass in der ganzen Gegend nie auch nur die Spur eines Polizisten zu sehen war. Ich bin sicher, keine von ihnen hat es der Polizei erzählt. Sie hatten ja auch nichts zu erzählen, sie hatten bloß, was sie sich einbildeten und was sie, verführt durch die Medien, insgeheim erwarteten. Und dennoch ist Schlimmes dabei herausgekommen, irreparabel Schlimmes, Leid und Schande.

Bestimmt denken Sie jetzt, Sie wüssten schon. Das Unvermeidliche müsse geschehen sein, jene Begegnung nämlich, die jeder Mann, der es sich zur Gewohnheit macht, Frauen zu erschrecken, früher oder später zu gewärtigen hat, wenn sich das Blatt einmal gewendet hat. Ja, das ist auch tatsächlich passiert, aber das war es nicht, was mich aufhören ließ. Am Arm gepackt, durch die Luft gewirbelt und zu Boden geschleudert zu werden, platt und schmerzhaft, von einem weiblichen Judo-Schwarzgürtel, das war eher eine Art Berufsunfall. Ich bin übrigens froh, dass ich mich dabei wie ein Gentleman benommen habe. Ich habe weder geflucht noch sie unflätig beschimpft. Ich stand danach bloß auf, rieb meine Beine und meine Ellbogen, machte eine leichte Verbeugung und ging davon in Richtung Wake Arms. Carol wollte wissen, wie ich es angestellt hätte, überall auf meinem Anzug grüne Flecken zu kriegen, und ich glaube, seit diesem Tage denkt sie, es sei gekommen, weil ich irgendwo in einem Park mit einer anderen Frau im Gras gelegen hätte. Als ob ich das tun würde!

Dieser Angriff auf meine Person erschreckte mich zwar, aber er hielt mich nicht ab. Ich ließ drei Wochen verstreichen, drei elende, auszehrende Wochen, und dann, an einem sonnigen Julimorgen, bin ich wieder auf die Wake Road zurückgekehrt und hatte eins meiner befriedigendsten Erlebnisse mit einem Mädchen, das nicht die Straße entlangging, sondern eine Abkürzung quer durch den Wald nahm. Ich ging parallel zu ihr und ließ mich gelegentlich ganz flüchtig sehen. Ich weiß, sie hat mich gesehen, denn es war genau wie bei dem Mädchen in Queens Wood, ich konnte ihre Angst spüren und riechen.

Endlich trat ich aus dem Gebüsch hervor und stand vor ihr, abwartend. Sie wagte nicht näher zu kommen, sie wusste nicht, was sie tun sollte. Schließlich kehrte sie um, und ich folgte ihr, schlängelte mich zwischen dem Buschwerk hindurch, bis sie gedacht haben muss, ich sei fort, und dann erschien ich von neuem auf dem Weg vor ihr. Diesmal wandte sie sich nach links, rannte davon, und ich ließ sie laufen. Ich hatte ihr ja nichts getan. Bedenken Sie die Erleichterung, die sie empfunden haben musste, als sie wusste, dass sie davongekommen und in Sicherheit war! Stellen Sie sich vor, wie sie nach Hause ging und ihrer Mutter oder ihrer Schwester oder ihrem Mann das alles erzählte!

Man könnte sogar sagen, ich hätte ihr einen Dienst erwiesen. Höchstwahrscheinlich habe ich ihr die Lektion erteilt, nicht mehr allein durch den Wald zu gehen, und habe sie auf diese Weise vor irgendwelchen wirklich perversen oder gefährlichen Kerlen geschützt.

Das ist doch ein Standpunkt, nicht wahr? Man könnte mich als öffentlichen Wohltäter hinstellen. Ich zeigte den Frauen, was passieren *könnte*. Es war wie der kleine elektrische Schock, der ein Kind lehrt, nicht mit den Leitungen zu spielen. So jedenfalls dachte ich. Bis ich erkannte, dass auch ein kleiner Schock töten kann.

Ich war im Wald draußen, auf der Wake Road, und da hatte ich Glück. Es war Herbst, und es wurde schon um sechs dunkel, aber früher hatte ich es nicht geschafft herauszukommen, und ich hatte nicht viel Hoffnung auf irgendeine Frau, die dumm genug war, bei Dunkelheit allein diese Straße entlangzugehen.

Ich war bei Wake Arms aus dem Bus gestiegen und spazierte nun langsam hügelabwärts, als ich in der Kurve vor mir diesen Wagen stehen sah. Selbst auf die Entfernung konnte ich das grässliche Geräusch hören, das er von sich gab, als der Fahrer zu starten versuchte, dieses gequälte Mahlen, wenn die Zündung nicht funktioniert.

Die Tür an der Fahrerseite ging auf, und eine Frau stieg aus. Sie war allein. Sie langte zurück in den Wagen und schaltete die Scheinwerfer aus, dann knallte sie die Tür zu, schloss sie ab und begann bergab zu gehen, in Richtung Theydon. Ich war zwischen die Bäume getreten, sie hatte mich noch nicht gesehen. Ich folgte ihr und überlegte, welche Technik ich diesmal anwenden wollte. Sie zunächst mal mit einem offenen Spurt verfolgen, das war's, wozu ich mich entschloss.

Knapp hundert Meter hinter ihr trat ich auf die Straße hinaus und rannte hinter ihr her, wobei ich mit den Füßen so viel Lärm machte, wie ich konnte. Natürlich blieb sie stehen und drehte sich um, wie ich es vorausgesehen hatte. Wahrscheinlich dachte sie, ich sei ein Retter und würde etwas für ihren Wagen tun. Sie sah sich also um und wartete auf mich, aber sobald unsere Blicke sich trafen, verdrückte ich mich wieder seitlich in den Wald. Sie zuckte kurz die Achseln, wandte sich wieder um und ging weiter. Bis jetzt hatte sie keine Angst.

Es wurde jedoch dunkel, und es schien kein Mond. Ich holte sie ein und ging neben ihr, sehr lautlos, bloß drei, vier Meter entfernt, jedoch zwischen den Bäumen des Waldes. Der parkende Wagen war inzwischen außer Sicht, und die Lichter von Theydon waren auch noch längst nicht zu sehen. Die Straße war dunkel, wenn auch nicht undurchdringlich schwarz. Ich trat absichtlich auf einen Zweig und ließ ihn knacken. Sie wandte blitzschnell den Kopf und sah mich.

Sie fuhr zusammen. Sofort blickte sie wieder weg und beschleunigte ihren Schritt. Natürlich hatte sie da mir gegenüber nicht die geringste Chance, die hat eine Frau von einsfünfzig gegenüber einem Mann von einsachtzig eben nicht. Das Schnellste, was sie schaffen konnte, entsprach noch immer bloß meinem Spazierschritt.

Es war kein Auto die Straße entlanggekommen, seit ich ihr folgte. Jetzt aber kam eins. Ich konnte seine Lichter von weither auf- und abtauchen sehen, die Kurven der Straße entlang. Sie stellte sich an den Straßenrand und hob die Hand, so wie es Anhalter tun. Ich blieb, wo ich war, und wartete, was geschehen würde. Was hatte ich schließlich auch getan? Ich war ja bloß da gewesen. Aber der Fahrer hielt nicht an, um sie mitzunehmen, natürlich nicht, genauso wenig wie ich das an so einem Ort getan hätte. Wir alle kennen doch die Sorte Männer, die abends stoppen, um modisch gekleidete, hübsche Anhalterinnen aufzugabeln – wir wissen doch, worauf die aus sind!

Der nächste Fahrer hielt ebenfalls nicht. Ich war inzwischen ein Stück weiter als sie, immer noch innerhalb des Waldes, und im Scheinwerferlicht sah ich ihr Gesicht. Sie war tatsächlich hübsch. Nicht dass mich dieser Aspekt sonderlich interessiert hätte, aber ich sah, dass sie hübsch war und dass sie zum gleichen Typ gehörte wie Carol, eine kleine, schlanke Blondine mit ziemlich scharf geschnittenem Gesicht und lockigem Haar.

Die Dunkelheit wirkte viel dichter, nachdem die Autoscheinwerfer vorüber waren. Ich vermutete, dass sie sich jetzt ein bisschen beruhigt hatte. Sie hatte mich wahrscheinlich während der letzten fünf Minuten nicht mehr gesehen und dachte wohl, ich sei weg. Und ich war auch versucht, es genug sein zu lassen, abzulassen nach dieser Viertelstunde, so, wie ich es gewöhnlich tat, wenn ich meinen Spaß gehabt hatte.

Weiß Gott, ich wollte, ich hätte es getan! Nur aus dem

dümmsten aller Gründe machte ich weiter. Ich machte weiter, weil ich in dieselbe Richtung wollte wie sie, nämlich lieber nach Theydon hinunter, um dort die U-Bahn zu nehmen, als zurückzutrotten und endlos auf den Bus zu warten. Ich hätte zurückbleiben und sie laufen lassen können. Aber ich tat es nicht. Aus einem perversen Zwang heraus hielt ich mit ihr Schritt. Und dann kam ich aus dem Wald heraus und trat hinter ihr auf die Straße.

Ich ging drauflos und holte sie ein, aber ganz ruhig. Die Straße fiel ab, krümmte sich ein wenig. Ich kam auf zwei, drei Meter an sie heran, ging ganz leise, sie wusste also nicht, dass ich da war. Und dann begann ich leise zu pfeifen, die Melodie eines Chorals, und zwar Crimonds Fassung von »Der Herr ist mein Hirte«. Mein Gott, was für eine Wahl!

Sie fuhr herum. Ich dachte, sie würde etwas sagen, aber ich glaube, sie konnte es nicht. Ihre Stimme versagte vor Angst. Sie drehte sich wieder um und begann zu rennen. Sie konnte ganz ordentlich rennen, dieses winzige, verletzliche, blonde Mädchen! Scheinwerfer glommen vor uns über der Straße auf, voll aufgedrehtes Fernlicht, das bläulich-weiß über den Wald flutete, jeden einzelnen Baum hervorhob und lange, schwarze Schatten von ihren Stämmen springen ließ. Ich verzog mich zur Seite und kauerte mich in dem hohen Gras zusammen. Sie rannte auf die Straße, warf beide Arme in die Höhe und schrie: »Hilfe, Hilfe!«

Der Fahrer stoppte. Einen Augenblick lang fürchtete ich, er könnte aussteigen und nach mir suchen, aber er tat es nicht. Er machte die Beifahrertür von innen auf. Das Mädchen stieg ein, sie blieben noch stehen, saßen da vielleicht eine halbe Minute, und dann fuhr der weiße Ford Capri davon.

Es war eine Erleichterung für mich zu sehen, wie der Wagen über die Kuppe des Hügels verschwand. Und dann wurde mir klar, dass ich selbst, wie das Sprichwort so schön sagt, noch nicht aus dem Walde war. Denn was war wahrscheinlicher, als dass das Mädchen und der Fahrer entweder zum Polizeirevier Loughton fuhren oder dort anriefen? Das bedeutete für mich, dass ich mal lieber so schnell wie möglich nach Theydon hinunter verduftete.

Gesagt, getan, und während des ganzen Weges begegnete mir weder ein Wagen noch überholte mich einer. Ich ging schon durch die Grünanlagen des Dorfes, als die einzigen Autos, die ich sah, vorbeifuhren. Auf dem Bahnsteig musste ich fast eine halbe Stunde warten, ehe ein Zug kam, aber es kam auch kein Polizist. Ich hatte noch einmal Glück gehabt.

In gewisser Weise jedenfalls. Aber es gibt schlimmere Dinge, als für ein Verbrechen bestraft zu werden. Eins davon ist, nicht dafür bestraft zu werden. Ich leide unter dem, was ich getan habe, weil es mir nämlich nicht gestattet – das heißt, *ich selbst* gestatte es mir nicht –, es noch einmal zu tun. Niemals werde ich das Gesicht dieses Mädchens vergessen, so hübsch und so verletzlich und so verängstigt. Es erscheint mir sehr oft im Traum.

Das erste Mal hatte ich es auf einem Zeitungsfoto vor mir, zwei Tage, nachdem ich sie auf der Wake Road erschreckt hatte. Die Zeitung brachte groß aufgemacht die Geschichte ihres Todes – deshalb auch ihr Foto. Am vorangegangenen Morgen, nachdem sie bereits zwölf Stunden tot gewesen war, hatte man ihre Leiche, verstümmelt und mit Stichwunden übersät, in einem Feld zwischen Epping und Harlow gefunden. Die Polizei sucht einen Mann, vermutlich der Fahrer eines weißen Ford Capri.

Ihr Retter – ihr Mörder. Und was war ich dann?

Ein merkwürdiger Zufall

In den diversen Nachrufen, die beim Tode von Michael Lestrange erschienen, wurde nirgends seine Verbindung zu den Wrexlade-Morden erwähnt. Gedächtnisse sind kurz, sogar Journalistengedächtnisse, und es mag sein, dass die Zeitungsmänner, die so flammend und so voller Trauer über ihn schrieben, zu jener Zeit erst Kindergartenkinder oder noch nicht einmal geboren waren. Denn die Morde ereigneten sich ja in den frühen fünfziger Jahren, vor der Abschaffung der Todesstrafe.

Mord war auch wirklich das Letzte, was man mit dem verstorbenen Sir Michael in Verbindung bringen konnte, dem herausragenden Herzspezialisten, Arzt Ihrer Königlichen Hoheit, der Herzogin von Albany, und Autor *des* Standardwerkes, des letzten Wortes zu diesem Thema sozusagen, mit dem prägnanten Titel »Das Herz«. Sir Michael zerstörte kein Leben, er rettete es. Er war von Kenneth Edward Brannel, dem Würger von Wrexlade, so weit entfernt wie von der Fleisch fressenden Spinne, die über das Fenster seines Sprechzimmers kroch. Alle, die ihn kannten, würden eher behaupten, dass er einen fast neurotischen Horror davor hatte, Leben auszulöschen. Über Euthanasie auch nur zu diskutieren, hatte er abgelehnt, und mit all seiner Kraft hatte er sich der Legalisierung der Abtreibung widersetzt.

Bis zum vergangenen März, als ein Flugzeugunglück über dem Nordatlantik unter zweihundert anderen auch ihn als Opfer forderte, war er ein Mann gewesen, den man automatisch als lebenserhaltend betrachtete, einer, der bei zahllosen Gelegenheiten zu Gunsten anderer den Tod besiegt hatte.

Ein privates Leben indessen schien er nicht gehabt zu haben – keine Familie, keinen Freundeskreis, in dem er sich bewegte, kein besonders schönes Heim. Er lebte nur für seine Arbeit. Er war nicht verheiratet, wenige Menschen wussten, dass er es je gewesen war, und kaum einer, dass seine Frau das Letzte der Wrexlade-Opfer gewesen war.

Es gab damals noch vier andere, und alle fünf starben durch Erdrosseln, stranguliert von den riesigen, knochigen Händen des Kenneth Edward Brannel. Michael Lestrange hatte übrigens außergewöhnlich schmale, wohl geformte Hände, sensibel und geschickt; die von Brannel ähnelten der Beschreibung nach eher Bananenbündeln. In dieser Studie über den Wrexlade-Fall erwähnte die Kriminologin Miss Georgina Hallam Saul, wie Brannel in der Todeszelle damit gedroht hätte, dieses Verbrechen an einem der Gefängnisaufseher zu verüben. Er hatte nie begriffen, warum er diese Frauen umgebracht hatte, denn weder verabscheute er Frauen, noch fürchtete er sie.

»Das war genauso, als wenn ich als Kind in einem Laden war, und es war niemand in der Nähe«, soll er angeblich gesagt haben, »ich *musste* einfach was nehmen, ich konnte nicht anders. Ich hab's nicht aus eigenem freien Willen gemacht. Eben lag es noch auf dem Regal, und im nächsten Augenblick steckte es in meiner Tasche. Genauso war es auch mit diesen Mädchen. Ich *musste* einfach meine Hände um ihren Hals legen. Dann wurde alles schwarz, und wenn ich wieder zu mir kam, dann waren meine Hände immer noch um ihren Hals, und alles Leben rausgequetscht ...«

Er war damals achtundzwanzig, Landarbeiter, Analphabet, und wurde bildungsmäßig als weit unter der Norm eingestuft. Er lebte mit seinem verwitweten Vater, ebenfalls einem Landarbeiter, in einem Häuschen am Rande von Wrexlade in Essex. Im Laufe des Jahres 1953 erdrosselte er Wendy Cutforth, Maureen Hunter, Ann Daly und Mary Trenthyde, ohne dass seitens der Polizei der geringste Verdacht auf ihn fiel. Es verstrich jeweils etwa ein Monat zwischen den Morden, was jedoch nicht etwa die Frage aufwarf, ob Brannel vielleicht bei Vollmond gemordet habe oder dergleichen. Vier Wochen nach Mary Trenthydes Tod wurde er verhaftet, weil der erdrosselte Leichnam Norah Lestranges kaum hundert Meter von seiner Hütte in einem Graben entdeckt wurde. Im November des gleichen Jahres wurde er des Mordes für schuldig befunden und 25 Tage später hingerichtet.

»Ein entsetzliches Beispiel von Ungerechtigkeit«, sagte Michael Lestrange damals immer wieder. »Wenn die M'Naughten-Regeln auf irgendjemanden anwendbar sind, dann hätten sie auf den armen Brannel Anwendung finden müssen. Bei ihm war es doch nicht allein die Unwissenheit, dass das, was er tat, falsch war, sondern die Unwissenheit, dass er es *überhaupt* tat, bis alles vorüber war. Wir haben einen armen Idioten gehängt, der ebenso wenig eine Vorstellung vom Bösen hatte wie ein in Panik geratenes Tier, das ein Kind zu Tode trampelt.«

Die Leute fanden es bewundernswert großherzig von Sir Michael, dass er so reden konnte, denn es handelte sich doch um seine eigene Frau, die ermordet worden war. Sie war erst fünfundzwanzig Jahre alt, und sie waren noch nicht einmal drei Jahre verheiratet gewesen.

Es ist gewiss am besten, sich an Miss Hallam Saul zu halten wegen ihrer akkuraten und umfassenden Berichterstattung über die Wrexlade-Morde. Sie wohnte dem Prozess bei, an jedem einzelnen Verhandlungstag, was Michael Lestrange nicht tat. Als der Anklagevertreter in seinem Eröffnungsplädoyer zu den Gründen kam, weshalb sich Norah Lestrange in der Umgebung von Wrexlade aufhielt, und als er dann von dem Holländer und dem Hotel in Chelmsford sprach, da stand Michael ruhig auf und verließ den Gerichtssaal. Miss Hallam Sauls Augen und auch manches andere Augenpaar folgten ihm voller Mitgefühl. Trotzdem schonte sie in ihrem Buch seine Gefühle nicht. Warum sollte sie auch? Wie jeder andere, der über Brannel und Wrexlade schrieb, war sie von dem Charakter der Norah Lestrange abgestoßen. Wohlgemerkt, es waren die fünfziger Jahre, und die Öffentlichkeit war es noch nicht gewöhnt, von jungen Ehefrauen zu hören, die ihren Männern schamlos erklärten, ein Mann sei nicht genug für sie. Michael war genötigt gewesen, der Polizei gegenüber alle Fakten offen darzulegen, und wie diese Fakten zeigten, wusste er seit Monaten, dass seine Frau in jenem Hotel in Chelmsford gelegentlich ihre Nächte mit Jan Vandepeer verbrachte, einem Geschäftsmann auf dem Wege von Hoek van Holland über Harwich nach London. Sie hatte es ihm ganz offen gesagt.

»Liebling ...« Sie nahm seinen Arm, er musste sich dicht neben sie setzen, während sie seine Hand tätschelte. »Liebling, ich muss Jan einfach haben, ganz unbedingt, ich bin verrückt nach ihm, ich bin nun einmal so. Aber das hat nichts mit dem zu tun, was ich für dich empfinde, das begreifst du doch, nicht wahr?«

All das gab er natürlich nicht wortwörtlich wieder, aber das Wesentliche reichte ja auch.

»Es wird nicht allzu oft sein, Mike, mein Liebling, höchstens einmal im Monat. Jan kann nicht mehr als eine Reise im Monat einrichten. Chelmsford liegt für uns beide so günstig, und du wirst es kaum merken, wenn ich fort bin, nicht wahr, du bist doch so beschäftigt in deinem alten Krankenhaus.«

Aber all dies kam erst viel später dran, sowohl im Prozess, als auch in dem Buch der Hallam Saul. Die ersten Prozesstage (und die ersten Kapitel) behandelten die Morde an jenen anderen vier Frauen.

Wendy Cutforth war jung, verheiratet, Lehrerin in einer Schule in Ladeley. Sie fuhr mit dem Bus von ihrer Wohnung in Wrexlade fünf Kilometer zur Arbeit. An einem düsteren Februartag stieg sie um vier Uhr am Wrexlade Cross aus dem Bus, um zu ihrem etwa dreihundert Meter entfernt gelegenen Bungalow zu gehen. Sie wurde nicht mehr lebend gesehen, außer wahrscheinlich von Brannel. Ihr erdrosselter Leichnam wurde am gleichen Abend um zehn in einem Graben in der Nähe der Bushaltestelle gefunden.

Die Angst, alleine auszugehen, die sich nach Wendys Tod der Frauen von Wrexlade bemächtigt hatte, legte sich innerhalb von drei oder vier Wochen. Maureen Hunter, erst sechzehn Jahre alt, zerstritt sich nach einer Tanzveranstaltung im Gemeindesaal von Wrexlade mit ihrem Freund und machte sich allein auf den Weg nach Hause, nach Ingleford. Ihr Leichnam wurde in den frühen Morgenstunden gefunden, nur wenige Meter von dem Platz entfernt, wo Wendy gelegen hatte. Mrs Ann Daly, eine Witwe in mittleren Jahren, ebenfalls aus Ingleford, hatte ein Friseurgeschäft in Chelmsford und fuhr täglich über Wrexlade zur Arbeit. Ihr Wagen wurde verlassen aufgefunden, alle vier Türen weit offen, und ihr Leichnam lag in einem kleinen Gehölz zwischen den Dörfern. Es war ein vergeblicher Versuch unternommen worden, sie in einer Laubmulde zu verscharren.

Jeder Mann zwischen sechzehn und siebzig in dieser Gegend von Essex wurde von der Polizei eingehend überprüft. Brannel wurde verhört, ebenso wie sein Vater, und wurde nach zehn Minuten wieder entlassen, weil er keinen Verdacht erweckt hatte. Im Mai, siebenundzwanzig Tage nach dem Tod der Ann Daly, verschwand im Laufe eines Vormittages die dreißigjährige Mary Trenthyde aus ihrer Wohnung – Mutter von zwei kleinen Töchtern und selber Tochter des Arbeitgebers von Brannel, Mark Stokes von der Cross Farm. Eins ihrer Kinder war bei seiner Großmutter, das andere lag im Kinderwagen direkt hinter der Gartentür. Mary verschwand spurlos, ohne jemandem zu sagen, wohin sie ging oder auch nur, dass sie fortging. Eine massive Suchaktion wurde in die Wege geleitet und ihr erdrosselter Körper schließlich um Mitternacht in einem sechshundert Meter entfernten, unbenutzten Brunnen gefunden.

Alle diese Morde ereigneten sich im Frühjahr 1953.

Die Lestranges hatten eine Wohnung in London, nicht weit vom Royal Free Hospital entfernt. Sie waren nicht besonders wohlhabend, aber Norah hatte einen reichen Vater, der die Gewohnheit hatte, ihr ansehnliche Geschenke zu machen. Eines davon war zu ihrem fünfundzwanzigsten Geburtstag ein Triumph-Alpine-Sportwagen. Michael besaß ebenfalls einen Wagen, den man allerdings eher als alte Schrottkarre bezeichnen würde.

Das Titelbild von Miss Hallam Sauls Buch zeigt ein Porträtfoto von Norah Lestrange, wie sie ein paar Monate vor ihrem Tode aussah. Das Gesicht ist oval, die Züge fast zu perfekt symmetrisch, die Haut makellos und schimmernd. Das feste, schwarze Haar ist nach der herrschenden Mode jener Zeit zu kurzen, weichen Locken frisiert. Das Make-up ist schwer und dunkel, fetter Lippenstift bedeckt die geöffneten Lippen, sodass sie ein wenig lasziv wirken. Die Augen blicken in humorloser Selbstgefälligkeit.

Michael war rasend und schmerzhaft eifersüchtig. Als sie, nachdem sie sechs Monate verheiratet waren, einen Flirt mit seinem besten Freund anfing, einen Flirt, der sich rasch zu einer Liebesaffäre auswuchs, drohte er, sie zu verlassen, sich scheiden zu lassen, sie einzusperren, Tony zu ermorden. Sie war vollkommen sicher, dass er nichts von alledem tun würde. Sie redete mit ihm. Vernünftig und zart und liebevoll setzte sie ihm auseinander, dass er es sei, den sie liebe, und dass sie sich mit Tony lediglich amüsiere.

»Ich *liebe* dich, Liebling, begreifst du das nicht? Diese Sache mit Tony ist doch bloß ... Spaß. Wir haben Spaß, und dann sagen wir auf Wiedersehen bis zum nächsten Mal, und dann komme ich heim zu dir, wo mein wirkliches Glück ist.«

»Du hast versprochen, mir treu zu sein«, sagte er, »allen anderen zu entsagen und ganz zu mir zu stehen.«

»Aber ich stehe doch ganz und gar zu dir, Liebling. Dir gehört all mein Vertrauen und all meine Gedanken – Tony hat lediglich diesen winzigen Anteil an einem sehr unwichtigen Aspekt meiner Person.«

Nach Tony gab es dann Philip. Und nach Philip gab es für eine Weile keinen. Michael glaubte schon, Norah sei der »Späße« müde geworden und habe sich auf ihr »wirkliches Glück« beschränkt. Er arbeitete zu jener Zeit hart für seine Aufnahme in das Royal College of Surgeons.

Die Mitgliedschaft wurde ihm – natürlich – zuerkannt, und zwar im Jahre 1952. Er war Leitender Chirurg an einem großen Londoner Krankenhaus, als sich der erste der Wrexlade-Morde ereignete – Wendy Cutforth. Etwa zur gleichen Zeit, als die Berichte über diesen Mord und über die Jagd nach dem Würger von Wrexlade in den Zeitungen erschienen, begegnete Norah Jan Vandepeer.

Michael war kein Leser der Klatschpresse, und die Lestranges hatten kein Fernsehen. Fernsehen war in jenen Tagen noch nicht die unerlässliche Zutat zum häuslichen Leben, zu der es seither geworden ist. Michael hörte manchmal Radio, und er las die *Times*. Er wusste von dem ersten der Wrexlade-Morde, war aber nicht weiter daran interessiert. Er war durch seinen Beruf sehr beschäftigt und hatte außerdem seine Sorgen wegen Jan Vandepeer.

Welcher Natur die Geschäfte des Holländers in London waren, wurde Michael nie recht klar, vielleicht war es auch Norah nie klar geworden. Irgendwie schien es sich um Währungsgeschäfte zu handeln, und Michael war überzeugt, dass sie ziemlich undurchsichtig und nicht ganz koscher waren. Norah meinte, er sei ein Schmuggler, und sie fand die Möglichkeit, er könne ein Diamantenschmuggler sein, höchst aufregend.

Sie lernte ihn auf dem Schiff kennen, das von Hoek van Holland nach Harwich fuhr, nachdem sie eine Woche bei ihren Eltern in Den Haag verbracht hatte, wo ihr Vater einen diplomatischen Posten bekleidete.

»Liebling, ich muss Jan unbedingt haben, ich bin verrückt nach ihm. Das hat doch nichts mit uns zu tun, das musst du doch begreifen, nicht wahr? Niemand könnte mich jemals von dir trennen.«

Vandepeer kam gewöhnlich einmal pro Monat mit seinem Wagen herüber und fuhr über Colchester und

Chelmsford nach London, übernachtete irgendwo, erledigte seine Geschäfte am folgenden Tag und nahm dann die Abendfähre zurück. Ob er lieber in Chelmsford als in London nächtigte, weil es billiger war oder weil Chelmsford sich damals noch sein hübsches ländliches Flair bewahrt hatte, lässt sich nicht sagen, es spielt auch kaum eine Rolle. Norah Lestrange war mehr als bereit, in ihrem Alpine die etwa fünfzig Kilometer nach Chelmsford zu fahren und im *Murrey Gryphon Hotel* auf die Ankunft ihres überwältigenden, blonden Schmugglers zu warten.

Chelmsford ist die Hauptstadt der Grafschaft Essex und liegt am Fluss Chelmer inmitten einer freundlichen, wenngleich etwas eintönigen, vom Ackerbau geprägten Landschaft. Das Land ist flach, die Felder weit, es gibt reichlich Bäume und kleine Gehölze. Wrexlade liegt gut fünfzig Kilometer nördlich der Stadt, Ingleford ein wenig weiter westlich. Es war noch bevor der englische Zeitungsleser Wrexlade der Umgebung von Chelmsford zuordnete; es war damals ganz einfach Wrexlade, ein Ort, von dem kein Mensch gehört hatte, ehe Wendy Cutforth und danach Maureen Hunter dort ums Leben kamen, ein bloßer Name auf der Karte oder allenfalls auf einem Wegweiser; bis die Mordserie begann und es nach und nach zu einem Synonym für faszinierenden Horror wurde.

Bismarck Road, Hilldrop Crescent, Rillington Place – wer kann heute noch sagen, abgesehen von Amateur-Kriminologen vielleicht, welche Londoner Mörder in diesen Straßen gewohnt haben? Zu ihrer Zeit jedoch waren diese Namen in aller Munde. Es entspricht dem englischen Sinn für Humor, dass sogar Witze über sie im Umlauf waren. Es gab laut Miss Hallam Saul auch Witze über Wrexlade, makabre Witze, und wegen der Äußerung eines solchen wurde sogar ein berühmter Komiker von der BBC geächtet – so in etwa, was für eine gute Idee es doch wäre, seine Schwiegermutter nach Wrexlade zu bringen ... Chelmsford, so nahe bei Wrexlade gelegen, trat ins öffentliche Bewusstsein, als Mrs Daly starb. Sie war zuletzt lebend gesehen worden, als sie ihr Geschäft im Zentrum der Stadt abschloss und in ihren Wagen stieg. Und es war nach diesem Ereignis, dass Norah zu Michael sagte: »Ich verspreche dir, Liebling, ich gehe bei Dunkelheit nicht mehr allein aus, wenn ich in Chelmsford bin.«

Es sollte wahrscheinlich ein Trost für ihn sein, dass sie, wenn sie bei Dunkelheit ausging, es in Jan Vandepeers Gesellschaft tun würde.

Fand er sich also passiv mit ihrer Treulosigkeit ab? Da er sie nicht verließ, da er stets zu Hause in der Wohnung war, wenn sie heimkehrte, und indem er sich auch weiterhin bei gesellschaftlichen Anlässen mit ihr zeigte, fügte er sich anscheinend in sein Schicksal. Indem er sie weiterhin wider besseres Wissen hilflos liebte, fügte er sich, aber er litt unsäglich. Er war krank vor Eifersucht. All die Zeit, die er nicht im Krankenhaus sein musste oder in der er sich nicht ein paar Stunden Schlaf verschaffte, brachte er damit zu, sich den Kopf zu zermartern, was er machen sollte. So konnte es nicht weitergehen, das war unmöglich. Wenn er mit ihr zusammenblieb, dann fürchtete er, werde er ihr irgendwie Gewalt antun, aber der Gedanke, auf Dauer von ihr getrennt zu sein, war grauenhaft. Immer wenn er darüber nachgrübelte, hatte er das Gefühl, als entglitte ihm der Boden unter den Füßen, und ihm war zu Mute wie Othello: »Und wenn ich dich nicht liebe, dann kehrt das Chaos wieder.«

Im Juni, am Freitag, dem 19. Juni, fuhr Norah nach Chelmsford hinunter, ins *Murrey Gryphon Hotel*, um die Nacht mit Jan Vandepeer zu verbringen.

Michael hatte nach zwei Wochen ununterbrochenem Dienst im Krankenhaus zwei freie Tage, den Freitag und den Samstag. Er war beinahe krank vor Übermüdung, und diese beiden freien Tage, die er am Ende der Woche haben würde, verklärten sich für ihn zu etwas Außergewöhnlichem, etwas Festlichem und viel Versprechendem; sie verloren in seiner Vorstellung jede Proportion. Er bildete sich ein, wenn er die zwei freien Tage ganz allein mit Norah verbrächte, wenn er irgendwo mit ihr aufs Land führe und Hand in Hand mit ihr auf Feldwegen spazieren ginge (allein solche rührselig-romantischen Gedankengänge zeugen schon von seiner extremen Erschöpfung) – wenn er all das tun könnte, dann würde alles wie durch ein Wunder wieder gut werden. Er würde erklären, und sie würde erklären, sie würden einander zuhören, und sie würden, so klischeehaft das auch klang, ganz von vorn beginnen. Michael war von alledem zutiefst überzeugt; er war ein bisschen verrückt vor Müdigkeit.

Nachdem sie tot war – und sie kamen am Morgen, um ihm ihren Tod schonend beizubringen –, da ließ er sich vom Dienst beurlauben. Miss Hallam Saul spricht von drei Wochen, und das stimmt wahrscheinlich. Ohne diese Wochen der Ruhe hätte Michael Lestrange höchstwahrscheinlich einen psychischen Zusammenbruch erlitten oder – was bei seiner Einstellung noch schlimmer gewesen wäre – er hätte einen Patienten auf dem Operationstisch ums Leben gebracht. Wenn es also heißt, dass Norahs Tod, so entsetzlich er auch für ihn sein mochte, letztendlich seine Gesundheit und seine Karriere rettete, so ist das nicht so weit von der Wahrheit entfernt. Und als er dann schließlich wieder an seine Arbeit zurückkehrte, da stürzte er sich mit vollkommener Hingabe hinein. Er hatte ja auch sonst nichts anderes, nicht das

Geringste für den Rest seines Lebens, welches im vergangenen März über dem Nordatlantik endete.

Auch Brannel hatte weiter nichts. Es ist sehr schwierig für den gebildeten Menschen der Mittelschicht, jene Art Mensch, die wir im Grunde meinen, wenn wir von »dem Mann auf der Straße« sprechen, also das Leben von Leuten wie Kenneth Edward Brannel und seinem Vater, zu verstehen. Sie hatten keine Hobbys, keine Interessen, keine Begabungen, keine besonderen Kenntnisse und überhaupt keine Freunde. Der alte Brannel konnte lesen. Er fuhr mit dem Finger die Zeilen entlang und konnte gerade so die Worte in einer Zeitung zusammenfügen. Kenneth Brannel konnte überhaupt nicht lesen. Heutzutage hätten sie Fernsehen gehabt, damals aber hatten sie es nicht. Romantische Stadtbewohner stellen sich Leute wie die Brannels immer vor, wie sie ihre Hausgärten bepflanzen, Gemüse ziehen, sich an den Abenden mit ein bisschen Schnitzerei oder Schuhmacherarbeit beschäftigen, wie sie ländliche Eintöpfe kochen und Brot backen. Die Brannels, die den ganzen Tag auf den Feldern eines anderen arbeiteten, dachten nicht im Traum daran, auch noch abends die Scholle zu beackern. Keiner von ihnen hatte es je so weit gebracht, auch nur ein Regal aufzuhängen oder eine Sohle auf ihre Stiefel zu kleben. Sie lebten von Konserven oder von Fisch und Chips, und wenn die Dunkelheit hereinbrach, dann gingen sie zu Bett. Es gab ohnehin keine Elektrizität in ihrer Hütte, ebenso kein fließendes Wasser oder eine Innentoilette. Es wäre Mr Stokes von der Cross-Farm ebenso wenig in den Sinn gekommen, ihnen diese Annehmlichkeiten zu verschaffen, wie den Brannels, sie zu fordern.

Unten in dem Häuschen war eine Wohnstube mit einem Kamin und eine Küche mit einem Herd. Oben war das Zimmer des alten Brannel, in das die Treppe hinaufführte, und von diesem Raum ging es durch eine weitere Tür in das Schlafzimmer und den einzigen privaten Bereich von Kenneth Edward Brannel. Dort, in einer Schublade der alten Kommode mit den Holzknöpfen – seit Ellen Brannels Tod nicht mehr poliert –, verwahrte er seine Souvenirs, Wendy Cutforth's Armband, eine Locke von Maureen Hunters rotem Haar, Ann Dalys grünen Seidenschal, Mary Trenthydes Taschentuch mit dem Lippenstiftfleck und dem eingestickten M. Von dem kleinen, rechteckigen Handtaschenspiegel nahm man an, er sei Norah Lestranges Eigentum gewesen, ein Andenken an sie, aber bewiesen wurde das nie. Immerhin war kein Spiegel in ihrer Handtasche gewesen, als man ihre Leiche fand.

In Miss Hallam Sauls Buch »Das Wrexlade-Monster« gab es ein paar Bilder von Brannel; einen Schnappschuss, den seine Tante gemacht hatte, als er zehn war, ein Gruppenfoto seiner Klasse der Ingleford Mittelschule (die zu besuchen ihm bei seiner Beschränktheit sicherlich niemals hätte gestattet werden dürfen) und eine Porträtaufnahme von einem Chelmsforder Fotografen, die seine Mutter ein Jahr vor ihrem Tode hatte machen lassen. Er war sehr groß, ein hoch aufgeschossener, knochiger junger Mann mit breiter, niedriger, wie von Sorgen zerquälter Stirn und dickem, farblosem, krausem Haar. Und die Augen schienen zu sagen: Das Schlimme ist, dass ich so verwirrt bin. Ich bin ganz durcheinander, ich verstehe weder die Welt noch dich noch mich selbst. Ich lebe immer in einem dunklen Nebel. Aber wenn sich dieser Nebel manchmal ein bisschen verflüchtigt, sieh mal, was ich dann tue ...

Die schlaff zu beiden Seiten herabhängenden Hände

sind ein wenig seitlich verdreht, die Handflächen zum Teil sichtbar, eine Gebärde großer Hilflosigkeit oder Verzweiflung.

Miss Hallam Saul bringt kein Bild von Sir Michael Lestrange, Doktor der Medizin, Mitglied des Royal College of Surgeons, hervorragender Herzspezialist, Autor von »Das Herz«, Arzt Ihrer Königlichen Hoheit, der Herzogin vom Albany, Professor der Kardiologie am St.-Joachim-Hospital. Er war in jenen Tagen ein dünner, dunkelhaariger junger Mann von schlankem Wuchs und immer ziemlich schäbig gekleidet. Man hätte ihn keines zweiten Blickes gewürdigt. Er unterschied sich damals außerordentlich von dem Sir Michael, der jetzt von der medizinischen Elite zweier Kontinente betrauert wurde und dessen tiefernstes, doch ruhevolles Gesicht mit dem glatten Silberhaar, den stillen, hellen Augen und den adlerartigen Zügen auf den Frontseiten der Weltpresse erschien. Er hatte sich in den siebenundzwanzig Jahren mehr verändert als andere Männer. Es war eine totale Metamorphose, nicht bloß ein Alterungsprozess.

Zur Zeit des Mordes an seiner Frau Norah war er sechsundzwanzig Jahre alt. Er war ehrgeizig, jedoch nicht übermäßig. Der Ehrgeiz – Berufung könnte man es wohl nennen – kam erst später, nachdem sie tot war. An diesem 19. Juni 1953 war er fix und fertig von der Arbeit und sehnte sich danach, mit seiner Frau wegzukommen, aufs Land, und auszuruhen.

»Aber Liebling, ich bin sicher, ich *hab* es dir gesagt. Ich treffe mich mit Jan im *Murrey Gryphon*. Ich habe es dir gesagt, ich hab doch nie Geheimnisse vor dir, das weißt du doch. Aber du hast mir nicht erzählt, dass du zwei Tage frei haben würdest. Wie sollte ich das wissen? Du nimmst dir doch in letzter Zeit niemals frei, und ich möchte nun wenigstens manchmal ein bisschen Spaß haben.«

»Bitte, geh nicht«, sagte er.

»Aber Liebling, ich möchte Jan sehen.«

»Das ist mehr, als ich aushalten kann«, sagte er, »so wie wir leben. Wenn du nicht aufhörst, diesen Mann zu treffen, dann werde ich dich dazu zwingen.«

Er vergrub das Gesicht in seinen Händen, und gleich kam sie und legte ihm die Hand auf die Schulter. Da sprang er auf und versetzte ihr einen Schlag ins Gesicht. Als sie nach Chelmsford losfuhr, um sich mit Jan Vandepeer zu treffen, hatte sie einen blauen Fleck auf der Wange, den sie, so gut es ging, unter Make-up verbarg.

Als sie im Hotel ankam, hatte man dort eine Nachricht für sie von ihrem »Gatten« in Holland, die besagte, er sei in Hoek van Holland aufgehalten worden. In jenen Tagen legten Hotels Wert darauf, dass Paare, die ein Schlafzimmer teilten, wenigstens so taten, als seien sie Eheleute. Während Brannels Prozess wurde hinter vorgehaltener Hand angedeutet, Jan Vandepeer sei wohl bei dieser Gelegenheit nicht gekommen, weil er Norah allmählich satt hatte, aber es gab keinerlei Beweise, die das hätten erhärten können. Er war in der Tat verhindert und konnte nicht kommen.

Warum fuhr sie nicht zurück nach London? Vielleicht hatte sie Angst, Michael gegenüberzutreten. Vielleicht hoffte sie, Vandepeer werde doch noch kommen, denn die telefonische Nachricht war um halb fünf Uhr durchgegeben worden. Sie aß alleine zu Abend und ging dann spazieren. Um sich einen Mann zu suchen, behauptete der Anklagevertreter, obwohl er ja nicht sie anklagte und der oberste Strafgerichtshof nicht über Moral richtete. Niemand sah sie weggehen, und niemand scheint gewusst zu haben, wohin sie ging. Letzten Endes – ganz offensichtlich – nach Wrexlade.

Brannel unternahm ebenfalls einen Spaziergang. Die langen, hellen Abende machten ihn unruhig, weil er nicht ins Bett gehen konnte, und sonst gab es für ihn nichts zu tun, als bei seinem alten Vater zu sitzen, während der sich mühsam die Worte aus der Abendzeitung zusammenklaubte. Erst ging er in sein Schlafzimmer, betrachtete seine geheimen Schätze, die er dort verwahrte, nahm sie in die Hand – den Schal und die Haarlocke und das Armband und das Taschentuch mit dem M darauf, das Mary Trenthyde bedeutete. Danach unternahm er einen Spaziergang, schmale Heckenwege entlang, blieb manchmal stehen, stand einfach nur da oder lehnte sich über eine Pforte, oder er stieß auf der langen, geraden, einsamen Straße einen Stein ziellos vor sich her, dribbelte damit langsam von einer Seite auf die andere.

Ging Norah Lestrange den ganzen Weg nach Wrexlade zu Fuß, oder nahm jemand sie im Wagen mit, um sie aus unbekannten Gründen dort abzusetzen? Sie konnte sehr wohl zu Fuß gegangen sein, es sind nicht mehr als zweieinhalb Kilometer vom *Murrey Gryphon Hotel* bis zu der Stelle, wo ihre Leiche eine halbe Stunde vor Mitternacht gefunden wurde. Miss Hallam Saul vermutete, sie habe sich gegenüber noch einem weiteren Manne aus der Gegend von Chelmsford entgegenkommend gezeigt und sei, da Vandepeer nicht kam, aufgebrochen, um sich an dem Abend mit ihm zu treffen. So unglaubhaft das auch erscheint, auch vor Gericht wurden ähnliche Vermutungen laut. Es war, als ob alle Welt meinte, eine solche Frau, eine so unmoralische, so promiskuitive Frau, der es an jeglichem Gefühl für Anstand mangelte, eine solche Frau sei zu allem fähig.

Ihre Leiche wurde an der Straße zwischen Ladeley und Wrexlade von zwei jungen Männern aus Wrexlade gefunden, als sie nach einem im *Weißen Schwan* verbrachten Abend nach Hause gingen. Von der Telefonzelle auf der gegenüberliegenden Seite der Fahrstraße aus benachrichtigten sie die Polizei. Der erste Ort, wohin sich die Polizisten wandten, einfach, weil es die nächstgelegene menschliche Behausung war, war das Häuschen der Brannels. Norah Lestranges Leichnam lag halb verdeckt im hohen Gras am Straßenrand bei der Brücke über den Fluss Lade, und das Haus der Brannels, das so genannte ›Lade-Cottage‹, lag knapp hundert Meter hinter der Brücke. Eigentlich gingen sie bloß dorthin, um die Bewohner zu fragen, ob sie an jenem Abend irgendetwas Auffälliges gesehen oder gehört hätten.

Der alte Brannel kam im Nachthemd herunter, über das er seinen Mantel gezogen hatte. Nein, er habe nicht geschlafen, als die Polizei kam, sagte er, er sei schon ein paar Minuten vorher durch seinen Sohn aufgeweckt worden, als der nach Hause kam. Der leitende Kriminalbeamte betrachtete Kenneth Edward Brannel, seine riesigen, herabhängenden Hände, wie er da gegen die Wand lehnte, die Augen verschreckt, der Mund ein bisschen offen. Nein, Kenneth konnte nicht sagen, wo er gewesen sei; so hier und da, eben überall, mehr könne er nicht sagen.

Sie durchsuchten das Haus, obwohl sie keinen Durchsuchungsbefehl hatten, ein Punkt, den die Verteidigung weidlich ausschlachtete. In Kenneth Brannels Schlafzimmer, in der Schublade seiner Kommode, fanden sie Wendy Cutforth's Armband, Maureen Hunters rote Haarlocke, Ann Dalys grünen Seidenschal und das Taschentuch mit dem M darauf – für Mary Trenthyde. So war denn endlich das Wrexlade-Monster gefasst worden. Sie nahmen Brannel in Gewahrsam und stellten ihn unter Anklage, und er sah sie bloß verwirrt an und sagte: »Ich glaube nicht, dass ich die Dame getötet hab. Ich kann mich nicht erinnern. Aber vielleicht hab ich es doch getan, ich vergess immer alles, es ist immer so, als ob es neblig wird ...«

Michael Lestrange wurde in den frühen Morgenstunden vom Tod seiner Frau benachrichtigt. Der Grund, weshalb sie ihn aufsuchten, war, ihm die Nachricht zu überbringen und ihn zu bitten, später mit ihnen nach Chelmsford hinauszufahren, um den Leichnam seiner Frau offiziell zu identifizieren. Sie stellten ihm keine Fragen, und sie hätten ihm lediglich ihr Beileid ausgedrückt und ihn dann in Ruhe gelassen, wenn er nicht erklärt hätte, *er* habe Norah getötet und er wolle ein volles Geständnis ablegen.

Danach blieb ihnen nichts anderes übrig, als ihn unverzüglich nach Chelmsford zu bringen und seine Aussage zu Protokoll zu nehmen. Aber niemand glaubte ihm. Der mit dem Fall befasste Chef der Kriminalpolizei war äußerst freundlich zu ihm, sehr höflich, aber bestimmt.

»Aber wenn ich Ihnen sage, ich habe sie getötet, dann müssen Sie mir glauben. Ich kann es beweisen.«

»So, können Sie das, Dr. Lestrange?«

»Meine Frau war mir fortgesetzt untreu ...«

»Ja, das haben Sie mir erzählt. Und Sie litten darunter, wie Sie von ihr behandelt wurden, weil Sie sie sehr liebten. Die Wahrheit scheint doch zu sein, Doktor, dass Sie ein liebender Ehemann waren und Ihre Frau – nun, alles andere als eine ideale Ehefrau.«

Michael Lestrange bestand darauf, er sei Norah nach

Chelmsford nachgefahren in der Absicht, Jan Vandepeer zu bitten, sie in Ruhe zu lassen. Er habe nicht das Hotel betreten. Zufällig sei er ihr auf seinem Weg zum *Murrey Gryphon Hotel* begegnet, als sie ziellos eine Straße in Chelmsford entlanggegangen sei.

»Zu der Zeit, die Sie angeben, nahm Mrs Lestrange noch ihr Abendessen ein«, sagte Chefinspektor Masters.

»Was heißt das schon? Dann war es eben früher oder später, ich kann keine präzisen Zeitangaben machen. Sie stieg zu mir in den Wagen, und ich fuhr los, ich weiß nicht, wohin, ich wollte keine Szene im Hotel. Sie erklärte mir, sie müsse zurück, sie erwarte Vandepeer jeden Moment.«

»Vandepeer hatte ihr eine Nachricht zukommen lassen, dass er nicht käme. Hat sie Ihnen das nicht gesagt?«

»Ist das wichtig?« Er war ungeduldig, sein Geständnis zu Ende zu bringen. »Es kommt doch nicht darauf an, was sie mir erzählte. Ich kann mich nicht daran erinnern, was sie gesagt hat.«

»Können Sie sich denn daran erinnern, wohin Sie fuhren?«

»Natürlich kann ich das nicht. Ich kenne die Gegend nicht. Ich fuhr einfach drauflos und parkte irgendwo, ich weiß nicht, wo, und wir stiegen aus und gingen zu Fuß weiter, und sie trieb mich zum Wahnsinn mit dem, was sie sagte, und da packte ich sie am Hals und …« Er vergrub sein Gesicht in den Händen. »Ich weiß nicht mehr, was dann passierte. Ich weiß auch nicht, wo es passierte und wann. Ich war so müde, und ich war wie verrückt, glaube ich.« Er blickte auf. »Aber ich habe sie getötet. Wenn Sie mich jetzt unter Anklage stellen – ich bin völlig darauf gefasst.«

Der Chefinspektor erwiderte sehr ruhig und unbeeindruckt: »Das wird nicht notwendig sein, Dr. Lestrange.«

Michael Lestrange schloss einen Augenblick lang die Augen, ballte die Fäuste und sagte: »Sie glauben mir nicht.«

»Ich glaube durchaus, dass Sie selbst es glauben, Doktor.«

»Warum sollte ich es gestehen, wenn es nicht wahr ist?«

»So was kommt vor, Sir, das ist nichts Ungewöhnliches. Besonders bei Leuten wie Ihnen, die überarbeitet und ausgelaugt sind und nicht genug Schlaf bekommen haben. Sie sind doch Arzt, Sie wissen doch selbst, was ein Psychiater dazu sagen würde, nämlich, dass Sie einen Grund hatten, Ihrer Frau Gewalt anzutun, sodass sich jetzt in Ihrer Vorstellung die Überzeugung festgesetzt hat, Sie selbst hätten sie getötet, und als Folge davon dieses Schuldgefühl für etwas, mit dem Sie nichts zu tun hatten.

Sehen Sie mal, Doktor, betrachten Sie es doch mal von unserem Standpunkt aus: Ist es wahrscheinlich, dass Sie, ein gebildeter Mann, ein Arzt, irgendjemanden ermorden würden? Nicht sehr. Und wenn doch, würden Sie es dann in Wrexlade tun? Würden Sie es hundert Meter von der Wohnung eines Mannes entfernt tun, der bereits vier andere Frauen ermordet hat? Würden Sie es tun, indem Sie mit den bloßen Händen erdrosseln, genau die Methode, die jener Mann jedes Mal anwandte? Und würden Sie es genau vier Wochen nach dem letzten Strangulierungsmord tun, der seinerseits exakt vier Wochen nach dem vorangegangenen stattfand? Eine solche Kette von Zufällen kommt nicht vor – meinen Sie nicht auch, Dr. Lestrange? Eher schon, dass Leute so übermüdet sind und derartig unter Stress stehen, dass sie Verbrechen gestehen, die sie nie begangen haben.«

»Ich beuge mich Ihrem überlegenen Urteil«, sagte Michael Lestrange.

Er ging in die Leichenhalle und identifizierte Norahs Leichnam. Und dann gab er seine Aussage zu Protokoll, dahingehend, dass Norah nach Chelmsford gefahren sei, um sich mit ihrem Liebhaber zu treffen. Er habe sie zuletzt am vorangegangenen Nachmittag um vier Uhr gesehen.

Brannel wurde des Mordes an Norah für schuldig befunden. Nachdem sich das Gericht nur eine halbe Stunde zur Beratung zurückgezogen hatte, wurde ihm definitiv dieser Mord zur Last gelegt. Und trotz des medizinischen Gutachtens, den Stand seiner geistigen Entwicklung betreffend, wurde er zum Tode verurteilt und eine Woche vor Weihnachten hingerichtet.

Während der kurzen Zeitspanne nach dieser Exekution, in der die Todesstrafe noch geltendes Recht war, wurde Michael Lestrange zu ihrem erbitterten Gegner. Immer wieder sagte er, Brannel sei ein Paradebeispiel für einen, der ungerecht gehängt worden sei, und man dürfe nicht zulassen, dass das in England je wieder geschähe. Natürlich bestand nie ein Zweifel daran, dass Brannel Wendy Cutforth, Maureen Hunter, Ann Daly und Mary Trenthyde erdrosselt hatte. Die Beweise lagen auf der Hand, und er hatte sich wiederholt zu diesen Morden bekannt. Aber das war ja nicht, was Michael Lestrange meinte. Die Leute verstanden ihn so, als dürfe einer nicht für ein Verbrechen bestraft werden, dessen Ernst und Gewicht zu erfassen er geistig nicht in der Lage ist. So will es das Gesetz, und es darf keine Ausnahmen davon geben, bloß weil die Gesellschaft ihre Rache verlangt. Die Leute dachten, das meinte Michael Lestrange, wenn er von der Ungerechtigkeit sprach, die diesem Massenmörder widerfahren sei.

Und vielleicht meinte er es wirklich so.

Stechapfel

Die Pflanze, die im Schutze der Mauer zwischen den Stachelbeerbüschen wuchs, war etwa sechzig Zentimeter hoch und hatte spitzige, gleichmäßig gezackte, ovale Blätter von kräftigem, dunklem Grün. Sie trug gleichzeitig eine Blüte und eine Frucht. Die trompetenförmige Blüte war lieblich und zart und von reinstem Weiß, während die grüne Frucht, die einer Kastanie ähnelte, obgleich sie dunkler war, ringsherum mit Stacheln von recht bedrohlichem oder doch zumindest warnendem Aussehen bewehrt war.

Dem Buch »Die einheimische britische Flora« zufolge, das James in der Hand hielt, hatte der Stechapfel, auch Jimsons Weed oder *Datura stramonium* genannt, außerdem einen unangenehmen Geruch, aber das konnte er nicht finden. Was das Buch nicht erwähnte, war, dass die Datura hochgiftig war. James wusste das bereits, denn obwohl die Pflanze hier im Garten der Fyfields zum ersten Mal auftauchte, hatte er sie während des vorigen Sommers schon anderswo im Dorf gesehen. Und damals hatte er sie lediglich interessiert anzuschauen brauchen, da waren schon Erwachsene angerannt gekommen, um ihn vor ihren Gefahren zu warnen. Als ob es ihm in seinem Alter zuzutrauen wäre, so etwas wie dieses stachelige Ding zu essen, das mehr wie ein Seeigel aussah als wie eine Samenkapsel. Die Erwachsenen hatten ihn und die anderen Kinder damals auch nicht bloß gewarnt, sie waren sofort über die unglückliche Datura hergefallen und hatten sie mit Triumphgeschrei aus dem Boden gerissen, als gelte es, eine gefahrvolle Arbeit zu vollbringen.

Jetzt hatte James im Garten gleich drei Exemplare entdeckt. Der Stechapfel habe die Angewohnheit, plötzlich an unerwarteter Stelle aufzuschießen, hieß es in dem Buch, das ihn eine »Zufallserscheinung« auf kultivierten Böden nannte. Sein Vater würde sich zwar nicht so anstellen wie diese Dorfbewohner, aber er würde ihn doch auch sicherlich entfernen, sobald er ihn entdeckte. James fand das unverständlich, und es bedeutete, dass er sich ganz schön beeilen musste, wenn er einen Aufguss oder einen Extrakt der Datura herstellen wollte. Nachdenklich ging er ins Haus zurück, nahm keinerlei Notiz von seiner Schwester Rosamund, die am Küchentisch saß und einen Touristenführer über London studierte, und brachte das Buch in sein Zimmer zurück.

James' Zimmer war voller interessanter Dinge. Die reinste Rumpelkammer sei es, behauptete seine Mutter. Ein Sammler und Experimentator war er, dieser James – mit scharfem, analytischem Verstand und mit weit über das normale Maß an Neugierde hinaus ausgestattet. Er besaß ein Aquarium, in dem die Luftpumpe blubberte, einen Glasbehälter, der Raupen des Schwärmers beherbergte, und Mäuse in einem Käfig. An den Wänden hingen Schaubilder der Krustentiere, der Lebenszyklen der Frösche sowie eine Himmelskarte. Es gab einige Hundert Bücher, ferner Muscheln und getrocknete Gräser, eine Schlangenhaut, zwei Geweihzacken (beide auf natürliche Weise abgestoßen), und auf dem obersten Bord seines Bücherregals standen seine Flaschen mit Gift. James schob das Buch über wild wachsende Blumen zurück, kletterte auf einen Hocker und betrachtete diese Flaschen mit heimlicher Befriedigung.

Er hatte ihren Inhalt eigenhändig hergestellt, indem er Blätter, Blüten und Beeren gekocht und den daraus gewonnenen Sud abgeseiht hatte. Zumeist hatte sich dieser als eine dunkle, grünlich-braune oder auch rötliche Flüssigkeit erwiesen, worüber James ziemlich enttäuscht gewesen war, denn er hatte mehr auf ein Knallgrün oder vielleicht Safrangelb gehofft, Farben, die sich leichter mit dem Finsteren und Bösen assoziieren ließen. Er hatte die Flaschen lieber als *Conium maculatum* und *Hyoscyamus niger* etikettiert, statt mit ihren gewöhnlichen Namen, denn wenn seine Mutter kam und in seiner Rumpelkammer sauber machte, dann hätte sie natürlich gewusst, was Schierling oder Bilsenkraut war. Lediglich eine, die sein Meisterwerk, den tödlichen Nachtschattensud, enthielt, war ohne Aufschrift geblieben, denn selbst vor Leuten, die kein Latein konnten, war die Bedeutung von *Atropa belladonna* nicht geheim zu halten.

Nicht dass James die leiseste Absicht hegte, seine Gifte in Anwendung zu bringen, nichts lag ihm ferner. Sie standen ja auch gerade aus dem Grund dort oben auf dem höchsten Bord, damit sie keinen Schaden anrichten konnten, und außerdem achtete er jedes Mal, wenn ein kleines Kind im Hause zu Besuch war, peinlich darauf, dass seine Zimmertür verschlossen war. Er hatte die Gifte aus reinem Forschungsdrang gemacht, einfach um zu sehen, ob es ging. Mit ähnlicher wissenschaftlicher Unvoreingenommenheit war er sogar so weit gegangen, sie vorsichtig selbst auszuprobieren – zuerst ein paar Tropfen, dann einen halben Teelöffel der Bilsenkrautlösung. Als Resultat war er ernsthaft krank geworden, hatte schmerzhafte Magenkrämpfe bekommen, die es nötig machten, den Arzt zu holen, welcher eine Gastritis diagnostizierte. James aber war zufrieden gewesen; es wirkte.

Bei der Herstellung seiner Gifte galt es, strikteste Geheimhaltung zu wahren. Das hieß, er musste sich vergewissern, dass seine Mutter außer Haus war und Rosamund auch. Rosamund wäre auch gar nicht weiter interessiert gewesen, für sie sah eine Pflanze aus wie eine andere. Sie quiekte, wenn sie die Schwärmerraupen sah, und ihr sehnlichster Wunsch war, fortzugehen und in London zu leben. Aber Petzen konnte man bei ihr nicht ausschließen. Und obgleich seine Eltern ihm nicht böse gewesen wären oder ihn gar bestraft und seine Versuche diktatorisch unterbunden hätten, denn sie waren vernünftige und vorurteilsfreie Leute, so hätten sie ihn doch sicherlich überredet, die Flaschen wegzuwerfen. Sie hätten ihm Vorträge gehalten und an sein besseres Ich und seinen gesunden Menschenverstand appelliert. Wenn er also seine Sammlung durch ein Gebräu der Datura erweitern wollte, so tat er gut daran, den Mittwochnachmittag zu wählen, wenn seine Mutter im Fraueninstitut war und er die Alleinherrschaft über Küche, Herd, Kochtopf und Sieb hatte.

Entschlossen ging James mit einer braunen Papiertüte wieder in den Garten und ließ fünf Exemplare der Stechapfelfrüchte hineinfallen, alle, die er finden konnte, und der Vollständigkeit halber auch noch zwei Blüten und ein paar Blätter. Er verschloss die Tüte gerade mit einem Streifen Klebefilm, als Rosamund den Weg heraufkam.

»Du hast natürlich vergessen, dass wir die Himbeeren hier zu Tante Julie bringen sollen?«

Das hatte James in der Tat. Aber da er das Einzige, was

er im Moment liebend gern getan hätte, nämlich, den Inhalt der Tüte aufzubrühen, ohnehin erst am Mittwoch unternehmen konnte, bedachte er Rosamund mit seinem typischen Zerstreuter-Professor-Blick, zuckte leicht die Achseln und meinte, es sei unmöglich, dass *er* etwas vergäße, das zu behalten *sie* im Stande sei.

»Ich bringe das hier bloß nach oben«, sagte er, »dann komme ich mit.«

Die Familie Fyfield lebte seit vielen Jahrzehnten – seit Jahrhunderten, behaupteten manche – in dem Dorf Great Sindon in Suffolk, bewohnten bald dieses Häuschen, bald jenes, übernahmen kleine Bauernhäuser, Freisassen, die sie allesamt waren, bis in den Anfängen des zwanzigsten Jahrhunderts einige von ihnen in die Mittelschicht aufgestiegen waren. Der Vater von James, Sohn eines Schullehrers, lehrte an der Universität Essex in Wivenhoe, knappe dreißig Kilometer entfernt. James war bereits für Oxford vorgesehen. Aber sie blieben immer dem Dorf eng verbunden, diese Fyfields von der Ewes Hall Farm, mit ihren Ahnen, die auf dem Kirchhof begraben lagen, und anderen, deren Namen auf dem Kriegerdenkmal auf dem Dorfplatz standen.

Die einzige sonstige Fyfield, die zurzeit noch in Great Sindon lebte, war Tante Julie, keine richtige Tante, sondern bloß angeheiratet, denn ihr Mann war ein Vetter zweiten Grades oder so was Ähnliches gewesen. James konnte sich nicht daran erinnern, zu ihr je besonders nett oder auch nur höflich gewesen zu sein (wie es etwa Rosamund war), und dennoch schien ihn Tante Julie sämtlichen anderen vorzuziehen, vielleicht mit Ausnahme von Mirabel. Und da sie ihn nun einmal vorzog, erwartete sie wohl von ihm, dass er sie besuchte. Wäre es nach Tante Julie gegangen, so hätten diese Besuche einmal wöchentlich stattgefunden, aber James war nicht bereit, sich darauf einzulassen, und seine Eltern drängten ihn auch nicht.

»Es wäre mir gar nicht lieb, wenn irgendjemand dächte, James wäre hinter ihrem Geld her«, hatte seine Mutter gemeint.

»Aber jeder weiß doch, dass das einmal an Mirabel fallen wird«, erwiderte der Vater.

»Noch ein Grund mehr. Es wäre mir ein Grauen, wenn es gar hieße, James habe es auf Mirabels rechtmäßiges Erbe abgesehen.«

Rosamund *hatte* es ohne alle Scham darauf abgesehen, oder doch wenigstens auf einen Teil davon, obgleich das anscheinend noch niemandem aufgefallen war. Sie hatte es James selbst erzählt. Ein paar Tausender von Tante Julie würden ihr enorm helfen bei ihrem Traum, sich eine Wohnung in London zu kaufen, für die sie sparte, seit sie sieben Jahre alt war. Aber die Preise für Wohnungen waren die ganze Zeit unaufhörlich gestiegen (sie las beharrlich die Anzeigenseiten der Immobilienmakler im *Observer*). Mit ihren 28.50 Pfund würde sie also nichts ausrichten, und ohne einen unerwarteten Goldregen sah ihre Situation ziemlich hoffnungslos aus. Sie war sehr zielstrebig, die Rosamund, und besaß ein enormes Durchsetzungsvermögen. James nahm an, sie hatte die Himbeeren eigenhändig gepflückt, und ihr: »Wir sollen sie hinbringen« entsprang wohl mehr ihren eigenen Wünschen und war durchaus keine Weisung ihrer Mutter. Aber es machte ihm nicht viel aus mitzugehen. In Tante Julies Garten gab es einen Maulbeerbaum, und er war froh über die Gelegenheit, sich den mal anzusehen. Er dachte nämlich daran, Seidenraupen zu züchten.

Es war ein warmer, schwüler Hochsommertag, ein Tag

mit drückender Luft und halb verschleierter Sonne, mit schwer beladenen Hummeln und erschlafften, aber immer noch duftenden Rosen. Die Wälder hingen wie rauchblaue Schatten an den Hängen der Hügel, und die Felder, auf denen die Weizenernte begonnen hatte, waren von der gleichen Farbe wie Rosamunds Haar. Die Dorfstraße von Great Sindon war lang und schnurgerade, so, wie man es oft findet in Suffolk. Tante Julie wohnte an ihrem äußersten Ende in einem simplen, soliden, zweistöckigen Haus aus grauem Backstein mit flachem Schieferdach und zwei hohen Schornsteinen. Es hätte in der Mitte des neunzehnten Jahrhunderts, als es erbaut wurde, keinesfalls als Haus feiner Leute gegolten, denn es hatte lediglich vier Zimmer und eine einzige Küche, die Decken waren niedrig, und die Treppen waren steil, heutzutage jedoch wäre manch ein feiner Herr glücklich, darin zu wohnen, und im Dorf war man der Meinung, dass es ein ordentliches Stück Geld wert sei. Dieses Haus, Sindon Lodge genannt, stand auf gut achttausend Quadratmetern Land, zu dem eine Apfelplantage, ein Wasserlilienteich und eine große Wiese gehörte, auf der der Maulbeerbaum stand.

James und seine Schwester gingen in nahezu vollständigem Schweigen nebeneinander her. Sie hatten ohnehin wenig gemeinsam, und heiß war es auch, die Luft war voll von kleinen Insekten, aufgescheucht aus den Feldern, auf denen geerntet wurde. James wusste, sie hatte ihn bloß aufgefordert mitzukommen, weil Tante Julie sonst, wenn sie alleine gekommen wäre, hätte wissen wollen, wo er denn sei, und dann wäre sie eingeschnappt und wenig entgegenkommend gewesen. Er fragte sich, ob Rosamund wohl wusste, dass der Korb, in den sie die Himbeeren gepackt hatte – nicht ohne ihn vorher mit einer großen, weißen Papierserviette auszupolstern –, eigentlich für eine Weinflasche gedacht war mit seinem Schnabel aus Peddigrohr an einer Seite, um den Hals der Flasche aufzunehmen? Sie hatte sich auch umgezogen, stellte er fest. Statt der Jeans trug sie ihren neuen Baumwollrock aus Laura-Ashley-Stoff, und ihr weizenfarbenes Haar hatte sie zurückgebürstet und mit einem schwarzen Samtband zusammengebunden. Würde ihr nicht viel helfen, dachte James, und er beschloss, ihr die wahre Funktion des Korbes nicht zu verraten, außer sie tat irgendetwas, das ihn ärgerte.

Als sie jedoch an der Kirche vorübergingen, blickte Rosamund ihn plötzlich an und fragte, ob er wisse, dass Tante Julie jetzt eine Dame bei sich wohnen habe, die sich um sie kümmere? Eine Gesellschafterin würde diese Person genannt, sagte Rosamund. James hatte es nicht gewusst – wahrscheinlich war er mit seinen eigenen Gedanken beschäftigt gewesen, als es besprochen wurde – und er war ein bisschen verärgert.

»Na und?«

»Na, gar nichts. Ich nehme bloß an, sie wird uns die Tür aufmachen. Du hast es nicht gewusst, oder? Siehst du, es stimmt gar nicht, dass du Sachen weißt, die ich nicht weiß. Sehr oft weiß ich Sachen, die du nicht weißt, sehr oft sogar!«

James ließ sich nicht herab, ihr zu antworten.

»Sie hat doch immer gesagt, wenn es mit ihr je so weit käme, dass sie jemanden bei sich wohnen haben müsste, dann würde sie sich Mirabel holen. Und Mirabel wollte das auch gern, ihr gefiel die Idee, auf dem Land zu leben, sehr. Aber nun hat Tante Julie nicht sie gebeten, sondern sich stattdessen diese Frau geholt, und ich hab Mami sagen hören, Tante Julie will Mirabel jetzt nicht mehr im

Hause haben. Ich weiß gar nicht, warum. Und Mami sagt auch, jetzt kriegt Mirabel vielleicht Tante Julies Geld nicht.«

James pfiff ein paar Takte aus der Ouvertüre des »Barbier von Sevilla«. »*Ich* weiß, warum.«

»Wetten, dass du es *nicht* weißt?«

»Okay, dann weiß ich es eben nicht.«

»Also warum?«

»Du bist noch nicht alt genug, um das zu verstehen. Ach, und übrigens – du weißt es vielleicht noch nicht, aber das Ding, in das du die Himbeeren gepackt hast, ist ein Weinkorb.«

Die Haustür von Sindon Lodge wurde von einer dicken Frau im Baumwollkleid mit einer Kittelschürze darüber aufgemacht. Sie schien zu wissen, wer sie waren, und sagte, sie sei Mrs Crowley, aber sie könnten sie Tante Elsie nennen, wenn sie wollten. James und Rosamund waren sich stillschweigend einig, dass sie nicht wollten. Sie gingen den langen Flur hinunter, wo es selbst an den heißesten Tagen immer ziemlich kalt war.

Tante Julie war in dem Zimmer mit den Glastüren. Sie saß in einem Sessel und schaute in den Garten hinaus, und die graue Katze namens Palmerston lag auf ihrem Schoß. Ihr Haar hatte fast die gleiche Farbe wie Palmerstons Fell, und es war genauso weich und flaumig. Sie war eine kleine, verschrumpelte Frau, sehr alt, und immer trug sie Hosen und Pullover, wodurch sie, wie James insgeheim dachte, ein bisschen wie ein Affe aussah. Sie war verkrümmt und halb zum Krüppel geworden durch ihre Arthritis, die immer schlimmer wurde und wahrscheinlich auch der Grund dafür war, dass sie Mrs Crowley engagiert hatte.

Nachdem sie Rosamund gefragt hatte, warum sie denn

bloß die Himbeeren in einen Weinkorb gepackt hätte – den solle sie ja der Mutti gleich wieder mitnehmen –, wandte Tante Julie ihre Aufmerksamkeit James zu, fragte ihn, was er in letzter Zeit gesammelt habe, wie es den Schwärmerraupen gehe und wie sein Schulzeugnis am Ende des Sommerhalbjahrs ausgefallen sei? Nach weiteren zehn Minuten solcher Unterhaltung hatte James, obgleich sonst nicht übermäßig zart besaitet gegenüber seiner Schwester, regelrecht Mitleid mit Rosamund, und er ließ sich herab, Tante Julie zu berichten, dass sie ihre Klavierprüfung mit Auszeichnung bestanden habe, und würde sie ihn jetzt wohl entschuldigen, er wolle gern mal hinausgehen und sich den Maulbeerbaum angucken.

Der Garten machte einen vernachlässigten Eindruck. In der Apfelplantage lagen winzige Äpfel, das so genannte Juni-Fallobst, faulend im hohen Gras. Im Teich gab es schon seit Jahren keine Fische mehr. Der Maulbeerbaum war überladen mit klebrig aussehenden, saftigen roten Früchten, aber James vermutete, dass Seidenraupen sich lediglich von den Blättern ernährten. Ob Tante Julie ihm erlaubte, sich Maulbeerblätter zu holen? Er sah ein, er musste noch viel lernen über Seidenraupenzucht. Langsam ging er um den Baum herum, und dabei fiel ihm ein, dass es Mirabel gewesen war, die ihn zuerst auf den Baum aufmerksam gemacht und gemeint hatte, wie wundervoll sie es sich vorstelle, wenn man seine eigene Seide herstelle.

Er fand es ziemlich scheußlich, dass Mirabel sich womöglich all das hier verscherzt hatte, bloß weil sie ein Baby bekommen hatte. Denn »all das hier«, das Haus, das Grundstück, die unbestimmte, aber wohl beträchtliche Geldsumme, die Onkel Walter durch Häuserbauen verdient und seiner Witwe vererbt hatte, war bestimmt äußerst wichtig für die arme Mirabel, die als freiberufliche Designerin sehr wenig verdiente und sicherlich damit gerechnet hatte.

Wäre er mit ihr allein gewesen, dann hätte er Tante Julie gegenüber dieses Thema angeschnitten, denn von ihm ließ sie sich nahezu alles bieten, auch wenn sie ihn ein *enfant terrible* nannte. Sie behauptete selbst manchmal, er könne sie um den kleinen Finger wickeln – keine schlechten Voraussetzungen übrigens, um die Maulbeerblätter zu kriegen. Aber in Rosamunds Gegenwart würde er nicht über Mirabel reden. Stattdessen erwähnte er es, um ein wenig vorzufühlen, vorsichtig seiner Mutter gegenüber, und zwar gleich, nachdem Rosamund unter Protest zu Bett geschickt worden war.

»Na ja, Liebling, Mirabel hat immerhin ein Baby bekommen, ohne verheiratet zu sein. Und als Tante Julie noch jung war, da galt das als etwas ganz Entsetzliches. Wir können uns das heute nicht mehr vorstellen, die Dinge haben sich so sehr geändert. Aber Tante Julie hat eben sehr strenge Prinzipien, und in ihren Augen ist Mirabel eine schlechte Frau.«

»Ich verstehe«, sagte James, obwohl er nicht so ganz verstand. »Und wenn sie stirbt, dann wird Mirabel also in ihrem Testament nicht bedacht, ist das richtig?«

»Ich glaube, wir sollten uns über diese Dinge lieber nicht unterhalten.«

»Allerdings sollten wir das nicht«, bekräftigte James' Vater.

»Nein, aber ich möchte es einfach wissen. Ihr sagt doch immer, die Leute sollten nicht so viel vor den Kindern geheim halten. Also hat Tante Julie jetzt ein anderes Testament gemacht und Mirabel darin übergangen, oder wie?«

»Sie hat überhaupt kein Testament gemacht, das ist ja gerade das Problem. Dem Gesetz nach erbt eine Großnichte nicht automatisch im Intestatsfall – äh, ich meine, wenn eine Person stirbt, ohne ...«

»Ich weiß, was Intestatsfall heißt«, unterbrach James.

»Deshalb nehme ich an, Mirabel hat gehofft, sie könne sie so weit bringen, ein Testament zu machen. Das klingt nicht sehr anständig, so ausgedrückt, aber andererseits, warum sollte nicht die arme Mirabel das alles kriegen? Wenn sie es nicht kriegt, dann glaube ich kaum, dass sonst jemand nahe genug mit Tante Julie verwandt ist, und es fällt bloß an den Staat.«

»Wollen wir jetzt bitte das Thema wechseln?«, drängte James' Vater.

»Ja, in Ordnung«, sagte James. »Gehst du Mittwoch eigentlich wieder ins Fraueninstitut, wie immer?«

»Natürlich, Liebling. Wieso fragst du?«

»Ach, bloß so«, meinte James.

James' Vater hatte Ferien, während die Universität geschlossen war, und am folgenden Tag ging er mit einem Korb und seiner Unkrauthacke in den Obstgarten und riss die Stechapfelpflanze aus, die zwischen den Stachelbeerbüschen wuchs. James, der in seinem Zimmer saß und »The Natural History of Selborne« las, beobachtete ihn durchs Fenster. Sein Vater warf die Stechapfelpflanze auf den Komposthaufen und machte sich daran, nach weiteren Exemplaren zu fahnden, und er fand sie alle in einem Zeitraum von nur fünf Minuten. James seufzte, nahm aber diese Zerstörung mit philosophischem Gleichmut hin. Er hatte ja in der braunen Tüte, was er für seine Zwecke brauchte.

Und tatsächlich hatte er das Haus für sich, um in Ruhe sein neuestes Gebräu herzustellen. Sein Vater verkündete nämlich beim Mittagessen, er werde am Nachmittag mit dem Wagen nach Bury St. Edmund fahren, und beide Kinder könnten mitkommen, wenn sie wollten. Rosamund wollte, denn Bury war, wenn auch nicht London, so doch wenigstens eine regelrechte Stadt mit vielen Dingen, die sie liebte – Geschäfte und Restaurants und Kinos und Menschenmassen. Kaum war James allein, suchte er sich einen emaillierten Kochtopf aus, der aussah, als könne man hinterher alle Spuren der Datura leicht daraus entfernen. Er goss etwa einen halben Liter Wasser hinein und brachte ihn zum Kochen. Inzwischen zerschnitt er die grünen, stacheligen Früchte, sodass die schwarzen Samen, die sie enthielten, zum Vorschein kamen. Als das Wasser kochte, schüttete er Fruchtstücke, Samen, Blätter und Blüten hinein und ließ alles zusammen eine halbe Stunde lang simmern, wobei er die Mischung gelegentlich mit einem Fleischspieß umrührte. Wie er schon vermutet hatte, blieb die hellgrüne Farbe nicht erhalten. Sowohl die Flüssigkeit als auch die festen Bestandteile nahmen ein dunkles Khakibraun an. James wagte nicht, ein Sieb zum Durchseihen zu benutzen, falls er es hinterher nicht wieder sauber bekäme, deshalb presste er alle Flüssigkeit mit den Händen heraus, bis nichts zurückblieb als ein feuchter Matsch.

Diesen Rest warf er in den Müllschlucker. Die Flüssigkeit, inzwischen auf wenig mehr als einen Viertelliter reduziert, goss er in eine Medizinflasche, die er dafür bereitgestellt hatte, schraubte den Deckel auf und beschriftete sie mit »*Datura stramonium*«. Den Topf scheuerte er gründlich aus, aber als er ein paar Tage später sah, dass seine Mutter ihn genommen hatte, um die Erbsen darin zu kochen, die es zum Abendessen als Beilage zum Fisch geben sollte, da fürchtete er trotzdem halb und halb, die ganze Familie werde rasende Schmerzen oder gar schreckliche Krämpfe bekommen. Aber nichts dergleichen geschah, und niemand litt an irgendwelchen bösen Folgeerscheinungen.

Um die Zeit, als das neue Schuljahr begann, hatte James eine Substanz produziert, von der er hoffte, es sei Muskarin – $C_5H_{15}NO_3$ –, und zwar, indem er Fliegenpilze mit einem reichlich zweifelhaften Zyanid aus Aprikosenkernen zusammengekocht hatte. Es standen jetzt zehn Flaschen mit Gift auf dem obersten Bord seines Bücherregals, aber niemandem von ihnen drohte die leiseste Gefahr. Selbst als der Haushalt der Fyfields sich um zwei Personen erweiterte, war das für James kein Anlass, seine Zimmertür verschlossen zu halten, denn Mirabels kleiner Sohn war ja erst sechs Monate alt und infolgedessen natürlich noch nicht im Stande zu laufen.

Mirabels Ankunft war einigermaßen spontan erfolgt. Ein lächerliches, unmögliches Benehmen nannte es James' Vater. Der Mietvertrag für ihre Wohnung in Kensington lief aus, und anstatt Schritte zu unternehmen, um eine andere Bleibe zu finden, hatte sie gewartet, bis der Auszugstermin auf eine Woche herangerückt war. Und dann war sie mir nichts, dir nichts in Great Sindon aufgetaucht und hatte sich auf Gedeih und Verderb Tante Julie an den Hals geworfen. Sie kam mit einem Taxi vom Bahnhof Ipswich, schleppte einen Koffer und das Kind mit Namen Oliver.

Mrs Crowley hatte ihr aufgemacht, und Mirabel hatte Tante Julie noch nicht einmal zu sehen bekommen. Ihr wurde schlicht mitgeteilt, sie sei in Sindon Lodge nicht willkommen und ihre Tante dächte doch, sie hätte das telefonisch und brieflich deutlich genug gemacht. Mirabel, die geglaubt hatte, Tante Julie werde sich durch ihren Anblick erweichen lassen, hatte nun die Wahl, entweder nach London zurückzukehren oder sich in ein Hotel in Ipswich einzuquartieren, oder aber Zuflucht bei den Fyfields zu suchen. Sie wies den Taxifahrer an, sie zur Ewes Hall Farm zu fahren.

»Wie hätte ich sie denn abweisen sollen?«, hörte James seine Mutter sagen. Mirabel war oben und brachte Oliver zu Bett. »Da stand sie doch einfach in der Tür mit dem großen, schweren Koffer und dem Baby, das wie am Spieß brüllte, der arme Wurm. Und sie selbst ist doch bloß so eine halbe Portion.«

James' Vater war verdrießlich, seit er nach Hause gekommen war. »Mirabel ist genau die Sorte Mensch, die übers Wochenende kommt und zehn Jahre bleibt.«

»Kein Mensch würde zehn Jahre hier bleiben, wenn er stattdessen in London leben könnte«, bemerkte Rosamund.

In diesem Falle blieb Mirabel nicht zehn Jahre, obwohl sie nach zehn Wochen immer noch da war. Und an fast jedem einzelnen Tag dieser zehn Wochen bemühte sie sich vergeblich, ihren Fuß in die Tür von Sindon Lodge zu setzen. Wer immer am Abend im Wohnzimmer der Ewes Hall Farm zugegen war – und jetzt im tiefen Winter waren das gewöhnlich alle –, wurde täglich mit Mirabels Klagen über das Leben berieselt, mit Anschuldigungen gegen Menschen, die sie schlecht behandelt hatten, allen voran Olivers Vater und Tante Julie. James' Mutter sagte manchmal, wie traurig es doch für Oliver sei, ohne Vater aufwachsen zu müssen, aber da Mirabel ihn niemals erwähnte, ohne zu beteuern, wie eigensüchtig er sei, dieser unreife, herzlose, gemeine, faule und grausame Kerl dort in London, fand James, dass Oliver ohne ihn doch wohl besser dran sei. Was Tante Julie betraf, so meinte Mirabel, die müsse senil sein, sie müsse den Verstand verloren haben.

»Begreifst du, wie man eine solche Einstellung haben kann, Elizabeth, und das heutzutage, in diesen Zeiten? Sie will mich allen Ernstes nicht im Hause haben, weil ich Oliver gekriegt habe und nicht mit Francis verheiratet bin. Gott sei Dank bin ich's nicht, das ist alles, was ich dazu sagen kann. Aber kommt dir das nicht auch vor wie im finstersten Mittelalter?«

»Sie wird es sich mit der Zeit schon noch überlegen«, tröstete James' Mutter.

»Gut, aber mit wie viel Zeit? Ich meine, *sie* hat ja schließlich nicht mehr so viel, stimmt's? Und ich muss hier solange peinlicherweise eure Gastfreundschaft ausnutzen. Du kannst dir nicht vorstellen, wie mies ich mich deshalb fühle. Bloß, ich hab sonst niemanden, zu dem ich gehen könnte. Und ich kann es mir einfach nicht leisten, wieder eine Wohnung zu nehmen wie die vorige, offen gesagt, ich könnte die Miete nicht aufbringen. Ich habe einfach keine Aufträge mehr gekriegt, so wie ich es gewohnt war, ehe Oliver geboren wurde, und natürlich habe ich von diesem unglaublichen, egoistischen Schwein von einem Mann nie einen Pfennig gekriegt.«

James' Eltern ödete das alles jedes Mal entsetzlich an, aber sie konnten schlecht einfach das Zimmer verlassen. James und Rosamund dagegen konnten es, auch wenn Mirabel nach einiger Zeit anfing, James in seine Rumpelkammer hinauf zu folgen. Und da saß sie dann auf seinem Bett und fuhr fort mit ihren langen, detaillierten, ewig wiederholten Klagen, so, als sei er ein Gleichaltriger.

Anfangs brachte es ihn ein wenig durcheinander, aber

dann gewöhnte er sich daran. Mirabel war um die Dreißig, aber ihm und seiner Schwester kam sie ebenso alt vor wie die Eltern, so mittleren Alters, eigentlich alt, so, wie ihnen halt jeder vorkam, der über – sagen wir – zweiundzwanzig war. Und bevor er sich an ihr Benehmen gewöhnt hatte, wusste er auch gar nicht recht, was er von der Art halten sollte, wie sie ihm oft intensiv in die Augen blickte oder ihn unversehens am Arm packte. Sie beschrieb sich selbst, und das tat sie oft, als sehr leidenschaftlich, nervös und äußerst zart besaitet.

Sie war eine sehr kleine Frau, James war bereits jetzt größer als sie. Sie hatte ein kleines, ziemlich ausgemergeltes Gesicht mit großen, etwas vorstehenden, dunklen Augen, und sie trug ihr langes Haar offen wie Rosamund. Die Fyfields waren eher schwerknochige, blondköpfige Leute mit gesunder, rötlicher Haut; Mirabel dagegen war dunkel und sehr dünn, und ihre Handgelenke, ihre Hände, Füße und Fußgelenke waren sehr schlank und schmal. Es bestand ja auch keine Blutsverwandtschaft zwischen ihnen, denn Mirabel war die Enkeltochter von Tante Julies Schwester.

Mirabel war nicht ihr richtiger Taufname. Sie war auf den Namen Brenda Margaret getauft worden, aber man musste zugeben, dass der Name, den sie sich selbst ausgesucht hatte, besser zu ihr passte, zu ihrer Weltentrücktheit, ihrem tiefgründigen Lächeln und zu ihrer brütenden Schwermut, und auch zu den sie umschmeichelnden Kleidern, die sie trug, dem Musselin und den langen, schleppenden Schals. Wenn sie ins Dorf ging, trug sie immer einen Umhang oder ein Cape, und James' Mutter sagte, sie könne sich nicht erinnern, dass Mirabel je einen Mantel besessen habe.

James hatte schon immer eine Art heimlicher Zuneigung für sie empfunden, er wusste selbst nicht, warum. Aber jetzt, da er älter war und sie täglich sah, begriff er etwas, das er vorher nicht gewusst hatte. Er mochte Mirabel, er konnte nicht anders, wohl, weil sie ihn anscheinend so sehr mochte und weil sie ihm Komplimente machte. Es war merkwürdig, er konnte sich ihre Schmeicheleien anhören, konnte sie auch sehr wohl als das einschätzen, was sie waren, und dennoch änderte diese Erkenntnis nicht im Geringsten das Vergnügen, das es ihm bereitete, sie anzuhören.

»Du bist einfach brillant für dein Alter, hab ich nicht recht, James?«, sagte Mirabel etwa. »Ich bin sicher, du wirst eines Tages Professor. Wahrscheinlich wirst du den Nobelpreis gewinnen.«

Sie bat ihn, ihr dies und jenes beizubringen: wie man den Pythagoras anwandte, wie man Fahrenheit-Temperaturen in Celsius umrechnete, Unzen in Gramm, oder wie man den Stecker an ihrem Föhn auswechselte.

»Ich wäre froh, wenn Oliver nur halbwegs deinen Grips hätte, James, da wäre ich schon völlig zufrieden. Francis ist zwar klug, na, und wie, aber dabei ist er so unreif und so faul. Ich glaube tatsächlich, du bist viel reifer als er.«

Tante Julie musste seit langem wissen, dass Mirabel bei den Fyfields wohnte, denn so etwas konnte in einem Dorf von der Größe Great Sindons nicht verborgen bleiben, aber es wurde Dezember, ehe sie das Thema James gegenüber erwähnte. Sie saßen im vorderen Wohnzimmer von Sindon Lodge vor dem Kaminfeuer, aßen Muffins, die Mrs Crowley getoastet hatte, und tranken Earl Grey Tee. Palmerston lag ausgestreckt auf dem Teppich vor dem Kamin. Draußen schlug dünner Regen gegen die Fensterscheiben.

»Ich hoffe bloß, Elizabeth weiß, was sie tut, mehr sage

ich nicht. Wenn ihr nicht aufpasst, dann sitzt ihr noch das ganze Leben mit dem Mädchen da.«

James erwiderte nichts.

»Natürlich, du in deinem Alter verstehst das Drum und Dran dabei noch nicht, aber meiner Meinung nach hätten deine Eltern es sich zweimal überlegen sollen, bevor sie sie in ihr Haus ließen. Und noch dazu mit ihrem unehelichen Kind!« Tante Julie blickte ihn düster und vielleicht sogar ein bisschen boshaft an. »Das könnte einen schlechten Einfluss auf Rosamund haben, verstehst du? Rosamund wird noch glauben, ein unmoralischer Lebenswandel sei ganz in Ordnung, wenn sie sieht, dass Leute wie Mirabel dafür auch noch belohnt werden.«

»Belohnt wird sie nun ja nicht gerade dafür«, wandte James ein und fing mit dem Gebäck und der Reineclaudenmarmelade an. »Wir geben ihr lediglich das Essen, und sie muss mit Oliver in einem Zimmer schlafen.« Dies erschien ihm bei weitem als die schlimmste Seite an Mirabels Situation.

Tante Julie antwortete nicht. Aber nach einer Weile sagte sie, und sie blickte dabei ins Feuer: »Was glaubst du, wie dir zu Mute wäre, wenn du wüsstest, dass die Leute dich bloß besuchen, weil sie dein Geld kriegen wollen? Das ist nämlich alles, was Madame Mirabel will. Aus mir macht sie sich überhaupt nichts, nicht das Geringste. Sie kommt bloß her und raspelt Süßholz mit Mrs Crowley, weil sie denkt, wenn sie erst mal hier drinnen ist, dann nehme ich sie wieder auf und mache ein Testament, in dem ich alles, was ich habe, ihr und diesem unehelichen Kind hinterlasse. Was glaubst du, wie dir so was gefallen würde? Vielleicht ergeht es dir eines Tages selber so, dass deine Enkelkinder angekrochen kommen und aus dir herausquetschen, so viel sie nur kriegen können.«

»Du weißt doch gar nicht, ob die Leute nur deshalb kommen«, sagte James verlegen und dachte dabei an Rosamund.

Tante Julie gab einen Ton des Abscheus von sich. »Ach!« Sie schlug mit ihrer arthritischen Hand durch die Luft, als wolle sie etwas verscheuchen. »Ich bin schließlich nicht von gestern. Ich bin auch nicht dämlich, und ich würde mich selbst verachten, das kann ich dir sagen, wenn ich mir nicht eingestehen würde, dass ihr alle bloß deshalb kommt. Das ist so unübersehbar wie die Nase in meinem Gesicht.«

Das Feuer knisterte, und Palmerston rührte sich im Schlaf.

»Also, *ich* tue das nicht«, erklärte James.

»Ach, was du nicht sagst, Mister Rein-und-Edel!«

James lächelte breit. »Es gäbe ja eine Möglichkeit, das rauszufinden. Du könntest ein Testament machen und dein Geld anderen Leuten hinterlassen. Dann sagst du mir, dass ich nichts kriege, und dann siehst du ja, ob ich trotzdem noch weiter komme.«

»So, das könnte ich, wie? Ach, du bist so schlau, James Fyfield, aber warte nur, du wirst dich eines schönen Tages noch ganz schön in den Finger schneiden.«

Ihre Prophezeiung fand noch am selben Abend eine merkwürdige Erfüllung. James tastete auf dem obersten Brett seines Bücherregals herum, warf die Flasche mit dem Muskarin um und schnitt sich an dem zerbrochenen Glas in die Hand. Es war nur ein kleiner Schnitt, aber das Zeug, das in der Flasche gewesen und in die Wunde gekommen war, bereitete ihm eine ungemütliche, angstvolle Stunde. Nichts passierte, weder schwoll sein Arm an, noch wurde er schwarz oder sonst etwas, aber er begann doch sehr ernsthaft über die verbliebenen Flaschen nachzudenken. War es nicht ziemlich blöde, sie noch weiter aufzubewahren? Dieses spezielle Interesse hatte längst seinen zwingenden Reiz verloren, und es kam ihm jetzt kindisch vor. Außerdem, mit Oliver im Haus, Oliver, der jetzt krabbelte und bald laufen würde, war es sicherlich mehr als gefährlich, die Gifte aufzuheben, das war ganz einfach kriminell. Kurz entschlossen nahm er ohne weiteres Abwägen die Flaschen herunter und entleerte eine nach der anderen in das Waschbecken seines Zimmers. Einige der Flüssigkeiten stanken entsetzlich. Das Bilsenkraut zum Beispiel roch wie das Innere seines Mäusekäfigs, wenn er ihn einen Tag mal nicht sauber gemacht hatte.

Alles goss er weg, bis auf eine Ausnahme. Er konnte es doch nicht über sich bringen, sich von der Datura zu trennen. Sie war sein ganzer Stolz gewesen, mehr noch als das Nachtschattengift. Wie oft hatte er nicht am Schreibtisch über seinen Schularbeiten gesessen, zu seiner Datura-Flasche aufgeblickt und überlegt, was die Leute wohl sagen würden, wenn sie wüssten, dass er hier in seinem Zimmer ein Mittel bewahrte, mit dem er das halbe Dorf (wahrscheinlich) um die Ecke bringen konnte? Auch jetzt betrachtete er sie, dachte daran zurück, wie er die grünen, stacheligen Stechäpfel gepflückt hatte, eben noch rechtzeitig, ehe sein Vater all die finsterschönen Pflanzen ausgerupft hatte; er betrachtete sie und stellte sie auf das oberste Bord zurück. Dann setzte er sich hin und machte ohne Umschweife sein Latein.

Weihnachten war Mirabel immer noch bei ihnen. Am Weihnachtsabend schleppte sie einen blassblauen Pullover, in Geschenkpapier mit Stechpalmen-Design verpackt, sowie die Zwei-Pfund-Schachtel Pralinen und den Christstern in goldenem Topf, den sie für Tante Julie gekauft hatte, nach Sindon Lodge hinunter. Und sie nahm Rosamund mit. Rosamund trug ihren neuen scharlachroten Mantel mit dem weißen Pelz – er war ein vorzeitiges Weihnachtsgeschenk, ebenso der Schal mit dem aufgedruckten Buckingham Palace und dem Tower of London –, und Mirabel trug ihren dunkelblauen Umhang, ihre Angoramütze und sehr hochhackige, graue Wildlederstiefel, mit denen sie auf dem Eis gefährlich schlitterte. Oliver war in der Obhut von James' Mutter zu Hause gelassen worden.

Aber wenn Mirabel geglaubt hatte, dass die Begleitung von Rosamund ihr Zugang in das Haus verschaffen würde, dann hatte sie sich geirrt. Mit bekümmertem Gesichtsausdruck kam Mrs Crowley mit der Auskunft wieder, dass Tante Julie niemanden empfangen könne. Sie habe wieder einen ihrer Anfälle von Gastritis, sie fühle sich sehr unwohl, und Geschenke nähme sie nie an, wenn sie nichts hätte, um sich zu revanchieren.

Mirabel legte in diesen verbalen Schuss vor den Bug sehr viel hinein, mehr vielleicht, als damit gemeint war.

»Das heißt doch, sie wird für mich nie was zum Schenken haben«, klagte sie, als sie auf James' Bett saß. »Das bedeutet, sie hat sich entschlossen, mir überhaupt nichts zu hinterlassen.«

Es war ein wenig – James suchte nach einem passenden Wort und fand es –, ein wenig würdelos, derartig hartnäckig hinter Geld her zu sein, das man nicht verdient und auf das man kein eigentliches Anrecht hatte. Aber er hütete sich, etwas so Unfreundliches und Moralinsaures auszusprechen. Er sondierte vorsichtig, ob Mirabel sich nicht vielleicht glücklicher fühlen würde, wenn sie sich wieder ihrem Textil-Design zuwendete und Tante Julie samt ihrem Testament vergäße? Aber da fuhr sie ihn wütend an: »Was verstehst du denn davon? Du bist ja noch ein Kind! Du weißt ja nicht, was ich ausgestanden habe mit diesem egoistischen Vieh von einem Mann! Im Stich gelassen hat er mich, allein musste ich mein Kind kriegen, und wenn ich in der Gosse gesessen hätte, es hätte ihn nicht gekümmert. Ganz allein muss ich Oliver großziehen und ohne Dach über dem Kopf. Wie soll ich denn arbeiten? Was denkst du wohl, soll ich mit Oliver machen? Oh, das ist so unfair! Warum soll ich nicht ihr Geld bekommen? Es ist doch nicht so, dass ich es jemand anderem wegnehme, es ist doch nicht so, dass sie's jemand anderem vererbt und ich sie dränge, das zu ändern. Wenn ich es nicht kriege, dann fällt es doch einfach an den Staat!«

Mirabel weinte jetzt allen Ernstes. Sie wischte sich die Augen und schnüffelte. »Tut mir Leid, James, ich sollte dich nicht da hineinziehen. Aber ich bin einfach mit meinen Nerven am Ende.«

Genau diese Worte hatte James' Vater ein bisschen früher am Tag gesagt. Er sei am Ende mit seinen Nerven, was Mirabel beträfe. Gut, jetzt soll erst mal Weihnachten ausgestanden sein, aber dann – wenn nicht James' Mutter ihr sagte, dass sie ihr Gastrecht überzogen habe, dann werde er es eben tun! Sollte sie doch die Dinge ins Reine bringen mit ihrem Kerl, Olivers Vater, oder sollte sie sich irgendwo ein Zimmer mieten oder mit einem von ihren Londoner Künstlerfreunden zusammenziehen! Sie war ja nicht mal eine Verwandte, und er mochte sie nun mal nicht. Und sie sei jetzt nahezu drei Monate bei ihnen.

»Ich weiß, ich kann hier nicht länger bleiben«, sagte

Mirabel zu James, nachdem man Andeutungen fallen gelassen hatte, »aber wo soll ich denn hin?« Sie hob ihren Blick gen Himmel, oder doch wenigstens auf die Höhe des obersten Bücherregals, wo er auf einer Flasche mit grünlich-brauner Flüssigkeit und dem Etikett »*Datura stramonium*« haften blieb.

»Was, um alle Welt, ist denn das?«, fragte Mirabel. »Was ist in der Flasche drin? Datura sowieso, ich kann das gar nicht aussprechen. Ist wohl keine Hustenmedizin, oder? Es hat so eine entsetzliche Farbe.«

Wäre ihm früher eine solche Frage gestellt worden, James hätte Ausflüchte gemacht oder gelogen. Jetzt aber waren ihm seine vergangenen Experimente gleichgültig geworden, und außerdem hatte er das dunkle Gefühl, dass er, wenn er jetzt Mirabel die Wahrheit sagte und sie es dann seiner Mutter weitererzählte, gezwungen sein würde, das zu tun, wozu sein eigener Wille zu schwach war, nämlich, die Flasche endlich wegzuwerfen.

»Gift«, sagte er lakonisch.

»*Gift?*«

»Ich hab's aus etwas gemacht, das Jimsons Weed oder Stechapfel genannt wird. Es ist sehr konzentriert. Ich glaube, eine kleine Dosis ist schon tödlich.«

»Wolltest du damit Mäuse umbringen, oder was?«

Es wäre James nicht im Traum eingefallen, eine Maus umzubringen oder überhaupt irgendein Tier. Es entsetzte ihn, dass Mirabel, die ihn doch ziemlich gut kennen musste, die hier im Haus tagtäglich mit ihm zusammen war, sich so wenig mit ihm befasst hatte und an seiner wahren Natur so uninteressiert war, dass ihr das nicht klar war.

»Ich wollte nichts und niemanden damit umbringen. Es war bloß ein Experiment.«

Mirabel stieß ein hohl klingendes Gelächter aus. »Würde es mich zum Beispiel umbringen? Vielleicht komme ich mal hier rauf, wenn du in der Schule bist, nehme die Flasche und mache meinem Leben ein Ende. Es wäre geradezu eine Erlösung, meinst du nicht? Wen würde es kümmern? Keine Menschenseele. Nicht Francis, nicht Tante Julie. Die wären sogar froh. Es gibt keine Menschenseele auf der Welt, die mich vermissen würde.«

»Na, Oliver schon«, sagte James.

»Ja, mein süßer kleiner Junge, ja, der wäre traurig. Die Leute begreifen ja nicht, dass ich Tante Julies Geld bloß für Oliver will. Es ist doch nicht für mich. Ich will es doch bloß, um Oliver im Leben eine Chance zu geben.« Mirabel blickte James an, und ihre Augen wurden schmal. »Manchmal glaub ich, du bist der einzige Mensch auf der Welt, aus dem Tante Julie sich etwas macht. Ich wette, wenn du ihr sagen würdest, sie solle alles vergessen, was passiert ist, und mich wieder aufnehmen, dann würde sie es tun. Ich wette, das würde sie. Sie würde sogar ein Testament machen, wenn du es ihr vorschlägst. Wahrscheinlich liegt es daran, dass du so klug bist. Sie bewundert Intellektuelle.«

»Wenn ich ihr rate, ein Testament zu Olivers Gunsten zu machen ... ja, ich könnte mir denken, dass sie das tut«, meinte James nachdenklich. »Er ist ihr Urgroßneffe, nicht wahr? Das ist 'ne gute Idee, vielleicht macht sie das.«

Er konnte gar nicht verstehen, weshalb Mirabel plötzlich so wütend wurde und mit dem Ausruf: »Oh, du bist unmöglich, du bist genauso schlimm wie alle anderen!« aus dem Zimmer stürmte und die Tür hinter sich zuschlug. Dachte sie etwa, er hätte das sarkastisch gemeint? Es war doch ganz offensichtlich, sie wollte, dass er Tante Julie zu ihren Gunsten bearbeitete. Er überlegte, ob sie ihm wohl bloß aus diesem Grunde immer schmeichelte. Aber wie dem auch sein mochte, eine gewisse Berechtigung konnte er in ihrem Anspruch schon erblicken. Sie war eine gute Nichte – oder Großnichte – gewesen, bevor die Episode mit Francis passierte; sie hatte treu Geburtstags- und Weihnachtspostkarten geschickt, hatte sich aufmerksam gezeigt, wenn Tante Julie krank war – das jedenfalls sagte seine Mutter. Und was die praktische oder auch die eigennützige Seite der Sache betraf – indem Mirabel in Sindon Lodge wieder Aufnahme fände, würde man sie hier in der Ewes Hall Farm loswerden, wo ihre Gegenwart seinem Vater die Laune verdarb, seine Mutter strapazierte, Rosamund mürrisch machte und sogar ihn anzuöden begann. Er würde es also vielleicht bei seinem nächsten Besuch gegenüber Tante Julie mal erwähnen. Und er fing an, eine Art Strategie zu planen, wie er zunächst eine Begegnung mit Oliver anregen würde – denn alle alten Leute mochten anscheinend Babys –, um dann vorsichtig Überredungsversuche folgen zu lassen, nämlich, dass Oliver doch ein Heim nötig habe und Geld und alles Mögliche andere, als Ausgleich dafür, dass er keinen Vater habe ...

Tatsächlich aber brauchte er gar nichts zu tun. Mrs Crowley war nämlich eine bessere Stellung in einer lebhaften Umgebung angeboten worden, und sie war ganz plötzlich fortgegangen und hatte Tante Julie inmitten einer Attacke von Gastritis und steif von Arthritis im Stich gelassen.

Sie kroch förmlich zur Tür, um James einzulassen, eine groteske Gestalt in roten Cordhosen und einem grünen Pullover, das Hexengesicht umrahmt vom wolligen

Filz ihres grauen Haares, und hinter ihr Palmerston, anmutigen Schrittes und mit aufgerichtetem Schwanz.

»Du kannst dieser Person sagen, sie kann heute Abend herkommen, wenn sie will. Und ihr uneheliches Kind soll sie mal lieber mitbringen, ich nehme nicht an, dass deine Mutter das behalten will.«

Bellende Hunde beißen nicht; so war es auch mit Tante Julie. Möglich, dass sie gar nicht richtig beißen konnte. Als James an die drei Wochen später wieder einmal nach Sindon Lodge ging, hatte Mirabel sich dort so eingenistet, als habe sie ihr Lebtag schon dort gewohnt. Oliver hatte Palmerstons Platz usurpiert und saß auf dem Teppich vor dem Kamin, und Tante Julie trug Mirabels Weihnachtsgeschenk.

Während ihre Großnichte im Zimmer war, redete sie kaum mit James. Mit geschlossenen Augen lag sie zurückgelehnt in ihrem Sessel, und obgleich der Jungmädchenpullover, den sie trug, ihrer Erscheinung eine bizarr makabre Jugendlichkeit verlieh, sah man jetzt doch, dass sie sehr alt geworden war. Die Aufregungen der letzten Zeit hatten sie altern lassen. Ihr Gesicht sah aus, als sei es aus zerknittertem, braunem Papier. Als Mirabel einmal hinausging – gezwungen wurde, hinauszugehen, weil Oliver beharrlich etwas zu essen verlangte –, da schien Tante Julie plötzlich aufzuleben. Sie machte die Augen auf und sagte in scharfem, ätzendem Ton: »Ich wette, dies ist das letzte Mal, dass du herkommst.«

»Warum sagst du das?«

»Ich hab mein Testament gemacht, darum – und du bist nicht drin!«

Sie machte mit ihrem verkrümmten Daumen stochernde Bewegungen in Richtung Tür. »Ich habe das Haus und die Möbel und alles, was ich besitze, ihr vermacht. Und ein kleines bisschen jemand anderem, den wir beide kennen.«

»Wem?«, fragte James.

»Ach vergiss es. Du bist es jedenfalls nicht, und außerdem geht's dich nichts an.« Ein merkwürdiger Ausdruck erschien in Tante Julies Augen. »Was ich gemacht hab – ich hab mein Geld an zwei Leute vererbt, die ich nicht ausstehen kann, und sie mich auch nicht. Du findest das blöde, stimmt's? Die beiden haben sich bei mir angebiedert, haben mich umflattert und mir einen Haufen Lügen erzählt, wie sie sich um mich sorgen ... Ach, was soll's, ich bin müde, ich hab es satt. Sollen sie kriegen, was sie wollen, dann muss ich mir wenigstens nicht mehr diesen Ausdruck auf ihren Gesichtern ansehen.«

»Was für einen Ausdruck?«

»So was wie ein gieriges Betteln. Ein Ausdruck, der keinem Menschen zusteht, solange er nicht am Verhungern ist. Du weißt nicht, wovon ich rede, was? Dabei bist du mindestens so clever wie die. Aber du kennst das Leben nicht, noch nicht. Wie solltest du auch?«

Die alte Frau schloss wieder die Augen, und Stille trat ein, unterbrochen nur von dem Prasseln, mit dem das oberste Holzscheit im Kamin zerbarst und mit knisterndem Funkenregen in der glühenden Mitte des Feuers zusammensank. Palmerston strich heran von seinem Platz, auf den er sich vor Oliver geflüchtet hatte, rieb sich an James' Bein und ließ sich im roten Feuerschein nieder, um sich abzulecken. Plötzlich redete Tante Julie weiter.

»Ich möchte dich nicht korrumpieren, begreifst du das? Ich möchte nicht den einzigen Menschen verderben, der mir mehr bedeutet als sonst was. Aber ich weiß nicht ... Wenn ich nicht zu alt wäre, um das Geschrei auszuhalten, das es dann gibt ... Ich glaube, dann würd ich rückgängig machen, was ich getan hab und würde dir das Haus vererben. Oder deiner Mutter, sie ist eine nette Frau.«

»Die hat doch schon ein Haus.«

»Häuser kann man verkaufen, du dummer Junge. Du glaubst doch nicht, dass Madame Mirabel hier wohnen bleibt, was?« Mirabel musste das gehört haben, dachte James, als sich die Tür jetzt öffnete und der Teewagen erschien, aber es war nicht möglich, Tante Julie zu warnen oder ihr auch nur einen Blick zuzuwerfen. »Tja, ich könnte immer noch ein anderes Testament machen, ich brächte das glatt fertig. Man sagt ja, es sei ein Privileg der Frauen, ihre Meinung zu ändern.«

Mirabel blickte böse drein, und es gab von nun an wenig Gelegenheit mehr zu einer Unterhaltung, denn Oliver dominierte restlos, ob er nun gefüttert oder gebadet wurde oder ob man mit ihm spielte. Es war ein großes Kind mit rötlichem Haar, nicht im Geringsten wie Mirabel, sondern wahrscheinlich dem gemeinen und herzlosen Francis nachgeraten. Er war inzwischen zehn Monate alt, er lief, wie James' Mutter es ausdrückte, »gegen alles und jedes«, und es war nur zu deutlich, dass er Tante Julie ermüdete. Ihr Gesichtsausdruck wurde ganz verzweifelt, als er auf Mirabels Weigerung, ihm Schokoladenkuchen zu geben, ein Gebrüll ertönen ließ. Olivers Gesicht und Hände wurden sauber gewischt, und er wurde auf den Boden gesetzt, wo er versuchte, Kohlenstücke aus der Schütte zu essen, und dann, als ihm das verwehrt wurde, anfing, die Katze zu piesacken.

James stand auf, um zu gehen. Tante Julie umklammerte seine Hand, als er an ihr vorüberging, und flüsterte mit bedeutsamer Miene, dass Tugend ihren Lohn in sich trage.

Es dauerte nicht lange, bis er herausbekam, wer dieser

»jemand anders, den wir beide kennen«, war. Tante Julie schrieb nämlich einen Brief an James' Eltern, in dem sie ihnen mitteilte, dass sie in ihrem Testament Rosamund eine Summe Geldes vermacht habe. Elizabeth Fyfield sagte, sie fände diesen Brief sehr unangenehm, denn er schien doch anzudeuten, dass Rosamund immer mit »großen Erwartungen« im Hinterkopf nach Sindon Lodge gehe, und das regte sie auf. Rosamund dagegen jubelte. Tante Julie hatte nicht erwähnt, wie hoch die Summe war, aber Rosamund war überzeugt, es müssten Tausende und Abertausende Pfund sein – eine halbe Million war das Höchste, zu dem sie sich verstieg –, und mit ihrem Geburtstagsgeld (sie wurde am 1. März elf) kaufte sie sich einen Fotoband über Londoner Architektur, größtenteils von Straßen in Mayfair, Belgravia und Knightsbridge, sodass sie sich gründlich überlegen konnte, in welcher Gegend sie eine Wohnung nehmen wollte.

»Ich glaube, wir haben einen großen Fehler gemacht, es ihr zu erzählen«, sagte James' Vater.

Rosamund war nämlich dazu übergegangen, wöchentliche Besuche in Sindon Lodge zu machen. Selten ging sie ohne ein kleines Geschenk für Tante Julie – ein Strauß Schneeglöckchen, ein schief geratenes Keramiktöpfchen, das sie in der Schule gemacht hatte, ein Päckchen Pfefferminzbonbons.

»Testamente können aber geändert werden«, spottete James. »Ich geh doch nicht deswegen hin! Wage ja nicht, das zu behaupten. Ich gehe hin, weil ich sie gern hab. Du bist ja bloß neidisch auf mich, du bist ja schon seit Wochen nicht mehr da gewesen.«

Das stimmte. Er erkannte, dass Rosamund wirklich korrumpiert worden war und dass andererseits er, auf die Probe gestellt, versagt hatte. Aber es waren nicht bloß Ernüchterung oder Groll, die ihn von Sindon Lodge fern hielten, sondern eher das Gefühl, es könne auch nicht in Ordnung sein, Menschen auf diese Weise zu gängeln. Er hatte gehört, wie sein Vater gelegentlich den Ausdruck »Lieber Gott spielen« gebrauchte, und jetzt verstand er, was das bedeutete. Tante Julie »spielte Lieber Gott« mit ihm und Rosamund und auch mit Mirabel. Wahrscheinlich tat sie es auch weiterhin, indem sie jedes Mal, wenn sie sich über Mirabel ärgerte, Andeutungen über eine Testamentsänderung fallen ließ. Also würde er nun gerade hingehen, um sich dieser Manipulation zu entziehen, um nicht wie eine Marionette zu sein, die an ihren Fäden tanzte. Er würde am nächsten Tag auf dem Heimweg von der Schule hingehen.

Aber obgleich er wirklich hinging, um ihr, wie er es sich vorgenommen hatte, zu zeigen, dass hinter seinen Besuchen keinerlei Interessen steckten und dass er sein Wort halten konnte – er sollte sie nicht lebend wiedersehen. Der Wagen des Arztes stand draußen, als er durch die Gartentür trat. Mirabel ließ ihn ein, nachdem er dreimal geklingelt hatte, eine verstörte, blasse Mirabel mit dem quengelnden Oliver auf dem Arm. Tante Julie hatte einen ihrer Gastritisanfälle gehabt, eine furchtbare Attacke, die die ganze Nacht angedauert hatte. Mirabel hatte nicht mehr gewusst, was sie tun sollte, aber Tante Julie hatte ihr verboten, den Krankenwagen zu holen, sie wollte nicht ins Krankenhaus. Der Arzt sei aber sofort gekommen, und später dann noch einmal. Auch jetzt sei er wieder bei ihr.

Sie habe das ganze Zimmer schrubben und die Bettlaken buchstäblich verbrennen müssen, erzählte Mirabel mit düster gesenkter Stimme. Die Schweinerei sei entsetzlich gewesen, schlimmer, als James es sich überhaupt vorstellen könne, aber sie habe es einfach nicht zulassen können, dass der Arzt sie so sähe. Sie hoffe, sagte Mirabel, das Schlimmste sei jetzt vorüber, aber sehr hoffnungsvoll sah sie dabei nicht aus, sie blickte unglücklich drein. James ging nicht weiter als bis in den Flur. Er bat, Tante Julie auszurichten, dass er da gewesen sei, sie solle bitte nicht vergessen, es ihr zu sagen, und Mirabel versprach, sie werde es nicht vergessen. Langsam ging er davon. Frühling lag in der Luft, und der gepflegte, symmetrische Vorgarten von Sindon Lodge war voller Narzissen, deren gesenkte Köpfe im Winde schwankten. An der Gartentür begegnete ihm Palmerston, der gerade heimkam, und der Leichnam einer Feldmaus baumelte ihm aus dem Maul. Ohne seine Beute abzulegen, rieb er sich an James' Beinen, und James streichelte ihn. Er fühlte sich ziemlich niedergeschlagen.

Zwei Tage später erlitt Tante Julie eine weitere Attacke, und die tötete sie. Oder der Schlaganfall, den sie danach erlitt, tötete sie, meinte der Arzt. Als Todesursache habe »Lebensmittelvergiftung und zerebrale Blutung« auf der Sterbeurkunde gestanden, so wusste es Mrs Hodges, Tante Julies Aufwartung, die James' Mutter im Dorf traf. Anscheinend musste also der Arzt auf Sterbeurkunden sowohl die Haupt- als auch die Nebenursachen bescheinigen? Wieder ein Stück Kenntnis mehr für James, das er seinem wachsenden Wissen einverleibte.

James' Eltern gingen zum Begräbnis, und natürlich kam Mirabel auch. James wollte nicht mitgehen, es kam ihm gar nicht in den Sinn, dass ihm so etwas an einem Schultag erlaubt würde. Rosamund dagegen weinte, als man sie hindern wollte. Sie wollte ihren rot und weißen Mantel schwarz gefärbt haben, und ein kleines Veilchensträußchen wollte sie mitnehmen.

Die Verfügungen des Testamentes wurden während der nächsten Tage bekannt gegeben, obgleich es nicht etwa eine dramatische Testamentseröffnung nach dem Begräbnis gab, wie manchmal in Büchern.

Sindon Lodge sollte auf Mirabel übergehen, desgleichen Tante Julies gesamtes Vermögen mit Ausnahme des »Bisschens« für Rosamund, und als ein Bisschen erwies es sich dann genau genommen auch, nämlich fünfhundert Pfund. Rosamund weinte (und sagte, sie weine, weil sie Tante Julie vermisse), und dann schmollte sie, aber als das Testament beglaubigt war und sie dann tatsächlich ihr Geld bekam, als man ihr den Scheck zeigte und die Summe auf ihr Postsparbuch eingezahlt wurde, da besserte sich ihre Laune, und sie wurde wieder ganz vernünftig. Sie gestand James sogar – ohne Tränen und Mätzchen –, es wäre ja auch eine schreckliche Verantwortung gewesen, eine halbe Million zu besitzen, und sie hätte dann doch bloß immer fürchten müssen, dass die Leute nur wegen ihres Geldes nett zu ihr wären.

James bekam Palmerston. So stand es im Testament. Die Katze, genau beschrieben und namentlich genannt, sollte als Hinterlassenschaft, »falls das Tier mich überlebt, an James Alexander Fyfield von der Ewes Hall Farm in Great Sindon gehen, da er der einzige Mensch ist, dem ich trauen kann«.

»Wie kann man bloß so was sagen«, meinte Mirabel, »und überhaupt – so eine Nebensächlichkeit buchstäblich ins Testament aufzunehmen! Ich hoffe, James ist damit einverstanden. Denn ich hätte sie sicher abgeschafft. Man kann sich schließlich keine Katze halten, wenn man ein Baby hat.«

Palmerston hatte so lange in Sindon Lodge gelebt, dass er immer wieder dorthin zurücklief, obwohl er es instinktiv vermied, Mirabel in die Quere zu kommen. Denn Mirabel verkaufte entgegen Tante Julies Prophezeiungen das Haus nicht. Auch unternahm sie keine der Veränderungen, auf die man im Dorf spekuliert hatte, nachdem klar geworden war, dass sie nicht verkaufen würde. Sindon Lodge wurde weder weiß gestrichen, mit blauer Haustür, noch mit neuen Teppichen ausgestattet oder mit der neuesten Küchenausrüstung versehen. Mirabel tat überhaupt nichts Auffälliges, machte keinerlei Wirbel und kaufte sich nichts weiter als einen kleinen bescheidenen Wagen. Eine Weile sah es so aus, als ob sie sich ganz zurückzog, völlig für sich lebte, wohl wirklich trauerte, und James' Mutter sagte, vielleicht hätten sie sie alle falsch beurteilt; am Ende hätte sie Tante Julie wirklich geliebt.

Die Dinge änderten sich, als Gilbert Coleridge auf der Bildfläche erschien. Wo Mirabel ihn kennen gelernt hatte, schien niemand zu wissen, aber eines Tages wurde sein großer, gelber Volvo-Kombi vor Sindon Lodge gesehen, und am nächsten Tag Mirabel selbst auf dem Beifahrersitz dieses Wagens, und innerhalb von Stunden war es im Dorf herum, dass sie einen Freund hätte.

»Hört sich doch an, als wär's ein netter, passender Mensch«, meinte James' Mutter, deren Buschtrommelsystem allzeit intakt war. »Zwei oder drei Jahre älter als sie, und war noch nicht verheiratet ... na ja, man weiß ja heutzutage nie, nicht wahr? Und dann auch bereits Teilhaber in seiner Firma ... Das wär doch genau das Richtige für Oliver. Der hat es nötig, dass ein Mann ins Haus kommt.«

»Hoffen wir, dass sie diesmal vernünftig genug ist, ihn zu heiraten«, sagte James' Vater.

Aber abgesehen davon hatte die Familie Fyfield ihr

Interesse an Mirabel verloren. Es hatte sie allerdings anfangs gewurmt, dass Mirabel, die doch mit ihrer Hilfe bekommen hatte, was sie wollte – erst den Zugang zu Sindon Lodge und dann das Eigentum daran –, jedes Interesse an *ihnen* verloren hatte. Nie traf man sie irgendwo im Dorf, denn sie ging kaum irgendwohin, und obgleich Rosamund verschiedentlich dort vorbeigegangen war, war Mirabel entweder nicht zu Hause oder viel zu beschäftigt gewesen, um jemanden hereinzubitten. James hörte einmal zufällig, wie seine Mutter sagte, es sei ja beinahe so, als ob Mirabel fürchte, dass sie zu viel gesagt habe, während sie bei ihnen wohnte, dass sie ihre Wünsche zu offen gezeigt habe, und jetzt, da sie erfüllt seien, wolle sie so wenig wie möglich mit denen zu tun haben, die ihre Ergüsse damals gehört hätten. Aber es war den Fyfields ganz recht so, denn Mirabels Auftauchen war stets von Unruhe und Forderungen begleitet gewesen.

Der Sommer war heißer und trockener als der vorige, und die Beerenernte war außergewöhnlich gut. Aber in diesem Jahr gab es keine Tante Julie mehr, die mit ihren zynischen Blicken Himbeerkörbe begutachtete. Und auch die Jimsons Weed, die Datura oder der Stechapfel zeigte sich weder im Garten der Fyfields noch auch an anderer Stelle in Great Sindon. Als »Zufallserscheinung«, wie sie das Buch über Wildpflanzen bezeichnete, war sie auf ihre rätselhafte Weise eingegangen oder aber über die Wiesen davongewandert an einen anderen Ort.

Aber auch wenn sie wieder erschienen wäre, so hätte sie auf James keinerlei Faszination mehr ausgeübt. Er wurde im Juni dreizehn, und er fühlte sich unendlich viel, nicht bloß um ein Jahr älter als im vorigen Sommer. Vor allem war er fünfzehn Zentimeter »in die Höhe geschossen«, wie seine Mutter sagte, und manchmal erschreckte ihn der Anblick seiner neuen Länge im Spiegel beinahe. Mit ungläubiger Verwunderung blickte er auf das Kind zurück, das er gewesen war, dieses Kind, das giftige Früchte und Blätter in einem Topf gekocht, das weiße Mäuse in einem Käfig und Raupen in einer Schachtel gehalten hatte. Jetzt war er ein Teenager und kein Kind mehr.

Vielleicht war seine Körperlänge schuld, dass es zu jenem Drama kam, dem »absolut schlimmsten Tag meines Lebens«, wie Rosamund es nannte, vielleicht aber auch Mrs Hodges Operation oder die Tatsache, dass sich dieses eine Mal die Damen des Braueninstitutes am Dienstag trafen statt am Mittwoch. Jeder dieser Faktoren konnte es gewesen sein, besonders aber und vor allem passierte es deshalb, weil Mirabel unausweichlich und unveränderlich eben Mirabel war.

Die Bewohner der Ewes Hall Farm wussten sehr wenig über ihr Leben, seit sie sie kaum noch sahen. Elizabeth Fyfield war überrascht, als sie erfuhr, wie viel Zeit Mrs Hodge damit verbrachte, auf Oliver aufzupassen oder ihn in ihrem eigenen Haus zu betreuen. Mrs Hodges Tochter erzählte es ihr, und zugleich berichtete sie, ihre Mutter müsse für drei Wochen ins Krankenhaus und sich die Gebärmutter herausnehmen lassen, und Gott allein wisse, wie viele Wochen der Rekonvaleszenz dann noch kämen. Da werde sich Mirabel anderswo nach einem Babysitter umsehen müssen.

Sie sah sich, wie man es gleich hätte wissen können, bei den Fyfields um.

Leibhaftig stand sie tatsächlich bald vor der Tür, mit Oliver auf dem Arm und einem schweren Einkaufskorb in der anderen Hand. Sie begrüßte James' Mutter mit verlegenem, süßlichem Lächeln. Es war ganz ähnlich wie im vergangenen Jahr, nur dass Oliver jetzt ein kleiner Junge war und kein Baby mehr. James, der während der langen Sommerferien zu Hause war, hörte sie verzweifelt seufzen und sich in langen Entschuldigungen ergehen, weil sie die Familie so lange »vernachlässigt« habe. Sie sei nämlich verlobt und werde bald heiraten, ob Elizabeth das wüsste?

»Ich hoffe, du wirst sehr glücklich, Mirabel.«

»Gilbert wird ein wundervoller Vater sein«, schwärmte Mirabel. »Wenn ich ihn mit diesem dämlichen, unreifen Lümmel vergleiche, diesem Francis, dann könnte ich ... Aber das ist jetzt ja alles Schnee von gestern. Ach übrigens, Elizabeth, meine Liebe, weshalb ich gekommen bin ... Ich wollte dich fragen ... Meinst du, James oder Rosamund würden mal für mich Babysitter spielen? Ich würde ihnen das Übliche bezahlen, ich würde ihnen genauso viel geben wie Mrs Hodge. Es ist so scheußlich für mich, dass ich jetzt nie mit meinem Verlobten weggehen kann, und gerade morgen sollte ich zum ersten Mal mit seinen Eltern zusammentreffen. Na, und ich kann doch ein Kind von Olivers Alter nicht auf eine Abendeinladung mitnehmen, oder?«

»Rosamund kommt überhaupt nicht in Frage«, sagte James' Mutter, und sie sagte es nicht besonders freundlich. »Sie ist erst elf. Ich könnte wohl kaum zulassen, dass sie die alleinige Verantwortung für Oliver trägt.«

»Aber James käme doch in Frage, oder? James ist doch so groß geworden, er sieht schon fast aus wie ein erwachsener Mann. Und James ist ja überhaupt unheimlich reif.«

Seine Mutter gab darauf keine Antwort. Sie gab einen ihrer typischen Seufzer von sich, die James wirkungsvoll daran gehindert hätten, noch weitere Bitten zu äußern. Auf Mirabel übten sie indessen keine Wirkung aus.

»Nur dies eine Mal. Nach morgen Abend werd ich dann zu Hause sitzen wie eine gute kleine Mutti, und in einem Monat ist ja auch Mrs Hodge wieder so weit. Bloß von sieben bis ... na ja, elf wäre das absolut Späteste.«

»Ich werde auf Oliver aufpassen«, sagte James' Mutter.

Aus Mirabels Versprechen wurde jedoch nichts. Weit davon entfernt, mit Oliver zu Hause zu bleiben, tauchte sie drei Tage später wieder in der Ewes Hall Farm auf, diesmal, um ihn dazulassen, während sie mit Gilberts Mutter einkaufen ging. Sie blieb vier Stunden fort. Oliver aß Toffees, die er in Rosamunds Zimmer fand, bis er sich übergeben musste, und er hatte sechs Zimmerpflanzen ausgerissen und sämtliche Blätter abgepflückt, ehe James ihn dabei ertappte.

Das nächste Mal, sagte James' Mutter, werde sie der Sache einen Riegel vorschieben. Sie hatte zwar versprochen, Oliver am kommenden Samstagabend zu hüten, und das würde sie auch noch tun, aber dann sei Schluss. Sie wurde noch bestärkt in diesem Entschluss, als Mirabel in der Nacht zum Sonntag erst um halb zwei Uhr zurückkam. Sie hätte es Mirabel auch gerne gleich in aller Deutlichkeit gesagt, erzählte Elizabeth Fyfield ihrer Familie beim Frühstück, aber Gilbert Coleridge sei dabei gewesen, und sie habe Mirabel nicht in seiner Gegenwart beschämen wollen.

Am Dienstag, dem Tag, auf den das Fraueninstitut seine Versammlung vorverlegt hatte, endete das schöne Wetter mit einem Sturm, der am Nachmittag einem Dauerregen wich. James benutzte den Tag dazu, seine Rumpelkammer aufzuräumen. Oft genug war es ihm schon gesagt worden, und er hatte ja auch immer vorgehabt, es zu tun, aber wer mochte schon in einem stickigen Zimmer hocken, wenn draußen die Sonne schien und Temperaturen von beinahe dreißig Grad herrschten? Dieser Dienstag nun war genau die Sorte Tag, um Bücher auszusortieren, denen man entwachsen war, Aquarien, Käfige und Glasbehälter, die nicht mehr bewohnt waren, beiseite zu stellen, um einstmals kostbare Sammlungen wegzuwerfen, die inzwischen nur noch Kästen voller Krimskrams waren, kurz, um den Weg zum Erwachsenwerden von den Relikten der Kindheit zu säubern.

Als er die Bücher vom obersten Regal herunternahm, stieß er auf ein Ding, dessen Existenz er nahezu vergessen hatte: die Flasche mit dem Etikett »*Datura stramonium*«. Das war nun etwas, das er jetzt ohne Zögern wegwerfen würde. Neugierig betrachtete er sie. Die durchsichtige, grünbraune Flüssigkeit, die sie enthielt, schien sich in den vergangenen Monaten gesetzt und geklärt zu haben. Weshalb hatte er das Zeug eigentlich gemacht, und wozu? In einem anderen Zeitalter, überlegte er, wäre er vielleicht ein Alchimist oder Hexenmeister geworden, und wehmütig schüttelte er den Kopf über das Kind James, das es nicht mehr gab.

Wie viele von diesen Büchern waren für ihn uninteressant geworden, Kinderkram! Er fing an, sie in zwei Haufen – »behalten« und »nicht behalten« – auf dem Fußboden aufzuschichten. Palmerston saß auf dem Fensterbrett und sah ihm zu, starr geöffnete, goldene Augen im großen, runden, grauen Gesicht. Bloß gut, dachte James, dass er aufgehört hatte, Mäuse zu halten, bevor Palmerston ins Haus kam. Vielleicht konnte er den Mäusekäfig verkaufen? Es gab da einen in seiner Schulklasse, der Hamster hielt und erwähnt hatte, er müsse noch einen weiteren Käfig anschaffen. Zumindest konnte es nichts schaden, ihn mal anzurufen.

James ging ins Wohnzimmer hinunter und nahm den Hörer auf, um Timothy Gordons Nummer zu wählen, aber die Leitung war tot. Es gab kein Freizeichen, die Stille wurde bloß von gelegentlichem entferntem Klicken und Knistern unterbrochen. Er musste also den Weg hinauflaufen zum Telefonhäuschen und die Störungsstelle benachrichtigen; aber nicht jetzt, später, denn es goss in Strömen.

Er ging durch die Diele und hatte fast die Treppe erreicht, als es an der Haustür schellte. Seine Mutter hatte etwas von der Wäscherei gesagt, die kommen werde. James öffnete zerstreut die Tür, bereit, dem Mann zuzunicken und das Wäschepaket entgegenzunehmen. Stattdessen sah er Mirabel.

Ihr Wagen war auf dem Weg geparkt, und durch die Windschutzscheibe blickte Oliver, der irgendetwas kaute und mit seinen Fingern die Scheibe beschmierte. Mirabel war »aufgetakelt bis zur Mastspitze«, wie Tante Julie es genannt hätte. Für das Wetter jedenfalls war sie höchst unpassend gekleidet, mit einem crèmefarbenen, plissierten Etwas, mit Glasperlen um den Hals und zwei, drei Chiffonschals, mit blassrosa Strümpfen und beigefarbenen Schuhen, die nur aus Riemchen bestanden.

»O James, sei bitte ein Engel und pass auf Oliver auf – bloß für den Nachmittag! Du bist ja auch nicht allein damit, Rosamund ist ja zu Hause, ich hab sie oben aus ihrem Fenster gucken sehen. Ich hab versucht, dich anzurufen, aber euer Telefon ist nicht in Ordnung.«

Mirabel sagte das in anklagendem Ton, so als habe James das Telefon absichtlich kaputtgemacht. Sie war ganz außer Atem und schien es sehr eilig zu haben.

»Warum kannst du ihn denn nicht mitnehmen?«, wollte James wissen.

»Wenn du's unbedingt wissen musst – weil Gilbert mir etwas ganz Besonderes und Wichtiges kaufen will, und dabei kann ich kein Baby mitnehmen.«

In der Annahme, es gäbe etwas Interessantes, erschien Rosamund oben an der Treppe.

»Es ist bloß Mirabel«, rief James hinauf.

Mirabel benutzte die Gelegenheit, da seine Aufmerksamkeit abgelenkt war, zum Wagen zurückzuhasten, wobei ihre Luxusaufmachung manchen Regenspritzer abbekam, um den klebrigen Oliver herauszuholen.

»Du willst doch gern bei James und Rosamund bleiben, was, Liebling?«

»Muss das sein?«, fragte Rosamund, die die Treppe herunterkam und Oliver mit so unverhohlenem Abscheu anblickte, dass sogar Mirabel stockte. Aber sie gab nicht auf. Sie warf Oliver geradezu in James' Arme, darauf bedacht, seinen schmierigen Mund von ihrem Kleid fern zu halten, und James blieb nichts übrig, als ihn aufzufangen. Augenblicklich fing Oliver an zu plärren und streckte die Arme nach seiner Mutter aus.

»Nein, Liebling, die Mami kommt nachher wieder. Jetzt hör mal zu, James. Mrs Hodges Tochter kommt um halb sechs und holt ihn ab. Dann hat sie Feierabend. Sie nimmt ihn dann mit zu sich nach Hause, und ich hole ihn dort ab, wenn ich zurückkomme. So, jetzt muss ich rasen, ich treffe mich um drei mit Gilbert.«

»Also ...!«, explodierte Rosamund, als der Wagen den Weg hinunterfuhr und verschwand. »Ist sie nicht das Letzte? Jetzt halst sie uns *den* da auf! Ich wollte mich gerade an mein Ferienprojekt für den Kunstunterricht machen.«

»Und ich räume gerade mein Zimmer auf. Aber was hilft das Jammern. Er ist nun mal hier, und damit basta.«

Kaum war die Haustür geschlossen, begann Oliver lauthals zu heulen.

»Wenn's nicht regnete, könnten wir in den Garten gehen und mit ihm spazieren gehen.«

»Es regnet aber«, sagte James. »Und wo sollten wir ihn auch reinsetzen? In Mamis Einkaufsroller vielleicht? Oder in die Schubkarre? Falls es dir entgangen sein sollte, die liebe Mirabel hat nicht daran gedacht, seine Karre mitzubringen. Komm, schleppen wir ihn in die Küche. Das Beste, was man mit ihm machen kann, ist, ihn zu füttern. Er hält den Mund, wenn er isst.«

In der Speisekammer fand James eine Packung Kekse, die Sorte mit Schokoladenüberzug, und er gab Oliver einen. Oliver saß auf dem Boden und kaute ihn, wobei er kleine Schnipsel der rot-goldenen Verpackung um sich verstreute. Dann machte er den Topfschrank auf und fing an, ihn auszuräumen – Töpfe, Pfannen, den großen Salattrockner, Siebe –, und dabei beschmierte er die weiße Kunststoffbeschichtung der Tür reichlich mit Schokolade. Rosamund wischte die Tür sauber, und dann wischte sie Oliver sauber. Er quengelte und schlug mit den Fäusten nach ihr. Als alle Töpfe über den Boden verteilt waren, zog er eine Schublade nach der anderen heraus, holte Besteck heraus, Käsehobel, Kartoffelschäler, Spül- und Staubtücher.

James sah ihm düster zu. »Ich hab mal irgendwo gelesen, dass ein Kind von zwei Jahren, sogar ein Kind mit sehr hohem Intelligenzquotienten, sich nicht länger als neunzehn Minuten auf eine Sache konzentrieren kann.«

»Und Oliver ist noch nicht mal zwei, und sein Intelligenzquotient ist, glaube ich, auch nicht so umwerfend.«

»Eben«, sagte James.

»Tinten«, greinte Oliver. Er stieß Messer und Gabeln mit dem Fuß beiseite, rannte zu James und schlug mit einem hölzernen Kochlöffel zu. »Tinten!«

»Stell dir den mal mit Tinte vor!«, stöhnte Rosamund. »Wahrscheinlich sagt er gar nicht Tinte. Er meint was anderes, und wir verstehen es bloß nicht.«

»Tinten, tinten, tinten …!«

»Wenn wir in London wohnten, könnten wir jetzt mit ihm Bus fahren oder in den Zoo gehen.«

»Wenn wir in London lebten«, versetzte James, »dann müssten wir nicht auf ihn aufpassen. Weißt du was? Ich könnte mir denken, dass er Fernsehen mag, Mirabel hat ja keinen Fernseher.«

Er nahm Oliver auf den Arm und trug ihn ins Wohnzimmer. Die Möbel dort waren mit dunkelbraunem Leder bezogen, man würde darauf nichts sehen, also schien es zweckmäßig, ihm noch einen Keks zu geben. James schaltete den Fernseher ein. Um diese Zeit des Tages gab es nichts von besonderem Interesse, schon gar nicht für Olivers Altersstufe, bloß eine Serie über Leute, die auf dem Flughafen arbeiteten. Oliver jedoch war hingerissen von den Farben und der Bewegung, also schob James ihn tief in einen Sessel und ließ ihn sehr erleichtert allein.

In der Küche gab es eine Menge aufzuräumen und sauber zu machen. Gleich auf zwei Tischtüchern hatte Oliver braune Flecken gemacht und James musste alle Messer und Gabeln abwaschen. Rosamund – typisch! dachte James – war verschwunden. Zu ihrem »Kunstprojekt« wahrscheinlich, irgend so eine Collage aus getrockneten Blättern. Er räumte die Töpfe zurück und ordnete die Schubladen, sodass sie annähernd so aussahen wie vor

Olivers Überfall. Dann hielt er es für besser, hinzugehen und nachzusehen, wie es Oliver ging.

Das Wohnzimmer war leer. Und James sah auch gleich, warum. Die Flughafenserie war zu Ende, und an Stelle der lustig bewegten Gestalten, der Stimmen und der Musik redete jetzt ein alter Mann mit Brille über Molekularphysik. Unten war Oliver nirgends. James war sich nicht recht bewusst gewesen, dass er schon Treppen steigen konnte, aber natürlich konnte er das. Er war ein großer, kräftiger Junge, der nun bereits seit vielen Monaten lief.

Er ging hinauf und rief Olivers Namen. Es war erst Viertel nach drei, und seine Mutter würde frühestens um halb fünf aus dem Gemeindehaus zurückkommen. Der Regen war noch stärker geworden und machte das Haus ziemlich dunkel. James sah erst jetzt, dass er seine Zimmertür offen gelassen hatte. Er hatte sie aufgelassen, weil Palmerston drinnen war, als er hinunterging, um Timothy Gordon wegen des Mäusekäfigs anzurufen. Und dann war Mirabel gekommen. Das alles schien Stunden her zu sein, tatsächlich aber waren es nur etwa vierzig Minuten.

Oliver war in James' Zimmer. Er saß auf dem Boden und hielt die leere Datura-Flasche mit den Händen umklammert, und aus seinem Mundwinkel rannen Tropfen einer braunen Flüssigkeit.

James hatte in Büchern von Menschen gelesen, die wie angewurzelt waren, unfähig, sich vom Fleck zu rühren, und genau das war es, was mit ihm in diesem Augenblick geschah. Er schien verankert an der Stelle, wo er stand, und er starrte Oliver an. In seinem Inneren schwoll ein großer, harter, pulsierender Klumpen. Es war sein eigenes Herz, und es schlug so schwer, dass es schmerzte.

Er musste sich zwingen, sich zu rühren. Er nahm Oliver die Flasche weg, und ganz automatisch, er wusste selbst nicht, warum, spülte er sie am Waschbecken aus. Oliver sah ihn schweigend an. James ging den Flur hinunter und hämmerte an Rosamunds Tür.

»Kannst du mal kommen, bitte? Oliver hat eine Flasche mit Gift ausgetrunken. Ungefähr einen Viertelliter.«

»*Was?!*«

Sie kam heraus. Und sie sah ihn mit offenem Mund an. Er erklärte ihr alles schnell und kurz, in zwei Sätzen.

»Was sollen wir bloß tun?«

»Einen Krankenwagen rufen.«

Sie blieb an der Tür stehen und betrachtete Oliver. Er hatte die Fäuste in die Augen gebohrt. Er rieb sich die Augen und gab kleine, ärgerliche Töne von sich.

»Meinst du nicht, wir sollten versuchen, was zu tun, damit er sich übergibt?«

»Nein, ich gehe nach unten und telefoniere. Es ist meine Schuld. Ich muss behämmert gewesen sein, das Zeug zu machen, ganz zu schweigen davon, es auch noch aufzubewahren! Wenn er stirbt …! O Gott, Rosi, wir können ja nicht telefonieren! Das Telefon ist nicht in Ordnung. Ich hab versucht, Tim Gordon anzurufen, aber es ist kaputt, und ich wollte zur Telefonzelle runtergehen und es melden.«

»Du kannst doch jetzt zur Telefonzelle gehen.«

»Das bedeutet, dass du bei ihm bleiben musst.«

Rosamunds Lippen zitterten. Sie blickte auf den kleinen Jungen, der jetzt auf dem Boden ausgestreckt lag, die Augen weit offen, den Daumen im Mund. »Das will ich aber nicht. Wenn er nun stirbt?«

»Dann geh du«, sagte James, »ich bleib bei ihm. Geh zum Telefonhäuschen, wähle neun-neun-neun und bestelle einen Krankenwagen. Und dann geh ins Gemeindehaus und hole Mami. Okay?«

»Okay«, sagte Rosamund. Sie ging, und die Tränen liefen ihr übers Gesicht.

James hob Oliver auf und legte ihn behutsam auf sein Bett. Schweißperlen standen dem Kind auf dem Gesicht, aber das konnte einfach nur davon herrühren, dass ihm heiß war. Mirabel hatte ihn sehr warm eingepackt für diese Jahreszeit, er trug eine wollene Strickjacke über einem Pullover und einem T-Shirt. Er war natürlich durstig gewesen. Das war es, was »Tinten« bedeutete – »Tinten« für »trinken«. Bestand die leiseste Chance, dass die Daturalösung in dem Jahr, seit er sie gemacht hatte, ihre Giftigkeit eingebüßt hatte? Ach, er wusste es besser. Er konnte sich erinnern, irgendwo gelesen zu haben, dass das Gift gegen Austrocknen und Hitze resistent sei, also war es sicherlich auch gegen die Zeit resistent.

Olivers Augen waren jetzt geschlossen, und die rötliche Tönung, die sein Gesicht gehabt hatte, während er vor dem Fernseher saß, war etwas verblasst. Die fetten Wangen sahen wächsern aus. Wenigstens schien er keine Schmerzen zu haben, obwohl winzige, stecknadelkopfgroße Schweißperlen auf seiner Stirn glitzerten. James fragte sich von neuem, warum er bloß so ein Idiot gewesen war, dieses Zeug aufzuheben. Vor einer Stunde erst war er noch drauf und dran gewesen, es wegzuwerfen! Und doch hatte er es nicht getan. Aber es war sinnlos, das *jetzt* zu bedauern, »nachzukarten«, wie sein Vater es nannte.

Aber James sah ohnehin mehr die Zukunft vor sich als die Vergangenheit. Schlagartig wurde ihm klar: wenn Oliver stürbe, dann hätte *er* ihn umgebracht, und zwar so unumstößlich, oder fast unumstößlich, als ob er mit seines Vaters Schrotflinte auf ihn geschossen hätte. Und sein ganzes Leben, seine ganze Zukunft wäre ruiniert. Denn er würde sich selbst niemals verzeihen, er würde sich nie davon erholen, nie etwas anderes sein als ein zerbrochener Mensch. Er würde sich verstecken müssen, in einem entlegenen Winkel des Landes leben, auf eine andere Schule gehen, und wenn er diese Schule verließe, sich irgendeinen obskuren Job suchen müssen und sich als verängstigte, gejagte Existenz dahinschleppen. Aus wäre es mit seinen Träumen von Oxford, von einer Arbeit an irgendeinem Forschungsinstitut, von Glück und Erfüllung und Erfolg. Er dramatisierte nichts, er sah glasklar, dass es so sein würde. Und Mirabel ...? Wenn schon *sein* Leben ruiniert war, wie dann erst ihres!

Er hörte, wie sich die Haustür öffnete und seine Mutter die Treppe heraufgerannt kam. Er saß auf dem Bett und beobachtete Oliver. Langsam wandte er sich um.

»O James ...!«

Und James sagte wie ein erwachsener Mann, wie ein Mann, dreimal so alt wie er: »Es gibt nichts, das du mir sagen könntest, was ich mir nicht schon selber gesagt hab.«

Sie berührte seine Schulter. »Das weiß ich«, sagte sie. »Ich kenne dich doch.« Ihr Gesicht war weiß, die Lippen auch, gleichermaßen vor Wut und vor Angst. »Wie kann sie es wagen, ihn herzubringen und ihn mit zwei *Kindern* allein zu lassen!«

James war nicht danach zu Mute, beleidigt zu sein. »Wird er ... wird er sterben?«

»Er schläft«, sagte seine Mutter, und sie legte eine Hand auf Olivers Kopf. Er war ganz kühl, der Schweiß war getrocknet. »Wenigstens glaube ich das. Aber soviel ich weiß, könnte er auch im Koma sein.«

»Es ist mein Ende, wenn er stirbt.«

»James, o James ...« Und sie tat etwas, das sie lange nicht mehr getan hatte. Sie legte ihre Arme um ihn und hielt ihn eng umschlungen, obwohl er einen halben Kopf größer war als sie.

»Da ist der Krankenwagen«, sagte James, »ich hör die Sirene.«

Zwei Männer kamen die Treppe herauf, um Oliver zu holen. Einer von ihnen wickelte ihn in eine Decke und trug ihn in seinen Armen nach unten. Rosamund saß mit Palmerston auf dem Schoß in der Diele und weinte leise in sein Fell. Es war hart, sie allein zu lassen, aber irgendjemand musste zu Hause bleiben und auf Mrs Hodges Tochter warten. James und seine Mutter stiegen zu Oliver in den Krankenwagen und fuhren mit ihm in die Klinik.

Sie mussten in einem Wartezimmer sitzen, während die Ärzte sich um Oliver bemühten – den Magen auspumpen wahrscheinlich. Dann kamen ein junger schwarzer Mann und ein alter weißer Arzt und stellten James eine lange Reihe von Fragen. Was genau war das Zeug gewesen, das Oliver getrunken hatte? Wann war es hergestellt worden? Wie viel davon war in der Flasche gewesen? Und noch vieles andere mehr. Sie waren nicht besonders freundlich zu ihm, und er hätte gern Ausflüchte gemacht. Es war so einfach zu sagen, er wisse selbst nicht, was das eigentlich für ein Zeug gewesen war, oder dass er die Stechäpfel abgekocht habe, um grüne Farbe zu machen oder etwas in der Art. Aber als es so weit war, da konnte er es einfach nicht. Er musste die schreckliche Wahrheit sagen, musste sagen, dass er das Gift gemacht und auch gewusst hatte, dass es töten konnte.

Als die beiden gegangen waren, folgte eine endlose Zeit des Wartens, in der nichts geschah. Mrs Hodges Tochter war wohl inzwischen längst gekommen, und auch James' Vater war von dem Sommerseminar, wo er unterrichtete, wieder zu Hause. Es wurde halb sechs und sechs, da brachte ihnen eine Schwester eine Tasse Tee, und dann hieß es wieder warten. James wusste, nichts, kein Ereignis, das ihm in den kommenden Jahren widerfahren würde, konnte so schlimm sein wie jene langen Stunden in dem Wartezimmer.

Kurz vor sieben kam der junge Arzt wieder. Er schien James' Mutter für Olivers Mutter zu halten, und als er merkte, dass sie es nicht war, zuckte er nur die Schultern und meinte, als ob sie überhaupt nicht betroffen seien, als ob es für sie ja nicht von großer Wichtigkeit sein könne:

»Der kommt wieder in Ordnung. Kein Grund, dass Sie hier noch länger rumsitzen.«

James' Mutter sprang mit einem kleinen Schrei auf.
»Er ist in Ordnung? Er ist wirklich ganz in Ordnung?«
»Voll und ganz, soweit wir feststellen können. Der Mageninhalt wird untersucht. Wir behalten ihn aber lieber über Nacht hier, bloß für alle Fälle.«

Die Familie Fyfield blieb geschlossen auf, um auf Mirabel zu warten. Sie blieben auf, egal, um welche Zeit sie käme, selbst, wenn sie nicht vor zwei Uhr morgens auftauchen sollte. Eine Nachricht, die sie in den Briefkasten von Sindon Lodge gesteckt hatten, erklärte, was passiert war. Mirabel möge sofort in der Klinik anrufen.

James machte sich auf eine Szene gefasst. Auf dem Rückweg von der Klinik hatte seine Mutter gemeint, er müsse damit rechnen, dass Mirabel ihm ein paar höchst unerfreuliche Dinge sagen werde. Frauen, die ihre Kinder allen möglichen Leuten aufhalsten und ihnen gegenüber oft so gleichgültig wirkten, würden gewöhnlich sofort hysterisch, wenn diese Kinder in Gefahr waren. Wahrscheinlich war es Schuldbewusstsein, vermutete sie. Aber James fand, wenn Mirabel in Wut geriete, so hätte sie ein Recht dazu, denn obwohl Oliver nicht gestorben war und auch nicht sterben würde, so hätte es doch leicht geschehen können. Er war nur noch am Leben, weil es ihnen sehr schnell gelungen war, das tödliche Zeug aus ihm herauszubekommen. Mirabel konnte nicht in Ewes Hall anrufen, weil das Telefon noch immer gestört war. Gegen zehn tranken sie alle Kaffee, und James' Vater, der das Zimmer des Sohnes gründlich durchsucht hatte, um sicherzugehen, dass es dort nicht noch mehr Todesflaschen gab, und der James eine ernste, aber gerechte Lektion über Verantwortung gehalten hatte, goss sich einen großen Whisky ein.

Der gelbe Volvo kam um zwanzig vor zwölf den Fahrweg herauf. James saß, aufs Äußerste angespannt, und verhielt sich still, so wie er es sich vorgenommen hatte, während sein Vater ging, um die Tür zu öffnen. Er war darauf gefasst, einen Schrei oder ein Schluchzen zu hören. Rosamund steckte sich die Finger in die Ohren.

Die Haustür wurde wieder geschlossen, und man hörte Schritte. Mirabel kam lächelnd herein. Sie trug einen großen Brillanten am dritten Finger der linken Hand. James' Mutter stand auf, trat mit ausgestreckten Händen auf Mirabel zu und blickte ihr ins Gesicht.

»Hast du unsere Nachricht gefunden? Natürlich, du musst sie gefunden haben. Mirabel, ich weiß gar nicht, was ich dir sagen soll ...«

Bevor Mirabel etwas sagen konnte, kam James' Vater mit dem Mann herein, den sie heiraten würde – ein großer Teddybär von einem Mann mit einem geschwungenen Schnurrbart. James wusste nicht, wie ihm geschah, als es ein allgemeines Händeschütteln gab. Es war alles so anders, als er es erwartet hatte. Und Mirabel war ein einziges Lächeln, abwesend und glücklich, und sie zeigte den Verlobungsring an ihrer dünnen, kleinen Hand.

»Was hat man dir in der Klinik gesagt, als du dort angerufen hast?«

»Ich hab ja gar nicht.«

»Du hast nicht angerufen? Aber du bist doch sicher ...«

»Ich weiß doch, dass er in Ordnung ist, Elizabeth. Ich mach mich doch nicht lächerlich und erzähle denen, dass er einen Viertelliter gefärbtes Wasser getrunken hat, was?«

James starrte sie an. Und plötzlich fiel alle Seligkeit von Mirabel ab, und sie merkte, was sie gesagt hatte. Sie legte die Hand über den Mund, und ihr Gesicht verfärbte sich dunkelrot. Sie trat ein paar Schritte rückwärts und nahm Gilbert Coleridges Arm.

»Ich fürchte, du unterschätzt die Fähigkeiten meines Sohnes als Toxikologe«, sagte James' Vater, und da nahm Mirabel die Hand herunter und sagte schnell, natürlich, sie müssten jetzt gehen, damit sie sofort telefonieren könnten.

Da wusste James Bescheid. Er begriff. Das Zimmer schien sich um ihn zu drehen und hin und her zu schwanken. Er wusste plötzlich, was Mirabel getan hatte, und auch wenn es für ihn nicht das Ende war, wenn es ihm nicht alles ruinierte und seine Zukunft verdarb, das würde er sein Leben lang nicht mehr loswerden. Und in Mirabels Augen sah er: sie wusste, dass er es wusste.

Aber jetzt strebten die beiden unter einem Schwall

von Entschuldigungen und Dankeschöns und Gute Nacht in die Diele, und das Zimmer war wieder zum Stillstand gekommen und hatte seine alten Konturen wieder. James sagte zu Mirabel, und dabei war zum ersten Mal ein Bruch in seiner Stimme: »Gute Nacht. Tut mir Leid, dass ich so dumm war.«

Sie verstand schon, was er meinte.

May und June

Ihre Eltern nannten sie so, weil ihre Geburtstage im Mai und im Juni lagen. Eine dritte Schwester, ein Aprilkind, war Avril getauft worden, aber sie war gestorben. May war wie die Jahreszeit, in der sie geboren war – veränderlich, abwechselnd kühl und warm, trübe, verhangen, und gelegentlich von einem Liebreiz, der nicht von Dauer sein konnte.

In den dreißiger Jahren, als May in den Zwanzigern war, galt es immer noch als sehr wichtig, seine Töchter gut zu verheiraten, und so wenig Sorgen Mrs Thrace sich in dieser Hinsicht für die sonnige June machte, desto weniger zuversichtlich war sie, was May betraf. Ihre ältere Tochter war weder hübsch noch anmutig, noch klug, und kein Mann hatte sie je zweimal angeschaut. June dagegen hatte eine Kette von Verehrern.

Und dann lernte May bei einem Tanztee einen jungen Anwalt kennen. Sein Name war Walter Symonds, er sah ungewöhnlich gut aus, sein Vater war wohlhabend und zahlte ihm ein großzügiges Gehalt, und es bestand gar kein Zweifel, dass er einer höheren sozialen Schicht angehörte als die Thraces. May verliebte sich leidenschaftlich in ihn, aber niemand war überraschter als sie selbst, als er sie bat, ihn zu heiraten.

Die Intensität ihrer Leidenschaft befremdete Mrs Thrace. Das war nicht ganz anständig. Dieser Ausdruck auf ihrem Gesicht, wenn sie auf das Erscheinen ihres

Verlobten wartete, ihre Heftigkeit, wenn sie ihn begrüßte, der Hunger in ihren Augen ... all das war ja gut und schön im Kino, aber unschicklich für die Tochter eines Verwaltungsbeamten in einem gediegenen Vorort.

Kurz gesagt, sie war nahezu schön geworden. »Ich werde ihn doch heiraten«, sagte sie, wenn man ihr Vorhaltungen machte. »Er will doch, dass ich ihn liebe, oder? Er liebt mich doch auch. Warum soll ich meine Liebe nicht zeigen?«

June, die sowohl klug als auch hübsch war, befand sich in einem College und machte eine Ausbildung als Lehrerin. Bei May hatte man es, lange bevor Walter Symonds in Erscheinung trat, als vernünftiger erachtet, sie zu Hause zu behalten. Sie hatte für nichts eine spezielle Begabung, und zu Hause konnte sie ihrer Mutter zur Hand gehen. Jetzt allerdings zeigte sich, dass sie die Begabung hatte, sich einen reichen, gut aussehenden und erfolgreichen Ehemann zu angeln. Und dann, einen Monat vor der Hochzeit, kam June für die Sommerferien nach Hause.

Es war alles sehr unglücklich, sagte Mrs Thrace ein über das andere Mal. Wenn Walter Symonds May wegen eines unbekannten Mädchens sitzen gelassen hätte, sie wären zutiefst gekränkt oder sogar wütend gewesen, und Mr Thrace hätte wohl das altmodische Verlangen verspürt, zur Pferdepeitsche zu greifen. Aber was sollte man sagen und tun, wenn einer seine Neigungen von der älteren Tochter auf die jüngere übertrug?

May weinte laut und schluchzte und versuchte, mit dem Messer auf June loszugehen. »Du tust uns allen entsetzlich Leid, mein Liebling«, sagte Mrs Thrace, »aber was kann man da machen? Und du würdest doch nicht einen Mann heiraten wollen, der dich nicht liebt, nicht wahr?«

»Er liebt mich ja, er liebt mich wirklich. Es ist bloß, weil sie hübsch ist. Sie hat ihn verhext. Oh, ich wollte, sie wäre tot. Dann würde er mich wieder lieben!«

»Das darfst du nicht sagen, May! Es ist alles sehr grausam, aber du musst dich mit der Tatsache abfinden, dass er seine Meinung geändert hat. Ist es nicht besser, du merkst es jetzt als später?«

»Ich *hätte* ihn haben können ...«, sagte May.

Mrs Thrace errötete. Sie war aufs Äußerste schockiert.

»Jetzt werde ich nie heiraten«, sagte May. »Sie hat mein Leben ruiniert, und ich werde nie wieder irgendwas haben.«

Walter und June heirateten, und Walters Vater kaufte ihnen ein großes Haus in Surrey. May blieb zu Hause und ging ihrer Mutter zur Hand. Der Krieg kam. Walter ging sofort in die Armee, wurde Hauptmann, Major und schließlich Oberst. May ging ebenfalls zur Armee, wo sie fünf Jahre lang im Rang eines einfachen Gefreiten irgendwo im Verpflegungswesen arbeitete. Danach blieb ihr nichts anderes übrig als wiederum zu ihren Eltern zurückzukehren.

Sie verzieh ihrer Schwester nie.

»Sie hat mir meinen Mann gestohlen«, sagte sie zu ihrer Mutter.

»Er war nicht dein Mann, May.«

»Aber so gut wie. Du würdest auch einem Dieb nicht verzeihen, der in dein Haus einbricht und dir das Wertvollste stiehlt, was du besitzt oder fast besessen hättest.«

»Wir sollen denen vergeben, die Böses getan, auf dass auch uns vergeben werde.«

»Ich bin nicht religiös«, versetzte May.

Jedes Mal wenn die Symonds im Haus der Thraces zu Besuch waren, richtete sie es so ein, dass sie nicht da war.

Trotzdem wusste sie alles über die beiden – alles, bis auf eins.

Mr und Mrs Thrace hüteten sich sorgsam, in ihrer Gegenwart von June zu reden, also horchte May an der Tür, und heimlich las sie alle Briefe, die June an ihre Mutter schrieb. Und jedes Mal wenn Walters Name genannt oder in einem Brief erwähnt wurde, wand sie sich innerlich und zitterte vor Schmerz. Sie wusste, dass die beiden in ein viel größeres Haus umgezogen waren und dass sie sich eine Sammlung von Bildern und Möbeln zulegten; sie wusste, wohin sie in die Ferien fuhren und welche Freunde sie einluden. Aber nie gelang es ihr herauszufinden, was Walter für June empfand. Hatte er sie jemals wirklich geliebt? Oder hatte er seine Wahl längst bereut? May glaubte, dass er sich, nachdem der erste Rausch der Verblendung vorüber war, vielleicht nach seiner früheren Liebe zurücksehnte, genauso, wie sie sich nach ihm sehnte. Da sie die beiden nie sah, konnte sie das nicht wissen, und was immer er auch empfand, Walter konnte June ja nicht verlassen. Wenn man getan hatte, was er getan hatte, dann konnte man nicht nochmals wechseln, dann musste man durchhalten bis zum Tod.

Es tröstete sie, sich in die Überzeugung hineinzusteigern, dass Walter seine Handlung längst bereute, und vielleicht war das das Einzige, was sie aufrecht hielt. Wenn da Kinder gewesen wären, Zeugen der Liebe, wie es so schön hieß ...

Manchmal bemerkte May, dass ihre Mutter besonders froh und zufrieden dreinblickte, nachdem ein Brief von June gekommen war. Dann las sie jedes Mal zitternd vor Angst den Brief, denn sie fürchtete, darin zu erfahren, dass June schwanger sei. Aber Mrs Thraces Glück und Zufriedenheit mussten andere Ursachen gehabt haben, etwa der Bericht über Walters letzten Erfolg vor Gericht oder über Junes letzte Party, denn Kinder kamen nicht, und June war jetzt über vierzig.

Da sie keine spezielle Ausbildung hatte, arbeitete May als Kantinenaufseherin in einem Frauenwohnheim. Sie wohnte weiterhin zu Hause, bis ihre Eltern starben. Sie starben im Abstand von nur sechs Monaten, Mrs Thrace im März und ihr Witwer im August. Und so geschah es dann, dass May Walter wieder sah.

Zu der Zeit, als die Feuerbestattung ihrer Mutter stattfand, war May an einer Virusgrippe erkrankt und konnte daran nicht teilnehmen, aber sie sah keine Möglichkeit, dem Begräbnis ihres Vaters fernzubleiben. Als sie Walter in die Kirche kommen sah, überfiel sie ein Schwindel, und sie kauerte sich zitternd über der Lehne des Kirchengestühls zusammen. Sie bedeckte das Gesicht mit den Händen, damit es aussähe, als bete sie, und als sie sie am Ende sinken ließ, da stand er neben ihr. Er nahm ihre Hand und sah ihr ins Gesicht. Mays Augen begegneten den seinen, die noch genauso blau und unwiderstehlich waren wie früher, und voller Qual sah sie, dass sich sein gutes Aussehen nicht im Geringsten vermindert hatte, sondern nur distinguierter geworden war. Sie hielt seine Hand, sie starrte ihm ins Gesicht, und sie hätte auf der Stelle sterben mögen.

»Willst du nicht kommen und mit deiner Schwester sprechen, May?«, fragte Walter mit jener wohltönenden, tiefen Stimme, mit der er Richter für sich einnahm, Zeugen in Angst und Schrecken versetzte und Frauen gewann. »Sollten wir nicht an diesem sehr traurigen Tag Vergangenes vergangen sein lassen?«

May zitterte. Sie entzog ihm ihre Hand und flüchtete in den Hintergrund der Kirche. Sie setzte sich so weit von June weg wie möglich, aber doch auch nicht so weit, als dass sie nicht beobachtet hätte, wie June nach Walters Arm griff, nicht umgekehrt, als sie hinausgingen, und wie June trostheischend zu ihm aufblickte, während sein Gesicht ernst und unbeweglich blieb, wie June sich an ihn schmiegte, während er dieses Anschmiegen lediglich duldete. Es konnte nicht sein, dass er sich nur so benahm, weil sie, May, da war; er musste June innerlich hassen und verabscheuen, genauso, wie sie sie immer noch von ganzem Herzen hasste und verabscheute.

Es geschah bei einem Begräbnis, dass sie sich versöhnten. May erfuhr von Walters Tod durch eine Anzeige in der Zeitung. Und ihr Schmerz darüber war ebenso groß wie damals, als ihre Mutter ihr erklärte, er wolle June heiraten. Sie schickte Blumen, ein riesiges Gebinde aus schneeweißen Rosen, das sie einen halben Wochenlohn kostete. Selbstverständlich würde sie zum Begräbnis gehen, ob June sie nun dort haben wollte oder nicht.

Anscheinend wollte June sie dort haben. Vielleicht glaubte sie, die Rosen seien für die trauernde Hinterbliebene und nicht für den Toten. Jedenfalls kam sie auf May zu, umarmte sie und lehnte elend und verzweifelt den Kopf gegen die Schulter der Schwester. May war es, die das lange Schweigen brach.

»Jetzt weißt du, wie es ist, ihn zu verlieren«, sagte sie.

»O May, May, sei nicht grausam zu mir! Halte mir das nicht jetzt vor. Bitte sei nett zu mir, mir ist doch alles genommen!«

So saß May neben June, und nach dem Begräbnis ging sie mit in das Haus, in dem June mit Walter gelebt hatte. Mit der Bemerkung, ihr sei alles genommen, hatte June wohl mehr ihre emotionellen Reichtümer als die materiellen gemeint, denn abgesehen von gewissen stattlichen Herrensitzen, die sie auf Reisen besichtigt hatte, war May so etwas wie das Interieur dieses Hauses noch nicht zu Gesicht gekommen.

»Ich werde nächsten Monat pensioniert«, bemerkte sie trocken, »und dann werde ich in einem so genannten Mini-Apartment wohnen, ein Zimmer und Küche.«

Zwei Tage später kam ein Brief von June.

»Liebste May. Sei nicht böse, wenn ich dich so nenne. Du hast immer zu meinen liebsten Menschen gehört, trotz allem, was ich dir angetan habe, und trotz deines Hasses auf mich. Ich kann nicht bereuen, was ich getan habe, weil mir daraus so viel Glück erwachsen ist, aber ich bin aufrichtig und zutiefst traurig, dass du es warst, die leiden musste. Und nun, liebe May, möchte ich versuchen, an dir wieder gutzumachen, was ich getan habe, obgleich ich weiß, dass ich das niemals wirklich könnte, nicht mehr jetzt, nach so langer Zeit. Du hast gesagt, du gingst jetzt in Pension und würdest nicht sehr komfortabel leben können. Willst du nicht herkommen und mit mir zusammenleben? Du kannst in diesem Haus so viele Zimmer haben, wie du willst, ich lade dich ein, alles mit mir zu teilen. Du wirst wissen, was ich meine, wenn ich sage, dass ich das nur als gerecht empfinde. Bitte, mache mich glücklich, indem du mir sagst, dass du mir verzeihst und dass du kommst. Immer deine dich liebende Schwester June.«

Den Ausschlag gab, dass June geschrieben hatte, es wäre *gerecht*. Jawohl, es war nur gerecht, wenn May jetzt in den Genuss wenigstens einiger jener guten Dinge kam, die von Rechts wegen ihr gehörten und die ihr June außer ihrem Mann gestohlen hatte. Sie wartete eine Woche, ehe sie antwortete, und dann schrieb sie: »Liebe June, was du vorschlägst, scheint mir eine gute Idee. Ich

habe darüber nachgedacht, und ich werde mit dir zusammenziehen. Ich habe sehr wenige persönliche Besitztümer, der Umzug wird mir also nicht viel Kopfzerbrechen machen. Lass mich wissen, wann ich kommen soll. Hier regnet es wieder, und es ist sehr kalt. – Deine May.«
Von Verzeihen stand in dem Brief nichts.

Und trotzdem war May, als sie dann mit June das Haus teilte, fast bereit zu verzeihen. Denn jetzt endlich wurde ihr klar, wie Junes Eheleben gewesen war.

»Du kannst ruhig von ihm sprechen, wenn du möchtest«, hatte sie an ihrem ersten gemeinsamen Abend verhalten lauernd gesagt. »Wenn es deine Gefühle erleichtert – mir macht es nichts aus.«

»Was gibt's da zu sagen, außer dass wir vierzig Jahre verheiratet waren, und jetzt ist er tot?«

»Du könntest mir vielleicht ein paar Geschenke zeigen, die er dir gemacht hat.« May nahm diesen und jenen schönen Gegenstand zur Hand, betrachtete staunend Bilder. »Hat er dir dies hier geschenkt? Und wie ist es hiermit?«

»Das waren keine Geschenke. Ich habe es gekauft oder vielleicht auch er.«

May konnte ihre Aufregung nicht verbergen. »Du musst doch Angst vor Einbrechern haben. Dies hier ist ja wie Aladins Wunderhöhle. Du hast wohl auch haufenweise Schmuck?«

»Nicht viel«, erwiderte June, unangenehm berührt.

Mays Blick heftete sich auf Junes Verlobungsring, ein armseliges Ding mit Brillantsplittern in neunkarätigem Gold, bei weitem nicht so teuer wie der Ring, den Walter seiner ersten Liebe geschenkt hatte. Selbstverständlich hatte sie ihren behalten, und Walter, obwohl auch damals schon ziemlich betucht, war nicht reich genug gewesen, nur sechs Monate nach dem ersten noch einmal solch einen großartigen Ring zu kaufen. Aber später doch wohl ...?

»Ich hätte doch gedacht, du besäßest einen Ewigkeitsring.«

»Keine Ehe dauert ewig«, sagte June. »Lass uns nicht mehr darüber sprechen.«

Ja, May merkte, sie redete nicht gern darüber. Bald schreckte sie schon zusammen, wenn nur Walters Name erwähnt wurde, und sie entfernte alle Fotos von ihm, die auf dem Flügel und dem Kaminsims im Wohnzimmer gestanden hatten. May fragte sich, ob Walter wohl jemals Briefe an seine Frau geschrieben hatte? Sie waren zwar selten getrennt gewesen, aber es wäre doch merkwürdig, wenn June innerhalb von vierzig Jahren nie einen Brief von ihm bekommen hätte. Als June das erste Mal allein ausging, versuchte May, ihren Schreibtisch zu öffnen. Aber er war verschlossen. Die Schubladen von Junes Ankleidekommode gaben nur ein paar Geburtstagskarten her mit hastig daraufgekritzeltem »Alles Liebe – Dein Walter«, und die einzige schriftliche Botschaft ihres Mannes, die June für aufhebenswert befunden hatte, fand May zwischen den Seiten eines Kochbuches in der Küche. Es war eine Mitteilung, auf die Rückseite einer Rechnung geschrieben, und sie lautete: »Bäcker hat angerufen. Habe großes Weißbrot für Samstag bestellt.«

In dieser Nacht las May wieder die beiden Briefe, die sie während ihrer Verlobungszeit von Walter bekommen hatte. Jeder begann: »Liebste May«. Vierzig Jahre lang hatte sie keinen Blick darauf geworfen, hatte es nicht gewagt; jetzt aber las sie mit stiller Genugtuung. »Liebste May. Dies ist der erste Liebesbrief, den ich je geschrieben habe. Wenn er nicht besonders gut ist, so musst du das auf meinen Mangel an Erfahrung zurückführen. Ich vermisse dich sehr, und ich wollte, ich hätte meinen Eltern nicht versprochen, diesen freien Tag mit ihnen zu verbringen ...« – »Liebste May. Danke für deine beiden Briefe. Es tut mir Leid, dass es so lange gedauert hat, ehe ich antworte, aber es macht mich ein bisschen nervös, dass meine Briefe es mit deinen nicht aufnehmen können. Aber mit einigem Glück müssen wir uns ja bald keine Briefe mehr schreiben, weil wir dann nicht mehr getrennt sind. Ich wollte, du wärest hier bei mir ...« Der arme Walter war so zurückhaltend und scheu gewesen, unfähig, seine Gefühle auszudrücken, weder auf dem Papier noch in Worten. Aber immerhin hatte er ihr Liebesbriefe geschrieben und keine Benachrichtigungen über Weißbrot. May beschloss, ihren Verlobungsring wieder zu tragen – am kleinen Finger, weil sie ihn nicht mehr über den Knöchel ihres Ringfingers bekam. Wenn June ihn bemerkte, so erwähnte sie es nicht.

»Warst du es, die keine Kinder wollte, oder Walter?«, fragte May.

»Es kamen einfach keine Kinder.«

»Walter hat bestimmt welche gewollt. Als er mit mir verlobt war, haben wir immer davon gesprochen, dass wir drei haben wollten.«

June blickte gequält drein, aber May hätte den ganzen Tag von ihm reden können.

»Er war erst fünfundsechzig«, sagte sie, »für die heutige Zeit sehr früh fürs Sterben. Du hast mir nie erzählt, woran er gestorben ist.«

»Krebs«, sagte June. »Man hat ihn operiert, aber er hat das Bewusstsein nicht wiedererlangt.«

»Genau wie Mutter«, sagte May.

Mal angenommen, June hätte Krebs gehabt und wäre

daran gestorben – was wäre dann wohl geschehen? Wenn May an Walters liebevollen Blick und seinen starken Händedruck auf Vaters Begräbnis zurückdachte, dann war sie sicher, er hätte sie geheiratet. Sie drehte den Ring an ihrem kleinen Finger. »Du warst fast so was wie eine zweite Frau, nicht wahr? Muss eine schwierige Position gewesen sein.«

»Bitte, lass uns nicht weiter davon reden«, sagte June, und mit dem Taschentuch vor den Augen verließ sie das Zimmer.

May war glücklich. Zum ersten Mal seit vierzig Jahren war sie glücklich. Sie machte sich im Haus zu schaffen, kümmerte sich um Junes Besitztümer, wischte Staub, polierte, blieb gelegentlich vor einem Bild stehen, um es zu betrachten, und dachte bei sich, wie oft Walter es wohl so angesehen habe. Manchmal stellte sie sich vor, er säße dort in jenem Sessel oder stünde am Fenster, das Herz schwer von Reue und Bedauern über das, was ihm entgangen war. Und sie wusste es nun: während er sich nach ihr sehnte, hatte sie in der Ferne nach ihm geweint. Jetzt weinte sie nie mehr, June aber tat es oft.

»Ich bin eine alte Närrin, dass ich mich so gehen lasse, aber ich bin schwach, und ich vermisse ihn so.«

»Habe ich ihn vielleicht nicht vermisst?«

»Er hat dich immer gern gemocht. Der Gedanke, dass du unglücklich warst, quälte ihn sehr. Er hat oft von dir gesprochen.« June sah sie mitleidheischend an. »Du hast mir verziehen, May, ja?«

»Ja, in der Tat, das habe ich«, antwortete May. Sie wunderte sich ein bisschen über sich selbst, aber ja, sie hatte June verziehen. »Ich denke, du bist genug bestraft worden für das, was du getan hast.« Eine lieblose Ehe, ein Mann, der beständig von einer anderen Frau redete …

»Ja, ich bin gestraft«, sagte June und schlang die Arme um Mays Hals.

Die Starke und die Schwache. May fielen diese Worte ein, als sie eines Nachts aufgeweckt wurde durch eine Unruhe im Erdgeschoss. Sie hörte Schritte und Geräusche, als ob eine Tür mit Gewalt geöffnet würde. Es war der Einbrecher, den sie immer gefürchtet und vor dem sie June gewarnt hatte. Aber June verkroch sich jetzt natürlich feige in ihrem Zimmer, nicht im Stande, irgendetwas zu unternehmen.

Entschlossen zog May ihren Morgenmantel über und ging den Flur entlang zu Junes Zimmer. Das Bett war leer. Sie blickte aus dem Fenster, und beim Schein des Mondes sah sie einen Wagen, der auf dem Kiesweg geparkt stand. Und auf den Gartenweg fiel das helle Licht aus den Wohnzimmerfenstern. Ein Angstschauer durchlief sie, aber sie wusste, sie musste stark sein.

Noch ehe sie die Treppe erreichte, hörte sie ein mächtiges Krachen, als ob etwas Schweres splitternd gegen die Wand geprallt sei. Dann ertönten von unten her ein Schrei und rennende Schritte. May kam gerade rechtzeitig an die Treppe, um eine zarte Gestalt durch die Diele hasten und die Haustür hinter ihr zuschlagen zu sehen. Der Wagen wurde gestartet.

Er hatte eine dünne Blutspur hinterlassen. May ging der Tropfenspur nach bis ins Wohnzimmer. June stand an ihrem Schreibtisch. Er war aufgebrochen worden, und der gesamte Inhalt lag auf der Platte verstreut. Sie zitterte, lachte und weinte in schlotternder Hysterie und wies auf die Glasscherben, die überall herumlagen.

»Ich habe die Karaffe nach ihm geworfen. Und ich habe ihn getroffen, er hat sich am Kopf geschnitten, und dann ist er weggerannt!«

May trat dicht an sie heran. »Bist du in Ordnung?«

»Er hat mich nicht angerührt. Er hat mit dem Revolver auf mich gezielt, als ich reinkam, aber ich hab mich nicht drum gekümmert. Ich konnte es einfach nicht ertragen, wie er da in meinem Schreibtisch zwischen all meinen privaten Sachen herumwühlte. War ich nicht tapfer? Er hat überhaupt nichts mitnehmen können, bloß ein paar Kleinigkeiten aus Silber. Ich hab ihm das Ding an den Schädel geschmettert, und dann hörte er dich kommen, und da ist er in Panik geraten. War ich nicht tapfer, May?«

Aber May hörte nicht zu. Sie las den Brief, der zuoberst offen auf dem Papierbündel lag, das der Einbrecher aus dem Schreibtisch gezerrt hatte. Walters kühne Handschrift sprang ihr in die Augen, wenn auch ein wenig zurückgenommen, geschwächt durch seine letzte Krankheit. »Mein lieber Liebling, es ist erst einen Augenblick her, seit du die Station verlassen hast, aber ich muss dir trotzdem schreiben. Ich kann meinem inneren Impuls nicht widerstehen, dir gleich zu schreiben und dir zu sagen, wie glücklich du mich in all den Jahren gemacht hast, in denen wir zusammen waren. Wenn denn das Schlimmste passiert, mein Liebling, und ich die Operation nicht überlebe, dann sollst du wissen, dass du die einzige Frau bist, die ich je geliebt habe ...«

»Ich hätte nicht geglaubt, dass ich so viel Courage hab«, sagte June. »Aber vielleicht war der Revolver ja auch gar nicht geladen. Das war ja noch ein halber Junge. Rufst du wohl bitte die Polizei an, May?«

»Ja«, sagte May. Sie nahm den Revolver auf.

Die Polizei kam innerhalb einer Viertelstunde. Sie brachten einen Arzt mit, aber June war bereits tot, aus geringer Entfernung ins Herz geschossen.

»Wir finden ihn, Miss Thrace, seien Sie unbesorgt«, sagte der Inspektor.

»Aber es ist doch schade, dass Sie den Revolver angefasst haben. Ich nehme an, ganz in Gedanken, was?«

»Es war der Schock«, sagte May. »Es war der schlimmste Schock meines Lebens – seit ich ein junges Mädchen war.«

Eine Nadel für den Teufel

Der Teufel findet Arbeit für müßige Hände, pflegte Mrs Gibson ihrer Tochter zu sagen, und Alice fand, in ihrem Fall verleitete der Teufel (oder ein rätselhafter innerer Zwang) sie zur Gewalttätigkeit. Als Kind schlug sie auf Menschen ein, die sie ärgerten, und als sie vierzehn war, ging sie mit einem Messer auf ihre Schwester los, wobei zum Glück nichts Schlimmes passierte. Aber wenn es sie auch in den Händen juckte, Böses zu tun, so waren es doch auch begabte Hände, und als man ihr beibrachte, sie mit handwerklichen Arbeiten zu beschäftigen, da ließ ihr Hang zur Gewalttätigkeit nach, oder er wurde sublimiert, wie sie sich zu sagen angewöhnte, als sie eine Ausbildung als Krankenschwester begann.

Einzig ihre Mutter hatte sich Alices Berufswunsch widersetzt. Vielleicht wusste nur sie, was in der Tochter vorging. Aber ihre Einwände wurden von Alices Vater, von der Schuldirektorin, der Berufsberaterin und ebenso von Alice selbst beiseite geschoben. Und wirklich machte sich Alice gut. Es gab keinerlei unglückliche Zwischenfälle von der Art, wie Mrs Gibson sie befürchtet hatte.

Natürlich musste Alice in dieser neuen Lebensphase auf ihre handwerklichen Hobbys verzichten. Man kann in einem Zimmer im Schwesternwohnheim keinen Webstuhl oder eine Töpferdrehscheibe aufstellen. Und oft geschah es, dass Alice völlig erschöpft vom Dienst heimkam, nicht so sehr vom Bettenmachen, vom Heben der Patienten oder vom Herumrennen, als von der Anstrengung einer ständigen, eisernen Selbstkontrolle. Unablässig musste sie den Impuls bezwingen, Patienten, die sie geärgert hatten, zu kneifen oder sonst wie zu drangsalieren.

Aber dann kam einmal das Mädchen, mit dem sie das Zimmer teilte, nach zwei dienstfreien Tagen wieder und trug einen knielangen weißwollenen Strickmantel.

»Den Mantel finde ich hinreißend«, sagte Alice, »einfach fantastisch. Der muss ein Vermögen gekostet haben.«

»Ich hab ihn selbst gemacht«, sagte Pamela.

»Du hast ihn gemacht? Du meinst, *du* hast ihn gestrickt?«

»Es war gar nicht sehr schwer, und es hat bloß drei Wochen gedauert.«

Alice hatte noch nie ans Stricken gedacht. Stricken, das war so etwas, was Großmütter taten oder Tanten oder schwangere Frauen, wenn sie ihre Babyausstattung vorbereiteten. Aber wenn Pamela so einen Mantel machen konnte, der weder tantenhaft wirkte noch an Babyjäckchen erinnerte, dann konnte sie es auch, da war sie sicher. Und vielleicht konnte es dieses spezielle Problem lösen, das in letzter Zeit so bedrückend geworden war, dass sie schon fürchtete, sie werde kündigen müssen, ohne ihre Ausbildung abgeschlossen zu haben.

Stricken hat gegenüber Nähen oder Weben den Vorteil, dass dazu im Grunde nur ein Knäuel Wolle und ein Paar Nadeln nötig sind. Man kann es während der Frühstückspause tun, im Zug, während des Nachtdienstes. Es beruhigt die Nerven, beschäftigt die Hände, ist eine Art Therapie – und es liefert Garderobe. Alice stürzte sich voller Enthusiasmus aufs Stricken und merkte bald, dass es ihrem Zweck viel besser diente, als all ihre anderen Hobbys es getan hatten, durch den Vorzug nämlich, dass man es überall und in jeder freien Minute tun konnte.

Sie machte Fortschritte in ihrem Beruf, wurde Vollschwester, Oberschwester, und als sie etwa dreißig Jahre alt war, trug sie die volle Verantwortung für die Männerstation am St.-Gregory-Krankenhaus für Offiziere. Und dort war es auch, wo sie drei oder vier Jahre später Rupert Clarigate erstmals zu Gesicht bekam, der nach einer Herzattacke eingeliefert worden war.

Rupert Clarigate war, als er seine Koronarthrombose erlitt, zweiundfünfzig Jahre alt. Er war ein Junggeselle, der zwei Jahre zuvor im Rang eines Oberstleutnants aus der Armee ausgeschieden war und seither sehr behaglich – zu behaglich vielleicht – von seiner hübschen Pension gelebt hatte. Hätte er weniger stark geraucht, weniger ausgiebig dem gebratenen Fasan in seinem Klub zugesprochen und hinterher dem alten Napoleon-Cognac und wäre er mehr spazieren gegangen, so wäre ihm, wie sein Arzt meinte, vielleicht nicht eines Nachts dieser wütende Schmerz den linken Arm hinunter- und die linke Seite hinaufgefahren, wonach er sich im nächsten Augenblick auf dem Boden liegend und nach Atem ringend wiederfand.

Sein Arzt gehörte zu denen, die meinen, dass ein Herzpatient während der ersten Tage nach dem Infarkt niemals unbeaufsichtigt sein sollte. Infolgedessen also das St.-Gregory-Krankenhaus und Schwester Gibson. Am ersten Morgen im Krankenhaus erwachte er und blickte in die meerblauen Augen einer schlanken jungen Frau in hübscher Schwesterntracht, deren blondes Haar halb unter einer gestärkten weißen Haube verborgen war.

»Guten Morgen, Oberst Clarigate«, sagte Alice. »Meine Güte, Sie sehen ja heute Morgen schon viel besser aus! Da sieht man doch mal wieder, ein tiefer Schlaf wirkt Wunder.«

Alice sagte solches und Ähnliches zu all ihren neuen Patienten, aber Rupert, der nie zuvor im Krankenhaus gewesen war und sich bis jetzt einer geradezu strotzenden Gesundheit erfreut hatte, glaubte, das sei speziell auf ihn gemünzt, und er fand ihren Ton ungewöhnlich liebevoll.

Er hörte ja nicht, wie sie fünf Minuten später einer ihrer Schwesternschülerinnen, die eine Nierenschale fallen gelassen hatte, erklärte, sie sei nicht nur hoffnungslos unbegabt, Krankenschwester zu werden, sie sei auch geistig zurückgeblieben, denn dieses Donnerwetter fand außerhalb der Station in der Zentralsterilisation statt, der so genannten Spüle. Er glaubte, Alice müsse ein entzückendes Naturell haben, immer fröhlich, immer ermutigend, endlos geduldig, und darüber hinaus sah sie auch noch aus wie ein Mädchen, das das Leben zu genießen verstand.

»Na, wer ist denn der Glückliche, der Sie heute Abend ausführt, Schwester?«, fragte Rupert, als Alice noch einmal den Kopf zur Tür hereinsteckte, bevor sie ihren Dienst beendete. »Den beneide ich, ehrlich gesagt.«

»Überhaupt keiner, Oberst«, sagte Alice, »ich mache mir einen gemütlichen Abend mit dem Strickzeug vor dem Fernseher.«

Diese Aussage stimmte auch. Es gab keinen Mann. Es hatte welche gegeben in vergangenen Tagen, etliche sogar, und darunter einen, den Alice wahrscheinlich geheiratet hätte, wenn sie ihm nicht einmal eine Ohrfeige versetzt (und ihm dabei die Füllung eines Backenzahns ausgeschlagen) hätte, weil er über sie gewitzelt hatte.

Aber damals war sie sehr jung gewesen und noch ohne ihre Zuflucht und ihren moralischen Halt. Seit damals hatte sie ihrer beruflichen Karriere größeren Wert beigemessen als potenziellen Ehemännern, und sie hatte sich inzwischen so sehr an das Geplänkel und die Flirtversuche ihrer Patienten gewöhnt, dass sie ihre Worte kaum aufnahm und sie auch kaum als Männer betrachtete.

Bei Rupert Clarigate jedoch war das anders. Er war einer der bestaussehenden Männer, die ihr je begegnet waren, er hatte vor allem dieses wunderbar volle Haar. Obgleich sein Gesicht noch jugendlich und faltenlos war – sein Haar war schlohweiß, weiß und dick und dabei ganz leicht gewellt, und seit er die Armee verlassen hatte, gestattete er sich, es so lang wachsen zu lassen, dass es eben den oberen Rand der Ohren verbarg. Das war das Erste, was Alice an ihm aufgefallen war. Sie hatte schon immer eine besondere Abneigung gegen Kahlköpfigkeit gehabt. Auch wenn sie an die abstoßendsten Anblicke gewöhnt war oder etwa ohne mit der Wimper zu zucken Wunden und eitrige Abszesse säuberte, es kostete sie stets schwere Überwindung, die kahle Platte eines Mannes zu waschen oder die drum herumwachsenden Haare zu kämmen. Rupert Clarigate sah aus, als würde er niemals eine Glatze bekommen, denn in seiner dichten, weißen Mähne zeigte sich noch nicht einmal eine erbsengroße kahle Stelle.

Darüber hinaus mochte sie seine herzliche, joviale Art, seinen Internatsschul-Tonfall, seine Sandhurst-Stimme. Die leicht wollüstige Bewunderung in seinen Augen, korrekt unter Kontrolle gehalten, erregte sie. Gegen Ende der ersten Woche seines Aufenthalts war sie verliebt, wenigstens hätte sie es mangels einschlägiger Vergleiche so genannt.

Was Oberst Clarigate betraf, so hatte er schon immer die Absicht gehabt, sich eines Tages zu verheiraten. Eine lang andauernde Affäre mit der Frau eines anderen Offiziers hatte ihn im Stande eines Junggesellen erhalten, bis er fünfunddreißig war, und als sie dann zu Ende war, da fühlte er sich zu sehr eingefahren in seinen Gleisen, um sich auf den Ehestand einzulassen. Zu egoistisch, hatte die Frau des anderen Offiziers gesagt. Und es stimmte, Rupert sah keinen Sinn darin, eine Frau zu haben, wenn er nun einmal abends nicht zu Hause bleiben mochte, wenn er keinen Wunsch nach Kindern hegte und ihm der Gedanke, sein Einkommen teilen zu müssen, nicht gefiel, und wo er doch ohnehin seinen Offiziersburschen hatte, der ihn bediente und ihm seine Wohnung sauber machte.

Aber eines Tages würde er heiraten – wenn er pensioniert war. Und nun war es so weit mit der Pensionierung. Er wohnte in dem großen, unbequemen Haus, das seine Eltern ihm hinterlassen hatten, und es gab niemanden, der es sauber hielt. Er aß schwere Mahlzeiten in teuren Restaurants, denn es war niemand zu Hause, der für ihn kochte; und er sagte sich, er rauche nur deshalb zu viel, weil er einsam war. Folglich hatte er seinen Herzinfarkt bekommen, weil er keine Frau hatte. Warum also sollte nicht die hübsche, tüchtige, freundliche Schwester Gibson seine Frau werden?

Warum sollte sie nicht den Schwesternberuf aufgeben, dachte Alice. Warum sollte sie nicht den Oberst Clarigate heiraten und ein eigenes Zuhause haben an Stelle ihrer kleinen Dienstwohnung? Außerdem war sie in ihn verliebt, und er hatte solch schönes, dickes Haar.

Er musste in Schwester Gibson verliebt sein, dachte Rupert, wie konnte er sonst ihretwegen so unruhig sein an den Abenden, wenn er annehmen musste, dass sie mit einem Mann aus war? Und das, so wusste er aus seinen Erfahrungen mit der Frau des anderen Offiziers, das war Eifersucht und somit ein Indiz für Liebe.

Er verließ das Krankenhaus nach drei Wochen und fuhr zur Erholung aufs Land. Von dort schrieb er Alice beinahe täglich. Als er wieder zu Hause war, lud er sie ins Theater zu einer Komödie ein, sehr derb und sexy, in der sie beide sehr viel lachten, und wenig später ins Kino zu einer Neuverfilmung von »Carry On Nurse«, wo sich beide auch vor Lachen bogen. Als sie den dritten Abend zusammen ausgingen, verlobten sie sich.

»Die Leute könnten sagen, das sei ein bisschen plötzlich«, meinte Alice, »aber mir kommt es vor, als würden wir uns in und auswendig kennen. Schließlich gibt es ja auch keine intimere Beziehung, nicht wahr, als zwischen Krankenschwester und Patient.«

»Ich wüsste höchstens noch eine«, sagte Rupert mit einem Augenzwinkern, und sie brachen beide in Gelächter aus.

Ungefähr einen Monat nach ihrer Verlobung hatte er seinen dreiundfünfzigsten Geburtstag, und Alice strickte ihm einen Pullover. Er war rostrot, hatte am Hals und am Bund feine, cremefarbene und dunkelgrüne Streifen, und er stand ihm hervorragend, denn Rupert war trotz seines guten Lebens nie dick geworden. Alice sorgte energisch für ihn. Sie unternahm gesunde, vernünftige Spaziergänge mit ihm und gewöhnte ihm behutsam das Rauchen ab. Das Haus der Clarigates war nicht nach Alices Geschmack, also verkaufte er es und erwarb ein neues in einem Badeort an der Südküste. Sie könnten leben, wo sie wollten, hatte Rupert gesagt, es bestehe keine Notwendigkeit, in London zu bleiben. Die Aussicht, dieses Haus einzurichten, erfüllte Alice mit aufgeregter Vorfreude, zumal Rupert ihr mit seinen Ersparnissen völlig freie Hand ließ.

Die Hochzeit fand im Mai, drei Monate nach ihrer ersten Begegnung, statt.

Es war eine schlichte Feier mit einem kleinen anschließenden Essen. Anwesend waren Mrs Gibson, inzwischen Witwe, Alices Schwester und jene Freundin Pamela, die Alice auf die Vorzüge des Strickens gebracht hatte, und Pamelas Ehemann Guy, ein freier Schriftsteller und Autor von Kriminalromanen. Von Ruperts Seite waren da ein Vetter, sein ehemaliger vorgesetzter Offizier und Dr. Nicholson, jener gewissenhafte Mediziner, der seine Überweisung ins St.-Gregory-Krankenhaus veranlasst hatte. Das frisch verheiratete Paar verabschiedete sich um drei, um das Flugzeug zu erreichen, das sie in die Flitterwochen nach Barbados bringen sollte.

Alice war noch nie irgendwohin in die Ferien gefahren, ohne ihr Strickzeug mitzunehmen. In Palma de Mallorca hatte sie Mütze und Handschuhe für ihre Nichte gestrickt, in Innsbruck hatte sie einen dicken Sweater für ihren Schwager angefangen, und auf den griechischen Inseln hatte sie einen Pulli für sich selbst beendet. Aber ein Instinkt hinsichtlich der Richtigkeit oder Angemessenheit gewisser Aktivitäten sagte ihr, dass man in die Flitterwochen keinen Strickstrumpf mitnimmt, und es zeigte sich auch wirklich, dass sie dabei kaum Gelegenheit zum Stricken gehabt hätte. Man kann schließlich nicht gut am Strand stricken, und sie waren meist am Strand, wenn sie nicht zum Essen oder zum Tanzen gingen, denn Rupert hatte Recht gehabt, wenn er seine Alice als eine Frau einschätzte, die sich aufs Genießen verstand. Alice hätte gern noch mehr getanzt, noch herzhafter gegessen, und sie wäre gern noch länger aufgeblieben, hätte nicht die wachsame Sorge um ihres Mannes Gesundheit sie daran gehindert. Mochte Rupert auch, kräftig und viril wie er war, in gewisser Hinsicht ebenso jung wirken wie sie, so war doch nicht an der Tatsache zu rütteln, dass er einen Herzinfarkt gehabt hatte und einen weiteren bekommen konnte. Zufrieden stellte sie fest, dass er das Rauchen aufgegeben hatte, und als sie gegen Ende ihres Aufenthaltes eine gewisse Gereiztheit an ihm bemerkte, schob sie das auf die Hitze.

Als sie wieder daheim waren, nahm das Einrichten des neuen Hauses all ihre Zeit in Anspruch. Teppiche mussten ausgesucht und bestellt werden, Klempner, Heizungsinstallateure und Elektriker mussten beauftragt, Polsterer und Gardinenlieferanten angemahnt werden. Alice arbeitete fieberhaft. Sie erlaubte nicht, dass Rupert ihr half, allabendlich jedoch unternahm sie mit ihm einen therapeutischen Spaziergang an der Promenade entlang. Er sah gesünder aus als in den ganzen fünf Monaten, die sie ihn kannte, und er konnte jetzt die Treppe hinauflaufen, ohne nach Atem zu ringen.

Es war am Morgen nach dem Tag, an dem die neuen Teppiche gelegt worden waren und Alice alle Möbel wieder an ihren Platz geschoben und poliert hatte, da überkam sie das Gefühl, nun könne sie endlich anfangen, sich auszuruhen. Rupert war zu seiner monatlichen Routineuntersuchung zu Dr. Nicholson gefahren. Sie machte sich auf den Weg zum Einkaufscenter, um sich ein bisschen Wolle zu kaufen. Am vorigen Abend nämlich, während ihres gemeinsamen Spazierganges, hatte Rupert auf einen Mann gezeigt, der über das Promenadengeländer lehnte und genau so einen ärmellosen Pullunder trug, den er sich schon immer gewünscht hatte. Alice hatte nichts erwidert, sondern nur lächelnd seinen Arm gedrückt.

Während all der Jahre, die vergangen waren, seit Pamela zur Tür hereingekommen war und jenen weißen Mantel getragen hatte, war Alice eine Meisterin in ihrem Fach geworden. Sie wusste alles, was es da zu wissen gab. Sie beherrschte die feineren Techniken des Musterstrickens, des unsichtbaren Abnehmens, des Einarbeitens kontrastierender Farben. Sie kannte sich mit sämtlichen verfügbaren Strickgarnen aus, von superschwerer Naturwolle bis zum zweifädigen Baumwollgarn, und sie wusste genau, welche Nadeln für welches Material richtig waren. Ohne auf Tabellen zurückgreifen zu müssen, konnte sie sagen, dass die englische Stricknadelstärke vierzehn der europäischen Zwei-Millimeter-Nadel und der amerikanischen Stärke 00 entspricht. Sie konnte mit Leichtigkeit ein vorgegebenes Muster auf eine andere Konfektionsgröße übertragen oder auch, wenn nötig, sogar ohne jede Vorlage arbeiten. Hatte sie einen Pullover oder eine Strickjacke ein einziges Mal gesehen, so konnte sie es kopieren, und es kam ein vollkommen identisches Kleidungsstück dabei heraus. Und darüber hinaus hatte alles, was mit Stricken zusammenhing, für sie eine stark emotionale Bedeutung. Sie konnte nicht umhin, darin eine Art Lebensrettung zu erblicken, und darum bedeutete es ihr weit mehr als anderen Frauen etwa ihre Stickerei oder ihre Häkelarbeit. So war es denn nur natürlich, dass sie beim Betreten eines Wollgeschäftes eine fast krankhafte Aufregung verspürte, wie auch jenes tiefe, innere Vergnügen, wie es etwa ein Gelehrter empfindet, wenn er eine Bibliothek betritt.

Woolcraft Limited war ein gutes Geschäft seiner Branche, das stellte sie sehr schnell fest, und sie verbrachte darin eine glückliche halbe Stunde, ehe sie sich für die Vorlage eines ärmellosen Pullunders und für sechs 25-Gramm-Knäuel einer ultramarinblauen Wolle-Acryl-Mischung entschied.

Es ergab sich keine Gelegenheit, noch am gleichen Tag anzufangen. Rupert musste seinen Lunch haben, und am Nachmittag machten sie beide Gartenarbeit, und abends gingen sie zum Dinner-Tanzabend in den *Pump Room*. Aber am folgenden Nachmittag, als Rupert unten im Garten war und die Ligusterhecke schnitt, holte Alice das erste Knäuel blauer Wolle hervor und fing an.

Beim Einzug in das Haus hatte sie die große unterste Schublade einer Kommode im Wohnzimmer für ihre Strickutensilien eingerichtet. Darin lagen all die vielen übrig gebliebenen Wollknäuel und Restchen von einer Vielzahl von Kleidungsstücken, die sie über die Jahre gestrickt hatte, ihr Maschenzähl-Maßband, Zentimetermaß, Stopfnadeln und Perlongarn zum Zusammennähen und ganz vorne alle ihre Stricknadelpaare, jeweils eins von allen vorkommenden Stärken, und jedes Paar steckte säuberlich in einer langen Plastikhülle. Alice hatte ein Paar der Nummer vierzehn, die dünnste Sorte, ausgewählt, um mit dem Bündchen von Ruperts Pullunder zu beginnen.

Als sie die erforderliche Anzahl von hundertfünfzig Maschen aufschlug und als sie die vertrauten dünnen Metallnadeln in den Händen und das leicht flauschige Garn rhythmisch durch ihre Finger gleiten spürte, da senkte sich eine große Ruhe auf Alice herab. Es war, als käme man nach langer Abwesenheit wieder nach Hause. Es war wie die erste Zigarette – so vermutete sie – oder der erste Drink nach einem Monat der Abstinenz. Es war ganz einfach wundervoll. Es war wie das Schlusssiegel auf ihrem Glück: Hier war sie nun – verheiratet, noch dazu mit einem charmanten Mann, den sie liebte, sie war wohlhabend, lebte in dem Haus ihrer Träume, und jetzt, da sie sich in ihrem neuen Leben installiert hatte, nahm sie ihr altes Hobby wieder auf, das ihr so viel Vergnügen bereitete.

Sie hatte kaum mehr als einen Zentimeter gestrickt, denn die Arbeit ging langsam voran mit so feinen Nadeln, da hörte sie Rupert aus dem Garten hereinkommen und sich die Hände am Küchenausguss abspülen. Und jetzt trat er ins Wohnzimmer, wo sie saß.

Ein oder zwei Meter hinter der Tür blieb er stehen und starrte sie an. »Was tust du denn da, Liebling?«

»Stricken«, sagte Alice und lächelte ihn an.

Rupert kam näher und setzte sich ihr gegenüber. Er war fasziniert. Er wusste zwar, dass es so etwas wie Handstrickerei gab oder doch wenigstens früher gegeben hatte, denn ihm war, als habe seine Mutter dergleichen vor vierzig Jahren erwähnt, aber tatsächlich gesehen hatte er es noch nie. Alices Finger hüpften auf und nieder, vollführten wohl hundertmal in der Minute exakt die gleiche Bewegung, und sie schienen sich vollkommen unabhängig von der übrigen Alice zu bewegen, unabhängig von ihrem Körper, der anmutig entspannt war, von ihren Augen, die gelegentlich den seinen begegneten, und auch, so schien es ihm, von ihren Gedanken, die anscheinend irgendwo umherschweiften.

»Ich wusste gar nicht, dass du stricken kannst«, sagte er nach einer Weile.

»Aber Liebling, was glaubst du wohl, wo dein roter Pullover hergekommen ist? Ich hab dir doch erzählt, dass ich ihn selbst gemacht habe.«

Rupert hatte über die Herkunft des roten Pullovers

nicht nachgedacht. »Wahrscheinlich hab ich geglaubt, du hättest ihn auf irgendeiner Maschine gemacht«, meinte er.

Darüber lachte Alice herzhaft. Sie fuhr fort zu stricken. Rupert las die Abendzeitung, die soeben gekommen war. Nach einer Weile sagte er: »Kann ich mit dir reden, während du das machst?«

Er klang so sehr wie ein kleiner Junge, dessen Mutter sich nicht um ihn kümmern kann, dass Alice ganz gerührt war. »Aber Liebling, natürlich kannst du das. Rede nur! Ich bin eine sehr routinierte Strickerin, weißt du. Ich kann nicht nur reden, während ich stricke, ich kann auch lesen, fernsehen ... meine Güte, ich könnte sogar im Dunkeln stricken!« Und sie ließ ihren Blick sanft lächelnd auf ihm ruhen, während ihre Finger wie Motorkolben auf und nieder zuckten.

Aber Rupert redete nicht. Er sprach kaum ein Wort, bis sie zu ihrem Abendspaziergang aufbrachen, und als sie sich am nächsten Tag wieder den blauen Pullunder vornahm, fiel ihr wiederum auf, wie er sie anstarrte. Nach einer Weile zündete er sich eine Zigarette an, seine erste nach etlichen Wochen. Ohne ein Wort verließ er das Zimmer, und als sie in die Küche ging, um das Abendessen vorzubereiten, fand sie ihn dort am Tisch sitzend, vertieft in eines seiner liebsten Kriegserinnerungsbücher.

Erst nachdem Alice vier Nachmittage strickend über dem Pullunder verbracht und fünfzehn Zentimeter des Rückenteils geschafft hatte – mittlerweile hatte sie auf etwas stärkere Nadeln, Nummer zwölf, übergewechselt, die waren aus rotem Plastik –, kam Rupert erneut auf ihre Beschäftigung zu sprechen.

»Weißt du, Liebling«, meinte er, »es besteht überhaupt kein Grund, weshalb wir unsere Kleidung nicht fertig kaufen sollten. Wir sind schließlich nicht arm. Ich hab dir hoffentlich nicht den Eindruck vermittelt, ich sei geizig. Immer wenn du Geld möchtest, um dir eine Bluse oder ein Kleid oder sonst was zu kaufen, brauchst du bloß ein Wort zu sagen.«

»Dies ist ja nicht für mich, Rupert, es ist für dich. Du hast doch gesagt, du wolltest gern einen solchen Pullunder wie der Mann neulich auf der Promenade.«

»Hab ich das? Es wird wohl stimmen, wenn du es sagst, aber ich kann mich nicht daran erinnern. Aber egal, ich brauche doch bloß zu dem Herrenausstatter hinzugehen und mir einen zu kaufen, wenn mir danach ist, meinst du nicht? Es hat doch keinen Sinn, dass du dich hier endlos mit etwas abplagst, das ich mir in zehn Minuten kaufen kann.«

»Aber ich stricke riesig gern, Liebling. Es macht mir Spaß. Und außerdem sind handgestrickte Sachen auch viel schöner als gekaufte.«

»Dir müssen doch die Finger davon wehtun«, sagte Rupert. »Diese Redewendung ›sich bis auf die Knochen abrackern …‹, jetzt geht mir auf einmal die Bedeutung dieses Ausdruckes auf. Hab ich nicht Recht?«

»Sei nicht albern«, sagte Alice gereizt, »natürlich tun mir nicht die Finger weh. Es macht mir Spaß. Und ich finde, es ist sehr schade, dass du wieder angefangen hast zu rauchen.«

Rupert rauchte an diesem Tag fünf Zigaretten und am nächsten zehn, und am Tage danach kamen Pamela und Guy, um einen vierzehntägigen Urlaub bei ihnen zu verbringen.

Rupert fand – und Alice stimmte darin mit ihm überein –, wenn man an der See wohnte, dann hatte man geradezu die Pflicht, nahe Freunde für die Sommerferien einzuladen. Außerdem hatten Guy und Pamela, die über kein großes Einkommen verfügten, zwei Kinder auf teuren Internatsschulen und hätten sonst wahrscheinlich überhaupt keine Ferien gemacht. Sie kamen für die beiden mittleren Wochen des August, während die Kinder im Sommerlager waren.

Pamela hatte keine einzige Masche mehr gestrickt, seit ihre Tochter zwei Jahre alt gewesen war, aber es machte ihr Spaß, Alice bei der Arbeit zuzusehen. Sie sagte, sie fände es so beruhigend. Und als sie in die Kommodenschublade mit den Strickutensilien hineinschaute und all die übrig gebliebenen Garnknäuel in den entzückenden Farbschattierungen sah, all das Rosa und Lila und Zartgrün und Honiggelb und Schokoladenbraun, da meinte sie, sie hätte doch das Gefühl, auch wieder damit anfangen zu müssen, denn Kleidung koste ja so viel, und das wäre doch eine große Ersparnis.

Guy gehörte nicht zu jenen Schriftstellern, die niemals über ihre Arbeit sprechen. Er beschäftigte sich unentwegt mit dem jeweiligen Thema seiner verwickelten und komplizierten Detektivgeschichten, die er jährlich produzierte, und er bastelte sich seine Plots aus gewöhnlichen Zwischenfällen des täglichen Lebens und aus Dingen zusammen, die er beobachtete, wenn sie etwa einen Ausflug unternahmen. Alice machte es Spaß, wie er immer neue Mordmethoden ersann und entwickelte, und er setzte alles daran, sie mit immer genialeren und bizarreren Verbrechen zu amüsieren.

»Nimm zum Beispiel Warfarin«, sagte er etwa. »Man nimmt es, um Ratten damit zu töten. Es verhindert die Blutgerinnung, sodass die Tiere, wenn sie miteinander kämpfen und nur die kleinste Wunde bekommen, daran zu Tode verbluten.«

»Das gibt man auch Menschen«, entgegnete Alice, die Krankenschwester, »oder wenigstens etwas, das dem sehr ähnlich ist. Bei Leuten, die eine Thrombose gehabt haben, verhindert es die Bildung von Blutgerinnseln.«

»Ach, tut man das jetzt? Das ist sehr interessant. Wenn ich diese Methode in einem Buch verwenden wollte, dann würde ich zum Beispiel den Mörder seinem Opfer Warfarin verabreichen lassen und dazu ein starkes Sedativ, und dann ein winziger Schnitt, sagen wir, am Handgelenk …«

Ein andermal war er aufs Höchste gefesselt durch eins von Alices Büchern, in dem es um die Weinherstellung ging und um Pflanzen, die dazu ungeeignet waren.

»Eine tolle Inspiration für einen Krimischreiber«, meinte er. »Hier steht, dass die Zehrwurz, was immer das nun sein mag, irritierende Kristalle von Kalziumoxalat enthält. Wenn man das Zeug isst, dann schwillt das Innere des Mundes an, und man stirbt, weil man nicht mehr atmen kann. Nun wird zwar ein durchschnittlicher Pathologe die Schwellung vielleicht entdecken, aber ich gehe jede Wette ein; er wird nie darauf kommen, dass sie durch den Genuss von Lysichiton symplocarpus zu Stande gekommen ist. Also bitte – wieder eine nicht aufzuklärende Mordmethode.«

Alice war entzückt über seine Erfindungsgabe, und Pamela war daran gewöhnt, bloß Rupert, der dem tatsächlichen Tode wahrscheinlich näher gewesen war als jeder von ihnen, reagierte empfindlich und war nicht traurig, als die zwei Wochen sich dem Ende näherten und Guy und Pamela schließlich fort waren. Auch Alice verspürte eine gewisse Erleichterung. Es irritierte sie, dass ihr latenter Sadismus, den sie sehr wohl als solchen erkannte, durch Guys Ideen womöglich neue Impulse erhalten hätte. Voller Dankbarkeit kehrte sie zu dem harmlosen Placebo ihrer Strickerei zurück und machte sich erneut an den blauen Pullunder, der mittlerweile auf zwanzig Zentimeter gewachsen war.

Rupert zündete sich eine Zigarette an.

»Hör mal, ich hab mir überlegt – warum kaufe ich dir eigentlich keinen Strickapparat?«

»Ich möchte keinen Strickapparat, Liebling«, antwortete Alice.

»Ich hab mir schon mal einen angesehen, als ich neulich mit dem alten Guy unterwegs war. Bisschen kostspielig, aber das macht mir nichts aus, Liebling, wenn es dich glücklich macht.«

»Ich sage doch, ich will gar keinen Strickapparat. Die Sache ist die – ich stricke nun mal gern mit der Hand. Ich hab dir doch schon gesagt, das ist mein Hobby, eine richtige, große Liebhaberei. Was soll ich mit einem sperrigen Apparat, der bloß Platz wegnimmt und ein dummes Geräusch macht, wo ich doch meine zwei Hände habe?«

Er war still. Er sah ihre Finger arbeiten.

»Um die Wahrheit zu sagen, es ist ja gerade das Geräusch, das ich nicht mag«, sagte er.

»Was für ein Geräusch?«, fragte Alice fassungslos.

»Dieses andauernde Klick-Klick-Klick.«

»Ach Unsinn! Bis da drüben quer durchs Zimmer kannst du bestimmt nichts hören.«

»Doch, ich kann!«

»Dann wirst du dich daran gewöhnen.«

Aber Rupert gewöhnte sich nicht daran, und das nächste Mal, als Alice zu stricken anfing, sagte er: »Es ist auch nicht bloß das Klicken, mein Herz, es ist der Anblick deiner Hände, die die ganze Zeit mechanisch hin und her zucken. Es geht mir auf die Nerven.«

»Dann schau nicht hin.«

»Ich kann es nicht ändern. Es ist wie eine Art vertrackter Faszination, die meine Augen anzieht.«

Alice fing ebenfalls an, nervös zu werden. Ein Großteil ihres Vergnügens wurde durch diese starrenden Augen zunichte gemacht, und obendrein noch durch das Bewusstsein, dass er verabscheute, was sie tat. Es begann sich auf die Qualität ihrer Arbeit auszuwirken, sie strickte ungleichmäßige Maschen. Beharrlich machte sie weiter, allerdings langsamer, und nach einer halben Stunde ließ sie die Nadeln mit dem zweiundzwanzig Zentimeter langen blauen Gestrick in ihren Schoß fallen.

»Komm, lass uns essen gehen«, schlug Rupert eifrig vor. »Erst nehmen wir ein paar Drinks unten an der Promenade, und dann fahren wir zum Dinner rüber ins *Queen's*.«

»Wenn du willst«, sagte Alice.

»Und, Herzchen, gib das alberne Stricken auf, ja? Mir zuliebe? Du wirst es dir doch nicht zweimal überlegen, wenn ich dich bitte, mir zuliebe so eine Kleinigkeit zu tun, was?«

Eine Kleinigkeit nannte er es. Alice überlegte es sich nicht zweimal, sondern viele Male. Sie dachte kaum noch an etwas anderes, und einen großen Teil der Nacht lag sie wach. Am nächsten Tag strickte sie nicht, und was sie schon fertig hatte, packte sie weg in die Schublade. Rupert war schließlich ihr Mann, und die Ehe war, so hatte sie die Leute oft sagen hören, eine Sache des Gebens und Nehmens. Dies würde sie also ihm geben, eingedenk all dessen, was er ihr gegeben hatte.

Ihr fehlte das Stricken entsetzlich. Nach all den Jahren aktiver Tätigkeit, da sie buchstäblich den ganzen Tag auf den Beinen gewesen war, und nach all den Mußestunden, in denen ihre Hände unentwegt beschäftigt gewesen waren, war sie es nicht mehr gewohnt, lediglich zu lesen oder Musik zu hören oder fernzusehen. Mit müßigen Händen fiel es ihr schwer, sich ruhig zu verhalten. Unaufhörlich fummelte sie herum. Und als dann Rupert, der nicht ein einziges Mal das Opfer erwähnt hatte, das sie ihm brachte, doch einmal auf das Stricken zu sprechen kam, da verspürte sie ein schier unbezwingliches Verlangen, ihm eine runterzuhauen.

Eines Tages kamen sie auf ihrem Abendspaziergang an dem Herrenausstattungsgeschäft vorüber, von dem er gesprochen hatte, als er zum ersten Mal ein Strickzeug in ihren Händen gesehen hatte, und dort im Fenster lag ein schwerer, naturweißer Wollpullover mit einem komplizierten Norwegermuster in Rot und Grau.

»Ich wette, das brächtest du nicht fertig, was, Herzchen? Da braucht man eine Maschine, um so ein Stück herzustellen. Das nenn ich mir ein Prachtstück!«

Es juckte Alice in den Händen, ihn zu ohrfeigen. Sie und so was nicht fertig bringen! Pah, sie brauchte nichts als die Gelegenheit, und sie würde es in einer Woche fertig bringen, und es würde etwas bei weitem Schöneres dabei herauskommen als das Ding dort im Fenster! Ihr Herz krampfte sich zusammen, wenn sie daran dachte. Wenn man sie nur stricken ließe, wie leicht würde sie das Stück dort kopieren. Wie wundervoll wäre sie beschäftigt, auf kariertem Papier jenes Karo- und Zickzackmuster auszuarbeiten und dann abwechselnd die verschiedenen Garne einzustricken, indem sie die Fäden geschickt über drei verschiedene Finger führte! Sie wandte sich ab. Sollte sie denn nie wieder stricken dürfen? Musste sie warten, bis Rupert starb, ehe sie wieder zu den Nadeln greifen durfte?

Allmählich kam Alice das, was ihr Mann ihr angetan hatte, wie eine monströse Grausamkeit vor. Warum war sie so dumm gewesen, jemanden zu heiraten, den sie bloß drei Monate gekannt hatte? Und sie dachte, wie sehr sie es genießen würde, ihn mit den Fäusten zu bearbeiten, seinen Kopf hin und her zu schütteln, bis er um Gnade schrie und sie anflehte, doch wieder so viel zu stricken, wie sie nur wollte.

Rupert brachte die Veränderung, die er an seiner Frau bemerkte, nicht mit dem Verlust ihres Hobbys in Verbindung. Er hatte ihre Strickerei total vergessen. Er glaubte, sie sei so reizbar und nervös geworden, weil sie sich wegen seiner Raucherei sorgte – immerhin wusste niemand besser als sie, dass er nicht rauchen sollte –, und er unternahm einen energischen Anlauf, den zweiten seit seiner Eheschließung, es aufzugeben.

Nach fünf Tagen totaler Abstinenz hatte er das Gefühl, als ob jede Faser seines Körpers nach einer Zigarette lechzte, ja geradezu schrie und sich in tödlicher Verzweiflung wand. Am schlimmsten war es im Pub an der Uferpromenade, wo die Atmosphäre geladen war von aromatischem Zigarettenrauch, und dort kaufte er denn auch, während Alice an ihrem Tisch saß, verstohlen eine Zwanzigerpackung an der Bar.

Zu Hause zog er eine heraus und zündete sie an. Seine Gier nach Nikotin war so groß, dass er alles andere darüber vergaß. Er hatte sogar vergessen, dass Alice ihm gegenübersaß. Er nahm einen wundervoll tiefen Lungenzug, einen von der Sorte, dass die Wände um einem her zu wackeln beginnen und einem der Kopf unter brüllenden Wogen zu bersten droht – einen kühlen, aromatischen, benebelnden, wundervollen Zug!

Das Nächste, was er wahrnahm, war, dass ihm die Zigarette aus dem Mund gerissen und in den Kamin geschleudert wurde und dass Alice ihn mit den Fäusten bearbeitete, während sie auf der Packung mit den übrig gebliebenen neunzehn Zigaretten herumtrampelte.

»Du gemeine, egoistische, grausame Bestie! *Du* kannst weitermachen mit deiner ekelhaften, stinkenden Sucht, von der mir schlecht wird, wie? *Du*, du machst damit weiter, bringst dich noch um damit, während ich nicht mal meine armselige, harmlose und nützliche Handarbeit machen darf! Du selbstsüchtiges, unsensibles Schwein!«

Es war ihr erster Streit, und er dauerte über Stunden an.

Am nächsten Morgen ging Rupert in die Stadt und kaufte hundert Zigaretten, und Alice schloss sich im Schlafzimmer ein und strickte. Sie versöhnten sich nach zwei oder drei Tagen. Rupert versprach, sich wegen seines Rauchens einer Hypnose zu unterziehen. Über Alices Strickerei wurde bei dieser Gelegenheit nicht gesprochen, aber wenig später erklärte sie Rupert sehr ruhig und vernünftig, dass sie das Stricken für ihre Nerven brauche und dass sie diesem Hobby eine bestimmte Zeit widmen werde, zum Beispiel jeden Abend eine Stunde, während der sie sich in das wenig benutzte Speisezimmer setzen wolle.

Rupert sagte, er werde sie vermissen, er habe nicht geheiratet, damit seine Frau in dem einen und er in dem anderen Zimmer säße, aber bitte schön, es sei wohl nicht viel dagegen einzuwenden, solange es sich bloß um eine Stunde handele.

Es begann mit einer Stunde. Alice stellte fest, dass sie Ruperts Gesellschaft nicht vermisste. Ihr kam es vor, als hätten sie einander bereits alles gesagt, was es zu sagen gab und jemals geben würde. Wenn ihre Ehe je aufregend gewesen war, so war davon jedenfalls nichts mehr übrig geblieben. Das Stricken als solches war viel interessanter, obwohl sie, wenn dieser Pullover einmal fertig war, nie wieder etwas für Rupert stricken würde. Sollte er doch zu seinem Herrenausstatter gehen, wenn er das unbedingt wollte! Sie überlegte, dass sie sich ein burgunderfarbenes Wollkostüm stricken könnte. Und weil sie es förmlich vor sich sah und darauf brannte, damit anzufangen, dehnte sie die angesetzte Stunde zu anderthalb und zwei Stunden aus.

Sie hatte – nach zweieinhalb Stunden konzentrierter Arbeit – den Rücken des Pullunders nahezu fertig, als Rupert ins Zimmer stürmte. Er hatte ein Zigarette im Mund, und sein Atem roch nach Whisky. Er riss ihr das Strickzeug aus den Händen, zog die roten Plastiknadeln heraus und zerknickte jede Nadel in zwei Hälften.

Alice schrie ihn an, packte ihn beim Kragen und fing an, ihn zu schütteln, aber Rupert riss die Strickvorlage entzwei und löste die Nähte auf, so rasch er konnte. Alice schlug ihm wiederholt ins Gesicht. Da holte er aus und versetzte ihr einen Schlag, dass sie zu Boden fiel, und dann ribbelte er jede einzelne der zwei- oder dreihundert Reihen des Gestrickten auf, bis nichts davon übrig blieb als ein wirrer, loser Haufen zerknitterten blauen Garns.

Drei Tage später erklärte sie ihm, sie wünsche die Scheidung. Und Rupert erwiderte, niemand könne das mehr wünschen als er. In diesem Falle, meinte Alice, wäre es ihm sicherlich nur lieb, wenn er so bald wie möglich seine Sachen packte und das Haus verließe.

»Ich? Dieses Haus verlassen? Das soll wohl ein Witz sein?«

»Überhaupt nicht. Ein anständiger Mann täte das.«

»Was? – Einfach so aus einem Haus rausgehen, das ich von dem Erbe meiner Eltern gekauft habe? Die Möbel einfach dalassen, die du von den Ersparnissen meines ganzen Lebens gekauft hast? Du bist nicht nur eine hysterische Ziege, du bist auch nicht bei Trost! Du kannst ausziehen. Ich werde deinen Unterhalt bezahlen, das Gesetz zwingt mich dazu, aber ich verspreche dir, es wird das absolute Minimum sein, das ich durchsetzen kann.«

»Und du nennst dich Offizier und Gentleman!«, sagte Alice. »Und was stellst du dir vor, was ich machen soll? Wieder Krankenschwester werden? Wieder in ein mieses Apartment ziehen? Lieber würde ich sterben. Nein, ich bleibe in diesem Haus!«

Sie stritten erbittert darüber, Tag für Tag. Ruperts Nikotinsucht war stärker als die Hypnose, und er wurde zum Kettenraucher. Alice fürchtete sich jetzt, in seiner Gegenwart zu stricken, selbst wenn sie den Nerv gehabt hätte, noch einmal mit dem blauen Pullunder anzufangen, denn er war körperlich stärker als sie. Und wem sollte sie das Ding auch schenken? Sie würde nicht ausziehen aus dem Haus, aus ihrem Haus, das Rupert ihr gegeben hatte, und wofür sie ihm als Gegenwert das Wichtigste gegeben hatte, das sie besaß.

»Ich habe deinetwegen das Stricken aufgegeben«, schrie sie ihn an, »und du kannst mir nicht mal dieses Haus geben und die paar Möbel!«

»Du bist verrückt«, sagte Rupert. »Du gehörst in die Klapsmühle.«

Alice stürzte sich auf ihn und schlug ihm ins Gesicht. Er packte ihre Hände und warf sie in einen Sessel, dann stürmte er aus dem Zimmer und knallte die Tür hinter sich zu. Er ging hinunter in den Pub an der Uferpromenade, trank zwei doppelte Whiskys und rauchte eine Packung Zigaretten. Als er zurückkam, lag Alice im Gästezimmer im Bett. Ebenso, wie er sich weigerte, aus seinem Haus auszuziehen, hatte er auch nicht sein eigenes Schlafzimmer aufgegeben. Er nahm zwei Schlaftabletten und ging zu Bett.

Am nächsten Morgen ging Alice in das Zimmer, in dem Rupert lag, wusch seinen Kopf und kämmte sein schönes, dichtes, weißes Haar. Sie wechselte den Kopfkissenbezug, rieb einen Fleck aus seiner Pyjamajacke, und dann rief sie den Arzt an und sagte, dass Rupert tot sei. Er musste während des Schlafes hinübergegangen sein. Sie sei aufgewacht und habe ihn tot neben sich gefunden.

»Sein Herz natürlich«, meinte der Arzt, und weil Alice Krankenschwester gewesen war, setzte er hinzu: »Ein massiver Myokardinfarkt.«

Sie nickte. »Ich glaube, darauf musste ich gefasst sein.«

»Na ja, in solchen Fällen ...«

»Ja, das kann man nie wissen, nicht wahr? Ich muss eben dankbar sein für die paar glücklichen Monate, die wir zusammen hatten.«

Der Arzt unterschrieb den Totenschein. Von Autopsie war nicht die Rede. Pamela und Guy kamen zur Feuerbestattung und nahmen Alice für zwei Wochen mit zu sich nach Hause. Als Alice abreiste, um in das Haus zurückzukehren, das nun einzig und allein das ihre geworden war, versprachen die beiden, sie beim Wort zu nehmen und sie im Sommer wieder für die Ferien zu besuchen.

Alice konnte nun sehr komfortabel leben, denn Ruperts Ersparnisse waren durchaus nicht gänzlich für die Möbel draufgegangen, seine Lebensversicherung war beträchtlich gewesen, und dann war da noch seine Offizierspension, reduziert zwar, aber immer noch großzügig.

Es war eine erstaunlich jung aussehende Alice – das Haar rötlich getönt, die Figur gestraffter als während der ganzen letzten zehn Jahre –, die Guy und Pamela am Bahnhof abholte. Sie fuhr ein neues weißes Lancia Coupé und trug ein flottes Strickkostüm in zartem Burgunderton.

»Dein Kostüm gefällt mir«, sagte Pamela.

»Ich hab es selbst gemacht.«

»Ich muss wirklich auch das Stricken wieder anfangen. Ich war doch früher mal so gut darin, weißt du noch? Und wenn man das Geld bedenkt, das man dabei spart.«

Am folgenden Abend, nachdem sie den größten Teil des Tages am Strand verbracht hatten, kam Pamela wieder auf das Thema Stricken zurück und meinte, es kribbele ihr förmlich in den Fingern, auf der Stelle irgendetwas anzufangen. Alice sah nachdenklich drein. Dann öffnete sie die unterste Schublade der Kommode und holte die ultramarinblaue Wolle heraus.

»Du kannst dies hier haben, wenn du magst, und diese Strickvorlage für den Pullunder. Du könntest ihn für Guy machen.«

Pamela griff nach der Vorlage, die in zwei Teile zerrissen und mit Klebefilm wieder zusammengesetzt worden war. Sie betrachtete die Wollknäuel. »Ist etwas davon schon gebraucht gewesen?«

»Mir gefiel nicht, was ich daraus gemacht hatte, da hab ich es wieder aufgemacht und hab die Wolle gewaschen und über Pappe gewickelt, um die Krause rauszukriegen.«

»Falls du das für mich machen willst«, mischte sich Guy ein, »ich bin sehr dafür. Großartige Idee!«

»Na schön. Warum nicht? Sehr feine Nadeln braucht man dazu, was? Hast du ein Paar Vierzehner, Alice?«

Ein Schatten flog über Alices Gesicht. Sie zögerte. Dann suchte sie zwischen den langen Plastikhüllen herum, zog sprunghaft einmal diese, einmal jene heraus, bis Pamela, befeuert von ungeduldigem Enthusiasmus, sich neben sie kniete und systematisch den Vorrat an Nadeln durchsuchte.

»Na, hier haben wir sie ja, Nummer vierzehn, zwei Millimeter, in den USA Stärke 00 ... Aber hier ist ja bloß eine Nadel drin, Alice.«

»Tut mir Leid, sie muss verloren gegangen sein.« Alice nahm ihr die einzelne Nadel beinahe grob aus der Hand und schickte sich an, die Schublade zu schließen.

»Halt, Moment mal, die muss doch irgendwo lose hier drin herumliegen.«

»Ich bin sicher, das tut sie nicht. Sie ist verloren gegangen. Du hast heute auch sowieso keine Zeit mehr anzufangen.«

Guy meinte: »Ich verstehe gar nicht, wie man *eine* Stricknadel verlieren kann.«

»Na, im Zug zum Beispiel«, meinte Pamela, während sie in jede Nadelhülle hineinschaute. »Sie könnte doch in die Ritze neben dem Sitz gefallen sein, und ehe man Zeit hat, sie wieder rauszuholen, muss man aussteigen.«

»Alice fährt nie Zug.«

»Oder man benutzt sie, um einen verstopften Abfluss wieder freizukriegen?«

»Dazu würde man eine möglichst dicke nehmen. Also, wenn diese Situation in einem meiner Bücher vorkäme, dann würde ich es so konzipieren, dass diese Nadel die Mordwaffe wäre. Durch die Schädeldecke eines Menschen gebohrt – lassen wir ihn betrunken sein oder betäubt –, würde sie die harte Hirnhaut und das Hirn selber durchstoßen und eine subdurale Blutung verursachen. Man müsste die Spitze dazu ein bisschen anschärfen, ein bisschen feilen vielleicht, und sie dann natürlich hinterher wegwerfen. Voilà, ihr seht – bloß *eine* Nadel Stärke vierzehn in der Schublade!«

»Und im nächsten Augenblick untersuchen sie die Leiche und finden es heraus«, meinte seine Frau.

»Nein, weißt du, ich glaube, das würden sie nicht. Ist dir klar, dass fast alle Männer jenseits der Lebensmitte für einen Pathologen genügend Symptome einer Herzinsuffizienz aufweisen – wenn einer nicht gerade ungewöhnlich kerngesund ist –, um das als Todesursache anzunehmen? Natürlich müsste dein Opfer über eine ordentliche Haarpracht verfügen, um die Einstichstelle zu verbergen ...«

»Um Himmels willen, Guy, lass uns das Thema wechseln«, sagte Pamela und schloss die Schublade, denn sie bemerkte, dass Alice – vielleicht wegen der taktlosen Erwähnung des Herzversagens – sehr weiß geworden war und dass ihre Hände, die die Wolle hielten, zitterten.

Aber sie brachte ein Lächeln zu Wege. »Also wir kaufen morgen ein Paar Nummer vierzehn«, sagte sie, »und vielleicht fange ich auch gleich wieder etwas Neues an. Meine Mutter pflegte immer zu sagen, der Teufel fände Arbeit für müßige Hände.«

Uferbank

Am Ufer entlang, zwischen dem Pier und der alten Stadt, stand eine Reihe hölzerner Bänke. Es waren im Ganzen sechs, in regelmäßigen Abständen über die Grasfläche verteilt, und man blickte von ihnen auf die Dünen, auf die Kaimauer und aufs Meer. Einige Leute, unter ihnen auch Mrs Jones, kannten sie unter den Namen Fisher, Jackson, Teague, Prendergast, Lubbock und Rupert Moore. Und es war diese letzte, jene, die seltsamerweise sowohl durch den Tauf- als auch durch den Familiennamen gekennzeichnet war, die sich Mrs Jones beharrlich zum Sitzen auswählte.

Sie saß dort jeden Tag, genoss den Frieden und die Ruhe, sah auf die See hinaus und dachte an die Vergangenheit. Am angenehmsten war es an milden Wintertagen oder an jenen Tagen des Sommers, wenn der Himmel bedeckt war, denn dann blieben die Feriengäste in ihren Autos oder gingen sonst wohin, um Krabben und Krebse und anderen teuren Schnickschnack zu kaufen. Mrs Jones musste daran denken, wie glücklich sie doch war, dass sie im letzten Jahr, nachdem Mr Jones von ihr genommen worden war, das Haus in der alten Stadt gekauft hatte, obwohl das die Trennung von ihrer Tochter bedeutet hatte. Sie dachte an ihren Sohn in London und an ihre Tochter in Ipswich, was für gute, liebevolle Kinder es doch waren, sie dachte an ihre Enkel und gelegentlich auch an die große Annehmlichkeit, neben ihrer

Pension ein ansehnliches jährliches Einkommen zu haben.

Meistens aber dachte sie, während sie so auf der Rupert Moore, zwischen Fisher und Teague saß, an den ersten Mann in ihrem Leben, den sie in Gedanken selbst jetzt noch, nach so langer Zeit, ihren Liebsten nannte. Sie hatte sich so sehr daran gewöhnt, ihn so zu nennen, dass diese Liebkosung gleichsam sein Name geworden war. Mein Liebster, dachte Mrs Jones, so wie andere alte Frauen wohl an einen John oder Charlie oder Tom dachten.

Hier fühlte sie sich ihm näher als irgendwo sonst, und das war auch der Grund, weshalb sie beharrlich diese Bank wählte und nicht eine der anderen.

Am 15. Juli, dem St.-Swithins-Tag, saßen Hugh und Cecily Branksome in ihrem Wagen, den sie an der Promenade geparkt hatten, und betrachteten das graue, unruhige Meer. Oder eigentlich betrachtete Hugh das Meer, während Cecily Mrs Jones betrachtete. Die Temperatur betrug zehn Grad Celsius, hätte man Cecily gefragt, die mit der Zeit ging, oder fünfzig Grad Fahrenheit, hätte man Hugh gefragt, der das nicht tat. Es regnete bis jetzt noch nicht, obwohl es laut Wettervorhersage kurz bevorstand. Hugh wünschte, sie wären an die Costa Brava gefahren, wo es zwar Hochhäuser, Fisch und Chips und Stierkämpfe gab, aber wenigstens schien dort die Sonne. Cecily jedoch hatte es sich in den Kopf gesetzt, dass es bourgeois und unpatriotisch sei, seine Ferien im Ausland zu verbringen.

»Ich möchte mal wissen, warum die immer dort sitzt«, sagte Cecily.

»Wer sitzt wo?«

»Die alte Frau da. Immer sitzt sie auf diesem bestimmten Platz. Da saß sie schon gestern und vorgestern auch.«

»Hab ich nicht bemerkt«, meinte Hugh.

»Du bemerkst ja nie etwas. Während du gestern im Pub warst«, erklärte Cecily bedeutungsvoll, »da hab ich gewartet, bis sie wegging, und dann hab ich die Inschrift auf der Bank gelesen. Auf der Metallplatte an der Rückenlehne. Weißt du, was da draufsteht?«

»Natürlich weiß ich das nicht«, sagte Hugh und machte das Fenster auf, um den Zigarettenrauch hinauszulassen. Ein eisiger Wind fuhr ihm ins Gesicht.

»Mach sofort das Fenster zu! Also, da steht drauf: ›Rupert Moore stiftete diese Bank der Gemeinde Northwold aus Dankbarkeit für seine Freilassung. – Ich bin gefangen gewesen, und ihr seid zu mir gekommen. (Matth. Kap. 25,36)‹. Na, wie findest du das?«

»Bemerkenswert.« Hugh fand, er wisse alles übers Gefangensein. Er blickte auf seine Uhr. »Öffnungszeit«, meinte er. »Gottlob, jetzt können wir gehen und einen Drink bekommen.«

Am nächsten Morgen fuhr er ohne sie zum Fischen. Sie trafen sich abends vor dem Essen in ihrem Zimmer wieder, und Hugh wappnete sich innerlich gegen gewisse sarkastische Fragen, die er nicht zum ersten Mal hörte, dahingehend, ob er einen angenehmen Tag verbracht habe? Er kam dem zuvor, indem er ihr freiwillig erzählte, sie hätten bloß eine einzige kleine Makrele gefangen, denn wenn er sich amüsiert hätte, wäre ihre Missbilligung schärfer ausgefallen. Aber sie unterbrach ihn bald.

»Ich hab die ganze Geschichte über die Bank aus diesem netten Mann mit dem Bart herausgekriegt.«

Hughs Gedächtnis war schlecht, und einen Augenblick lang wusste er überhaupt nicht, von welcher Bank sie redete, aber den »netten Mann« erkannte er nach ihrer Beschreibung sehr wohl. Ein Hans Dampf und Alleswisser, der in Northwold wohnte und immer an der Hotelbar herumhing.

»Er bestand darauf, mich zu einem Drink einzuladen; genauer gesagt, waren es zwei.« Sie lächelte schelmisch und zupfte an ihrem Haar, als ob der bärtige Alleswisser sie mindestens für das Wochenende nach Aldeburgh eingeladen hätte. »Er heißt Arnold Cottle, und er sagt, dieser Rupert Moore hat die Bank dort gespendet, weil er seine Frau ermordet hat. Er wurde vor Gericht gestellt, und er wurde freigesprochen, und das ist also gemeint mit Freilassung und Gefangensein.«

»Du kannst nicht sagen, er hat seine Frau ermordet, wenn er freigesprochen worden ist.«

»Ach, du weißt schon, was ich meine«, sagte Cecily. »Das ist eine Ewigkeit her, es war so 1930. Ich meine, da war ich ja noch ein Baby.« Hugh fand es klüger, nicht darauf hinzuweisen, dass man mit zehn Jahren kaum noch ein Baby ist. »Sie haben ihn freigesprochen, oder er ist durch Berufung davongekommen, irgend so was, und dann ist er hierher zurückgekommen, um hier zu leben, und er ließ die Bank dort aufstellen. Bloß, die Einheimischen wollten keinen Mörder, und sie haben ihm die Fenster eingeworfen und haben ihm auf der Straße Schimpfworte nachgerufen, und so musste er den Ort verlassen.«

»Armer Teufel«, sagte Hugh.

»Na na, ich weiß nicht so recht, Hugh. Nach dem, was Arnold sagt, war dieser Fall reichlich widerlich. Moore war ganz jung und sehr gut aussehend, und er war Maler, obwohl – also er hatte private Einkünfte. Seine arme Frau war viel älter als er, und sie war körperbehindert. Er hat ihr Zyanid gegeben, das sie eigentlich zur Wespenbekämpfung gekauft hatten. In einer Tasse Kaffee hat er es ihr verabreicht.«

»Du hast doch gesagt, er hätte das nicht getan.«

»*Jeder* wusste, dass er es doch getan hatte. Er ist bloß davongekommen, weil der Richter die Schöffen fehlgeleitet hat. Man begreift wirklich nicht, wie da noch einer den Nerv hat, so eine Art Gedenkobjekt aufzustellen, oder du vielleicht, nachdem so was passiert war?«

Hugh ließ sein Badewasser einlaufen. Nach einschlägigen Erfahrungen akzeptierte er resigniert die Aussicht, einen Teil des Abends in der Gesellschaft dieses Arnold Cottle verbringen zu müssen. Nicht dass Cecily sonderlich kokett war oder es jemals gewesen wäre – außer in ihrer eigenen Einschätzung, nein, das war es nicht. Es war nur, dass sie es so liebte, sich auf »Beispiele haarsträubenden Unrechts« oder »Vergewaltigungen der Gerechtigkeit«, wie sie es nannte, zu stürzen und sich tatkräftig einzumischen und sich dabei jeden, der in Reichweite war, zur Mithilfe zu angeln. So war es schon bei der Verhinderung eines Straßenbauprojektes gewesen und bei der Petition gegen einen Kinderspielplatz und bei der gerichtlichen Zwangsausweisung der Hausbesetzer unten an ihrer Straße. Dabei war sie durchaus nicht immer reaktionär, sie trat auch für Redefreiheit und Rassengleichheit und Naturkost und saubere Luft ein. Sie war eine Frau von Prinzipien, die rückhaltlos mitmischte, wenn es um Veränderungen, Umwälzungen und Streitigkeiten ging, auf dass Recht geschähe, und manchmal tat sie es auch zur Vervollkommnung ihrer Seele, bei diesem oder jenem Kult. Der Nachteil bei alledem, oder doch einer der Nachteile war, dass sie dabei so oft in die Gesellschaft lästiger Personen oder gar Gauner geriet.

Hugh fragte sich, was sie wohl jetzt wieder vorhatte und warum, und er hoffte, dass es nur ein Strohfeuer wäre; aber das war es selten.

Zwei Stunden später stand er dann auch mit seiner Frau und Arnold Cottle auf dem feuchten Gras und studierte die Inschrift an der Rupert-Moore-Bank. Es war noch nicht dunkel, erst in einer Stunde würde es so weit sein. Der Himmel war schwer verhangen, und das Meer hatte die Farbe eines frisch gescheuerten Aluminiumtopfes. Kein Mensch konnte vermuten, dachte Hugh, dass irgendwo dort oben im Westen die Sonne stand, von der die Wissenschaft allem gegenwärtigen Augenschein zum Trotz behauptete, sie schleudere Licht von sich in einem Ausmaß von zweihundertfünfzig Millionen Tonnen pro Minute.

Die beiden anderen waren zu sehr beschäftigt, um sich ablenken zu lassen. Er warf einen Blick auf die Fisher-Bank (»Zur Erinnerung an Oberst Marius Fisher, Inhaber des Victoria Cross und des Distinguished Service Order, 1874–1951«) und auf die Teague (»William James Teague, Bürger dieser Stadt, gefallen in der Schlacht von Jütland«), und dann klopfte er auf Rupert Moore und verkündete, um auch etwas zu sagen: »Das ist Eiche.«

»Allerdings, das ist es, mein Lieber.« Arnold Cottle sprach betont freundlich und warm mit ihm, so als hielte er ihn von vornherein für einen harmlosen Trottel. »In jenen Tagen, da gab's noch Eiche! Diese Bank hier ist von einem Burschen namens Sarafin gemacht worden, Arthur Sarafin. Komischer Name, nicht? Eine Verballhornung von Seraphim, wage ich zu behaupten. Ausgezeichneter Handwerker, lebte weiter oben an der Küste in Lowestoft, aber er starb ganz jung, es war jammerschade. Mein Vater kannte ihn, er besaß ein paar Möbelstücke, die er gemacht hatte. Hier oben, wo die oberste Querlatte auf den Seitenpfosten trifft, hier können Sie seine Initialen sehen. A. S. in einem Kreis. Sehen Sie?«

Hugh fand das äußerst interessant. Er hatte sich selber ein wenig mit Tischlerei beschäftigt, bis Cecily dem ein Ende machte mit der Begründung, sie brauche seine Werkstatt für ihre Gruppen. Das war zu jener Zeit gewesen, als sie sich der Gestalttherapie verschrieben hatte. Hugh zog es vor, nicht daran zurückzudenken. Er betrachtete Prendergast (»Diese Bank wurde hier aufgestellt von der Hon. Clara Prendergast, auf dass die Beladenen Ruhe finden.«) und wollte eben Cottle fragen, ob diese Bank wohl aus Eiche oder Teakholz sei, da fragte Cecily: »Wo hat er das Zyanid herbekommen?«

»Moore?«, fragte Cottle. »Es wurde ihm nie nachgewiesen, dass er es eigens dafür erstanden hat. Er behauptete, sie hätten immer etwas in ihrem Gartenschuppen gehabt, zur Wespenbekämpfung, und seine Frau hätte es selbst genommen. Es stimmt allerdings, dass Mrs Moore ihrer Schwester geschrieben hatte, ihr Leben sei nicht mehr lebenswert und sie wolle ihm ein Ende machen. Aber der Mann, der sich um den Garten kümmerte, sagte aus, er habe das Zeug zum Wespentöten schon ein Jahr zuvor weggeworfen.«

»Es *muss* doch von irgendwo hergekommen sein!«, rief Cecily pathetisch, und dabei sah sie so kriegerisch aus, dass Hugh umso mehr Sympathie für Rupert Moore empfand.

Cottle schien sich an ihrem Ton und ihrem Aussehen nicht zu stören. »Moore ist in verschiedenen Apotheken der Umgebung gewesen, wenn auch nicht direkt hier in Northwold, und hat versucht, Zyanid zu kaufen, angeblich, um damit Wespen zu töten. Keiner der Apotheker war bereit, es ihm auszuhändigen. Schließlich hat ihm einer aus Tarrington, weiter oben an der Küste, eine andere Art Wespizid verkauft, das kein Zyanid enthielt, und der ließ ihn im Giftbuch unterschreiben. Meine liebe Cecily, da Sie so sehr daran interessiert sind, warum lesen Sie nicht in der Bibliothek über den Fall nach? Vielleicht machen Sie mir das Vergnügen, Sie morgen dort hinzuführen?«

Dieses Anerbieten wurde mit Begeisterung angenommen. Sie gingen alle ins *Cross Key,* wo Hugh drei Runden Drinks bezahlte, Arnold Cottle dagegen keine, weil er dummerweise seine Brieftasche nicht bei sich hatte. Cecily krallte sich den Barkeeper und entlockte ihm, dass die alte Frau, die immer auf der Rupert-Moore-Bank saß, Mrs Jones heiße, dass sie vor einem Jahr aus Ipswich nach Northwold gezogen sei und dass sie aus Suffolk, aber nicht hier aus Northwold stamme.

»Warum sitzt sie immer dort?«

»Fragen Sie mich was anderes«, sagte der Barmann, und sicherlich war diese Erwiderung rhetorisch gemeint. Cecily hingegen fasste sie durchaus nicht so auf.

»Was ist denn so Faszinierendes an dieser Bank?«

»Dich jedenfalls scheint sie mächtig zu faszinieren«, meinte Hugh. »Kannst du nicht endlich damit aufhören? Die ganze Sache ist doch vorbei und vergessen, und das seit fünfzig Jahren.«

»Es gibt doch in diesem verdammten Nest sonst nichts zu tun«, sagte Cecily, was nun wieder den Barkeeper verstimmte, sodass er sich beleidigt entfernte. »Ich habe nun mal ein sehr aktives Gehirn, Hugh. Das solltest du allmählich wissen. Und mir genügt es eben nicht, es mit Drinks zu benebeln oder zehn Stunden damit zuzubringen, einen Fisch aus dem Meer zu ziehen.«

Dann fand der Bibliotheksbesuch statt, bei dem Hugh fehlen durfte. Und nachdem das einschlägige Buch sichergestellt war, wurde ein Ausflug zu dem Haus notwendig, in dem Rupert Moore mit seiner Frau gewohnt hatte, wo er seine Bilder gemalt und wo das Verbrechen stattgefunden hatte. Arnold Cottle schien entzückt von dem Plan, vor allem, da diese Exkursion auf Cecilys Vorschlag hin ein gemeinsames Mittagessen einschloss. Hugh musste mitkommen, weil Cecily nicht fahren konnte und er nicht gewillt war, Cottle seinen Wagen zu überlassen.

Das Haus war ein hässlicher, grauer Kasten und wurde jetzt als Kinderheim genutzt. Der Leiter weigerte sich (durchaus berechtigt, fand Hugh), sie zur Besichtigung durch das Innere zu führen, aber er hatte nichts dagegen, dass sie auf dem Grundstück herumgingen. Es war bitterkalt für diese Jahreszeit, jedoch nicht kalt genug, die Kinder im Haus zu halten. Sie folgten Arnold Cottle und den Branksomes auf den Fersen und machten freche oder gar unverschämte Bemerkungen. Einer von ihnen, ein Junge mit krausem, rotem Haar und einem Augenfehler, schmiss ein Apfelkerngehäuse nach Cecily, und als sie ihn ausschalt, sagte er ein Wort, das man, obzwar allbekannt, doch nicht von den Lippen eines Fünfjährigen erwartet hätte.

Dann aßen sie zu Mittag, und während der ganzen Mahlzeit las Cecily laut Auszüge aus dem Buch über den Prozess gegen Rupert Moore vor. Der medizinische Befund war so ekelhaft, dass Hugh nicht im Stande war, sein Steak au poivre aufzuessen. Cottle trank fast eine ganze Flasche Nuits St. Georges und nahm einen doppelten Brandy zum Kaffee. Hugh dachte über Männer nach, die ihre Frauen umgebracht hatten, und darüber, wie viel leichter das doch gewesen sein musste, als man noch Wespenmittel kaufen konnte, die aus Zyanid, und Unkrautvernichter, die aus Arsen hergestellt waren. Aber selbst wenn er an solche Dinge herankäme, selbst wenn er Cecily die Treppe hinunterstürzen oder es so einrichten würde, dass der elektrische Wandstrahler in die Badewanne fiele, während sie ebenfalls drin war – er wusste, er würde es niemals fertig bringen. Selbst wenn er dabei glimpflich davonkäme, so wie es dem armen Rupert Moore ergangen war, so würde er doch die Scham, die Furcht und die Schuld für den Rest seines Lebens mit sich herumschleppen, genauso, wie es bei Rupert Moore der Fall gewesen war.

Denn lange hatte der nicht mehr gelebt. »Er starb an irgendeiner Nierenkrankheit, gerade zwölf Monate, nachdem sie ihn freigelassen hatten«, erklärte Cecily, »und sie haben ihn aus der Stadt vergrault. Er ließ Sarafin diese Bank machen, und das war auch so ziemlich das Letzte, was er in Northwold tat.« Sie blätterte durch das letzte Kapitel ihres Buches. »Es scheint kein konkretes Motiv für den Mord gegeben zu haben, Arnold.«

»Ich nehme an, er wollte eine andere heiraten«, erwiderte Cottle und schwenkte seinen Brandy. »Ich weiß noch, dass mein Vater sagte, es gäbe Gerüchte, dass er eine Freundin hätte, aber anscheinend wusste niemand ihren Namen, und sie wurde auch während des Prozesses nicht erwähnt.«

»Natürlich wurde sie nicht erwähnt«, sagte Cecily und schlug so hektisch die Seiten zurück, dass sie beinahe Hughs Kaffeetasse umgestoßen hätte.

»Sie meinen, es gab keine Anhaltspunkte, wer sie war? Aber wie konnten dann diese Gerüchte zu Stande kommen?«

»Liebe Cecily, wie kommen denn Gerüchte überhaupt zu Stande? Tatsache ist, dass Moore abends häufig nicht zu Hause war. Und der Klatsch behauptete, er sei in Clacton mit einem Mädchen gesehen worden.«

»Faszinierend«, sagte Cecily. »Ich werde den Rest des Tages damit verbringen, all diese Literatur darüber gründlich zu studieren. Sie und Hugh, ihr beide müsst euch auf eigene Faust amüsieren.«

Nach einem entsetzlichen Nachmittag, den er damit verbrachte, sich Cottles Probleme anzuhören – wie Feinde ihn daran gehindert hätten, in welcher Laufbahn auch immer zum Erfolg zu kommen, wie seine zwei Versuche, sich zu verheiraten, durch seine Mutter zunichte gemacht worden waren und dass seine Nachbarn Rachegelüste gegen ihn hegten –, ergriff Hugh schließlich die Flucht, jedoch nicht, ehe er Cottle zehn Pfund geliehen hatte, eine Summe, die sein Gast für das Minimum hielt.

Cecily war wundervoll beschäftigt gewesen, hatte sich eingehend über den Fall Moore informiert, und jetzt lag sie in der Badewanne. Hugh überlegte, ob ein mächtiger Schlag gegen die Wand zwischen Schlafzimmer und Bad wohl den Heizstrahler lockern und in die Wanne fallen lassen würde ... Aber das war eine rein theoretische Überlegung.

Nach dem Abendessen unternahm Hugh einen einsamen Regenspaziergang, während Cecily sich Notizen machte – welcher Art und zu welchem Zweck, das wusste Hugh nicht, und es interessierte ihn auch nicht. Er strich zwischen den Ruinen der Burg herum, und er kaufte zwei Eintrittskarten für das Repertoiretheater am nächsten Abend, in der Hoffnung, dass das Stück, obgleich es »Mord auf See« hieß, Cecily amüsieren werde. Er streifte durch die Straßen der alten Stadt und nahm einen Drink im *Oyster Catcher's Arms*. Im Ganzen gesehen, unterhielt er sich nicht schlecht.

Am nächsten Morgen war das Wetter besser – eine schwächliche, blasse Sonne schien und malte hübsche Farbflecken auf die Unterseite schwarzer Wolken –, und er dachte, sie würden an den Strand gehen. Aber Cecily hatte andere Pläne. Sie überredete ihn, mit ihr nach Tarrington zu fahren, und dort überließ sie ihn in dem kleinen Einkaufsviertel sich selbst, wobei sie ihm vorschlug, zwei Paar dickere Socken zu kaufen. Danach gab es dann, da es wieder regnete, nichts weiter zu tun, als auf dem Parkplatz im Wagen sitzen zu bleiben. Sie ließ ihn zwei Stunden warten.

»Weißt du was?«, sagte sie. »Ich habe diesen Apotheker ausfindig gemacht, der damals Rupert Moore das Wespenmittel verkauft hat, das kein Zyanid enthielt. Und ob du es glaubst oder nicht, es ist noch immer dieselbe Firma. Der Enkel des damaligen Apothekers ist jetzt der Inhaber.«

»Und ich nehme an«, sagte Hugh, »der hat dir erzählt, sein Großvater habe auf dem Sterbebett ein Geständnis abgelegt, dass er Moore doch das Zyanid gegeben hat.«

»Versuch bitte mal, nicht so albern zu sein. Ich wusste bereits, dass sie auch Zyanid-Wespenmittel in ihrem Geschäft hatten. So steht es in dem Buch aus der Bibliothek. Dieser junge Mann, der Enkel, konnte mir nicht viel sagen, aber was er sagte, war, dass sein Großvater ein sehr hübsches junges Mädchen als Assistentin gehabt hätte. Na, wie findest du das?«

»Mir ist aufgefallen, dass sehr hübsche junge Mädchen häufig in Apotheken arbeiten.«

»Ich bin froh, dass dir wenigstens gelegentlich etwas auffällt, Hugh. Aber wie auch immer, sie ist doch nicht diejenige, welche. Der Enkel kennt ihre jetzigen Lebensumstände, sie ist jetzt eine Mrs Lewis. Ich muss mich also anderswo umsehen.«

»Was meinst du damit – diejenige, welche?«, fragte Hugh düster.

»Meine nächste Aufgabe«, erklärte Cecily, ohne darauf einzugehen, »wird sein, in diesem Zusammenhang nach Personen mit dem Namen Jones zu fahnden, die damals junge Frauen waren, heißt das. Und ich weiß auch schon, wo ich anfange. Früher oder später werde ich ein Mädchen aufstöbern, das damals Assistentin in einer Apotheke war und das einen Jones geheiratet hat.«

»Und warum?«

»Damit Recht geschieht«, versetzte Cecily feierlich, »damit am Ende die Wahrheit zu Tage tritt. Ich betrachte das als eine Mission. Du weißt ja, ich habe immer eine Mission, Hugh. Wie klein war doch die Chance, dass wir zufällig nach Northwold kommen würden, bloß, weil Diana Richard es uns empfohlen hat. Du wolltest ja auch nach Lloret de Mar. Nun habe ich das Gefühl, es war uns bestimmt herzukommen, weil es hier Arbeit für mich gibt. Ich bin davon überzeugt, dass Moore seines Verbrechens schuldig war, aber er war nicht allein schuld. Er hatte einen Helfeshelfer, der, so glaube ich, auch heute noch am Leben ist. Ich möchte dich bitten, mich jetzt nach Clacton zu fahren. Ich fange wohl am besten an, indem ich ein paar der ältesten Einwohner interviewe.«

So fuhr Hugh denn nach Clacton, wo er ein Pfund an den Spielautomaten verlor. Unermüdlich betrieb Cecily ihre Ermittlungen.

Mrs Jones kam vom Morgengottesdienst in der St.-Mary's-Kirche zurück, und obwohl sie gut zu Fuß und nicht im Geringsten müde war, denn sie schlief ausgezeichnet, seit sie nach Northwold gezogen war, ließ sie sich für eine halbe Stunde auf ihrem Lieblingsplatz nieder. Zwei andere ältere Leute, die ebenfalls in der Kirche gewesen waren, saßen auf der Jackson (»Zum Gedenken an Bertrand Jackson, 1859 bis 1924, Philanthrop und Liebhaber der Künste«). Mrs Jones nickte ihnen freundlich zu, aber sie sprach nicht mit ihnen. Es war nicht ihre Art, mit Plaudern Zeit zu vertun, die man weit befriedigender auf seine Erinnerungen verwenden konnte.

Blassgrauer, makrelenfarbener Himmel, eine launische Sonne. Möglich, dass es sich später aufklärte. Sie dachte an ihre Tochter, die zum Mittagessen kam. Brenda musste müde sein nach der Fahrt, denn die Kinder, so lieb sie auch waren, benahmen sich im Auto immer wie kleine Nervensägen. Umso mehr würden sie alle das schöne Stück Lendenbraten genießen und den Yorkshirepudding und die frischen Erbsen und das Schokoladeneis. Sie hatte auch eine Flasche Sherry besorgt, damit sie und Brenda und Brendas Mann vor dem Essen ein Gläschen trinken konnten.

Ihr Sohn und ihre Tochter waren immer sehr gut zu ihr gewesen. Die beiden wussten, dass sie ihrem Vater immer eine liebevolle Frau gewesen war, und sie verübelten ihr nicht den Raum in ihrem Herzen, den sie ihrem Liebsten bewahrte. Nicht dass sie ihn je vor ihrem Vater oder vor den beiden erwähnt hätte, solange sie noch klein waren; das wäre geschmacklos gewesen. Aber später hatte sie ihnen von ihm erzählt, und in überschwänglichen Momenten schilderte sie Brenda jene längst vergangene Glückseligkeit und die Tragödie, als ihr Liebster starb, jung und schön und begabt wie er war. Vielleicht würde sie sich heute Nachmittag, wenn die anderen alle am Strand waren, wieder einmal den Luxus gönnen, ihn zu erwähnen. Sehr diskret natürlich, denn sie hatte Mr Jones immer geachtet und ihn auch halbwegs geliebt, und das, obwohl er sie damals nach Ipswich entführte und selbst nie jene Gipfel an Begabung und Erfolg erreichte, die ihrem Liebsten beschieden gewesen wären, hätte er länger gelebt. Gelassen, nicht unglücklich, entsann sie sich seines Gesichtes, seiner Stimme und einiger ihrer Gespräche.

Mrs Jones wurde durch das Auftauchen jener lästigen Frau aus ihren Träumen aufgescheucht. Sie hatte die Person schon früher gesehen, wie sie auf der Promenade herumstrich, und einmal auch diese Bank inspizierte, die Mrs Jones gewissermaßen als ihr Eigentum betrachtete. Eine hässliche, neurotisch aussehende Frau, manchmal in Begleitung eines sensiblen älteren Mannes und manchmal auch in Begleitung dieses schamlosen Schnorrers, dieses Jungen vom alten Cottle, den Mrs Jones auf ihre altmodische Weise einen Kneipenhocker nannte. Heute jedoch war sie allein, und zu Mrs Jones' Verdruss kam sie auf sie zu, offensichtlich mit der Absicht, sie anzusprechen.

»Bitte, entschuldigen Sie, dass ich Sie anspreche, aber ich habe Sie hier schon so oft gesehen.«

»Ach, ja?«, erwiderte Mrs Jones. »Ich habe Sie auch gesehen. Ich fürchte, ich muss jetzt gehen. Ich habe Gäste zum Mittagessen.«

»Bitte, gehen Sie noch nicht! Ich werde Sie nicht lange aufhalten, bloß einen Moment. Aber ich muss Ihnen doch sagen, wie sehr ich an dem Fall Rupert Moore interessiert bin, und ich kann mir nicht helfen, ich wüsste gern, ob Sie ihn gekannt haben? Sie sind so oft hier.«

»Ich kannte ihn«, sagte Mrs Jones kühl.

»Das ist ja wahnsinnig aufregend.« Und die Frau sah

tatsächlich sehr aufgeregt aus. »Ich nehme an, Sie sahen ihn zum ersten Mal, als er ins Geschäft kam?«

»Das ist richtig«, sagte Mrs Jones, und sie stand auf. »Aber ich möchte nicht darüber reden. Das war vor so langer Zeit, und am besten, man vergisst es. Guten Tag.«

»Oh, aber bitte ...«

Doch Mrs Jones ignorierte sie. Sie ging sehr viel schneller als gewöhnlich und schwer atmend den Weg zu der alten Stadt hinauf. Sie war nervös und verärgert und völlig aus dem Gleichgewicht. Alles das wieder aufzuwühlen, und gerade als sie an die glücklichen Ereignisse jener Zeit hatte denken müssen! Für diesen Tag, obwohl, wie sie hoffte, nicht für alle Zukunft, hatte ihr diese Begegnung die Bank verleidet.

»Na, hast du einen netten Tag mit Cottle verbracht?«, fragte Hugh.

»Sprich mir bloß nicht von diesem Mann. Kannst du dir das vorstellen? Ich habe ihn angerufen, und eine *Frau* war am Apparat. Eine Person, die hier auf Urlaub ist, genau wie wir, und die ihn in ihrem Wagen mit nach Lowestoft nehmen wollte. *Ich* könnte ja auch mitkommen, wenn ich wollte. Nein, besten Dank, sagte ich. Und wie er es fände, dass ich dieses Mädchen namens Jones ausfindig gemacht hätte? Und da beehrte er sich, mir zu sagen, allmählich würde das bei mir zur fixen Idee. Daraufhin hab ich ihm mal meine Meinung gesagt, und das war das Ende des Themas Arnold Cottle.«

Und das Ende meiner zehn Pfund, dachte Hugh. »Dann bist du wohl stattdessen an den Strand gegangen?«

»Nein, bin ich nicht. Während du mit diesem Boot draußen warst, habe ich höchst erfolgreich recherchiert. Erinnerst du dich an diesen alten Mann in Clacton, den aus dem Altenheim? Also, der war gut genug beieinander, um mich heute zu empfangen, und ich habe ihn erschöpfend ausgefragt.«

Hugh erwiderte nichts. Er konnte sich sehr gut vorstellen, *wer* von den beiden erschöpft gewesen war.

»Schließlich ist es mir gelungen, seinem Gedächtnis auf die Sprünge zu helfen. Ich hab ihm gesagt, er solle sich mal energisch anstrengen und sich an alle Leute namens Jones erinnern, die er je gekannt hat. Und da erinnerte er sich schließlich an einen hiesigen Polizisten, Constable Jones, der sich im Jahre 1930 oder so verheiratet hat. Und das Mädchen, das er heiratete, arbeitete in einer Apotheke hier in der Gegend. Na, wie ist das?«

»Du meinst, sie war Moores Freundin?«

»Ist das nicht offensichtlich? Ihr Name war Gladys Palmer, und jetzt heißt sie Mrs Jones. Moore wurde doch in Clacton mit einem Mädchen gesehen. Und dieses Mädchen wohnte in Clacton und arbeitete dort in einer Apotheke. Damit ist doch bewiesen, dass Moore eine Liebesaffäre mit Gladys Palmer hatte und dass er sie überredete, ihm aus dem Geschäft, in dem sie arbeitete, Zyanid zu besorgen. Denn der schlagende Beweis ist ja gerade der, dass diese Apotheke dem Buch zufolge eine der wenigen war, in denen Moore nie versucht hat, Zyanid zu kriegen.«

»Das nennst du einen schlagenden Beweis?«, fragte Hugh.

»Natürlich ist es das, und zwar für jeden, der über deduktive Fähigkeiten verfügt. Gladys Palmer bekam es mit der Angst, als Moore für schuldig befunden wurde, deshalb heiratete sie zu ihrem Schutz einen Polizisten, und der Name des Polizisten war Jones. Ist das vielleicht kein Beweis?

»Beweis für was?«

»Kannst du eigentlich nie etwas behalten? Der Barkeeper da im *Cross Keys* hat uns doch erzählt, die alte Frau, die immer auf der Rupert-Moore-Bank sitzt, ist eine Mrs Jones.« Cecily lächelte triumphierend. »Sie sind ein und dieselbe.«

»Aber das ist doch ein sehr verbreiteter Name.«

»Mag wohl sein. Aber Mrs Jones hat es selbst zugegeben. Ich habe heute Vormittag mit ihr gesprochen, ehe ich nach Clacton ging. Sie gab zu, Moore gekannt zu haben und dass sie ihn zuerst sah, als er in das Geschäft kam. Na? Und sie war sehr nervös und aufgeregt, kann ich dir sagen, und wahrscheinlich ist sie es immer noch.«

Hugh starrte seine Frau an. Ihm gefiel die Wendung, die die Dinge jetzt nahmen, ganz und gar nicht. »Cecily, möglicherweise ist es ja so, es sieht ganz so aus, aber das alles ist doch nicht deine Angelegenheit. Ich wollte, du würdest die Finger davonlassen.«

»Die Finger davonlassen? Seit beinahe fünfzig Jahren läuft diese Frau unbehelligt herum, wo sie doch genauso viel Schuld am Tod der Mrs Moore trägt wie Moore selbst, und du sagst, ich soll die Finger davonlassen! Es ist ihr Gewissen, das sie Tag für Tag auf diese Bank treibt, klar? Das könnte dir jeder Psychologe erklären.«

»Sie muss mindestens siebzig sein. Da sollte man sie doch jetzt in Ruhe lassen, oder?«

»Ich fürchte, dazu ist es jetzt zu spät, Hugh. Der Fall muss neu untersucht werden, und alle Fakten müssen auf den Tisch. Ich habe drei Briefe geschrieben, einen an den Innenminister, einen an den Chief Inspector von Scotland Yard und einen dritten an den Autor dieses sehr unvollständigen Buches. Sie liegen dort auf der Frisierkommode. Vielleicht willst du sie dir mal ansehen, während ich mein Bad nehme.«

Hugh sah sie sich an. Wenn er sie zerrisse, dann würde sie sie noch einmal schreiben. Und wenn er ins Badezimmer ginge, den Heizstrahler von der Wand nähme und ihn ins Wasser fallen ließe, und sie käme dabei um, und man würde es einen Unfall nennen …? Dann würden die Briefe nie abgeschickt werden, dann könnte er seine Werkstatt wiederhaben, er könnte sich an hübsche Mädchen heranmachen, die in Apotheken arbeiteten und im Urlaub an die Costa Brava reisen, und er wäre frei … Er seufzte schwer und ging hinunter an die Bar, um sich einen Drink zu genehmigen.

Gott sei Dank, dachte Mrs Jones, heute Morgen war diese Frau nirgends zu sehen. Ihre Zudringlichkeit gestern hatte sie noch stundenlang aufgeregt, selbst noch, als Brenda angekommen war, aber jetzt hatte sie es überwunden. Bedauerlich in gewisser Weise, dass das Wetter sich zum Besseren verändert hatte. Einige Bänke waren besetzt, aber Rupert Moore nicht. Mrs Jones setzte sich nieder und stellte ihre Einkaufstasche zu ihren Füßen auf dem Boden ab.

Sie wurde sich der Anwesenheit des Kneipenhockers bewusst, der auf der Lubbock-Bank saß (»Elizabeth Anne Lubbock, langjährige Vorsteherin der Mädchenoberschule von Northwold«), und bei ihm saß eine andere Frau, viel jünger als die andere und sehr gut gekleidet. Mit einiger Anstrengung verdrängte Mrs Jones die beiden aus ihrem Bewusstsein. Sie blickte auf die ruhige, blaue See hinaus, spürte den warmen, festen Druck des Eichenholzes gegen ihren Rücken und dachte an ihren Liebsten. Wie süß ihre Liebe und ihre Zweisamkeit gewesen war! Es hatte nur so kurze Zeit gedauert, und dann die Trennung und die unerträgliche Einsamkeit! Aber sie hatte recht daran getan, Mr Jones zu heiraten, er war ein guter

Ehemann gewesen, und sie die Frau, die er wollte, und ohne ihn hätte es keinen Brian und keine Brenda gegeben und auch kein Geld, um das Haus zu kaufen und jeden Tag herzukommen, um zurückzudenken. Wenn ihr Liebster noch lebte allerdings, und wenn die Kinder seine gewesen wären, wenn sie ihn noch hätte, und er säße hier neben ihr auf seiner Bank, die Freude ihres Alters ...

»Bitte, verzeihen Sie mir«, sagte eine Stimme, »aber ich bin selbst ein Einheimischer, und ich war gestern zufällig in Lowestoft, und da erzählte mir jemand, es hieße, Sie seien an dieses Ende der Welt zurückgekommen, um hier zu leben?«

Mrs Jones blickte den Kneipenhocker an. Würde denn dies nie ein Ende haben?

»Ich habe Sie auf dieser Bank beobachtet und mir so meine Gedanken gemacht, und als mir dieser Freund in Lowestoft dann Ihren jetzigen Namen nannte, da wurde mir alles klar.«

»Ich verstehe«, sagte Mrs Jones und griff nach ihrer Einkaufstasche.

»Ich wollte Ihnen doch sagen, wie sehr ich seine Arbeiten bewundere. Mein Vater besaß ein paar wunderbare Stücke von ihm – alles verkauft jetzt, leider –, und jeder sieht doch, dass diese Bank, verglichen mit den anderen, von einem Meister gemacht worden ist.« Ihr steinernes Gesicht und ihre Feindseligkeit ließen ihn zaudern. »Sie sind doch«, sagte er zögernd, »Sie sind doch die, für die ich Sie halte?«

»Natürlich bin ich das«, erwiderte Mrs Jones schroff, weil ihr ein weiterer Morgen vergällt war, »Arthur Sarafin war mein erster Mann. Aber jetzt muss ich mich wirklich auf den Weg machen.«

Malkastenplatz

Ältere Damen als Detektive sind in der Literatur nicht unbekannt. Avice Julian fielen zwei oder drei ein, Geschöpfe gefeierter Schriftsteller, und ohne Zweifel gab es noch mehr. Es hatte den Anschein, als böten die ruhige Routine, in der das Leben einer alten Dame verläuft, ihre Neigung zu Klatsch und Strickzeug und ihre aus Langeweile geborene Neugierde ein günstiges Klima für das Forschen nach Motiven und das Auswerten von Ursachen: In der Literatur jedenfalls war das so. Ob es wohl, so fragte sich Mrs Julian manchmal, auch auf die Wirklichkeit zutraf?

Diese Frage war ihr ein persönliches Anliegen. Sie war vierundachtzig Jahre alt, dünn, scharfsinnig, arthritisch, streitsüchtig und intolerant. Den größten Teil ihrer Zeit über saß sie in ihrem sehr großen Haus in einem steilen Lehnstuhl am Erkerfenster des Wohnzimmers und beobachtete, was ihre Nachbarn so machten. Von den alten Damen der Kriminalliteratur unterschied sie sich jedoch durch einen wichtigen Aspekt. Jene waren meistens alte Jungfern, sie dagegen war Witwe. Genau genommen war sie zweimal verheiratet gewesen und zweimal verwitwet. Ob das wohl, so überlegte sie nach der Lektüre eines einschlägigen Kriminalromans, von Bedeutung war? Konnte sich das auf die deduktiven Fähigkeiten auswirken, und war es also ihre Jungfernschaft, die, sagen wir – Miss Marple zu einem Detektivgenie machte? Vielleicht. Anthropologen behaupten (Mrs Julian war eine gebildete Person), dass in alten Kulturen der Jungfräulichkeit Ehrfurcht gebietende und außergewöhnliche Kräfte zugesprochen wurden. Es konnte doch sein, dass das stimmte und dass langandauerndes Jungfrauentum – obgleich in mancher Hinsicht unerfreulich – doch dazu diente, diese Kräfte zu intensivieren. Möglich, dass sie eines Tages die Chance hatte, diese Altweiber-Spürnasen-Theorie unter Beweis zu stellen? Von ihrem Fenster aus sah sie ja genug, während sie dasaß und sich ein Twinset strickte, dunkelblau, aus zweifädiger Wolle. Meist hatte sie den Häuserblock gegenüber im Blickfeld, drüben an der anderen Seite der breiten, dreispurigen Abelard Avenue.

Es waren insgesamt sechs Häuser, alle aneinander gebaut und alle völlig gleich. Alle hatten sie drei Stockwerke, Flachglasscheiben, einen kleinen Betonplatz zum Abstellen des Wagens, ein Blumenbeet und neben der Haustür ein Extrafach für Postpäckchen und einen Behälter für den Müllsack. Mrs Julian fand das unhygienisch. Sie besaß eine altmodische Mülltonne, auch wenn die Northway Borrough Council darauf bestand, dass sie sie mit einem schwarzen Plastiksack auskleidete, wenn sie Wert darauf legte, dass ihr Müll abgeholt wurde.

Die Häuser waren auf dem Grundstück einer ehemaligen herrschaftlichen Villa erbaut worden. Es hatte mehrere solcher Herrschaftssitze in der Abelard Avenue gegeben, außerdem stattliche Wohnhäuser wie das von Mrs Julian, die man nicht ganz als herrschaftlich bezeichnen konnte. Die meisten von ihnen hatte man abgerissen und die, die stehen geblieben waren, in Mietwohnungen unterteilt. Genau das würden sie mit ihrem Haus auch machen, wenn sie einmal nicht mehr wäre, dachte Mrs

Julian, diese Neffen und Nichten und Großneffen und Großnichten von ihr, die würden das glatt tun. Sie hatte es miterlebt, wie die Häuser gegenüber gebaut worden waren. Vor rund zehn Jahren war das gewesen. Sie nannte sie die Malkastenhäuser, denn sie hatten etwas an sich, das an ein Kindergemälde erinnerte, und auch, weil bei jedem die Haustür in einer anderen Farbe gestrichen war – gelb, rot, blau, grüngelb, orange und schokoladenbraun.

»Der Block da drüben heißt jetzt Paragonplatz«, berichtete Mrs Upton, Putzfrau und Mädchen für alles, als die Häuser fertig waren.

»Was für ein lächerlicher Name! Malkastenplatz würde viel besser passen.«

Mrs Upton ignorierte das, so wie sie alle Bemerkungen Avice Julians ignorierte, weil sie sie für hochnäsig, affektiert oder schlicht für senil hielt. »Übrigens sagt man«, fuhr sie fort, »als Nächstes würden sie anfangen, auf dieser Wüstenei da nebenan zu bauen.«

»Wüstenei?«, sagte Mrs Julian von oben herab. »Sie können doch wohl nicht das Wäldchen meinen?«

»Wüstenei« war sicherlich eine falsche Bezeichnung, obwohl »Wäldchen« eine Übertreibung war. Es war ein großes, freies, verwildertes Grundstück, mehr oder weniger von Bäumen bewachsen, das mit einer Seite teilweise an Mrs Julians Garten grenzte und teilweise an die Great North Road, während es mit der Schmalseite an die Abelard Avenue stieß. Die Leute benutzten den Fußweg, der hindurchführte, als Abkürzung zur Station. Bei Mrs Uptons unerfreulicher Botschaft war Avice Julian aufgestanden und an den rechten Flügel des Erkerfensters getreten, von dem aus man auf das Wäldchen blickte, und sie überlegte, wie lästig es sein würde, einen weiteren Malkastenblock neben ihrem Hinteraufgang zu haben. Aber in diesen Zeiten, wo die menschliche Gesellschaft anscheinend verrückt geworden war, wo die Lebenshaltungskosten so erschreckend hoch waren, wo es endlose Streiks gab und wo man von ihr verlangte, auf die Einkünfte aus einigen ihrer Kapitalanlagen achtundneunzig Prozent Einkommensteuer zu zahlen, da war so was durchaus möglich, da konnte ja alles passieren.

Und doch wurden bei Mrs Julian nebenan keine Häuser gebaut. Es stellte sich heraus, das »Wäldchen« war – obgleich keinesfalls Naturschutzgebiet oder schutzwürdiges Wildwuchsareal, dennoch als »nicht für Wohnbauzwecke« eingestuft worden. Es schien also, als werde sie für den Rest ihres Lebens auf Birken, grüne Grasnarbe und kleine Weißdornbüsche hinausblicken, das heißt, wenn sie nicht zu den Bewohnern des Malkastenplatzes hinübersah, zu Mr und Mrs Arnold und Mr Laindon und den Nickolsons, alles junge Leute, keiner von ihnen weit über vierzig. Deren Aktivitäten absorbierten Mrs Julians Interesse vollständig, während sie so zweifädig in Dunkelblau vor sich hin strickte, und zugleich waren sie eine stete Quelle ihres Missfallens und gelegentlich offener Verdammung.

Nach Weihnachten, im tiefsten Winter, als Mrs Julian einmal in der Küche war und zusah, wie Mrs Upton die Kartoffeln für das Mittagessen schälte, meinte diese: »Sie haben Glück, dass ich privat arbeite, ist Ihnen das klar?«

Dies überstieg Mrs Julians Verständnis. »Bitte?«

»Ich meine, Sie können froh sein, dass ich nicht eine von den gewerkschaftlich organisierten Haushaltshilfen bin. Die treten nämlich alle in Streik, allesamt. Die gehören der NUPE an, verstehen Sie? Lesen Sie denn keine Zeitung?«

Allerdings las Mrs Julian ihre Zeitung, den »Daily Telegraph«, der ihr jeden Morgen vor die Tür gelegt wurde. Sie las ihn von Anfang bis Ende, nachdem sie ihr Frühstück beendet hatte, und es war ihr wohl bewusst, dass die NUPE, die *National Union of Public Employees*, mächtiges Getöse machte und lautstark drohte, ihre Mitglieder für Lohnerhöhungen streiken zu lassen. Ihrer Ansicht nach war das typisch für diese Zeit, in der sie lebte. Irgendjemand streikte ja immer. Aber sie hatte keine rechte Vorstellung, wer alles zu den öffentlich Bediensteten gehörte, und sie hatte gehofft, die angedrohte Aktion werde sie nicht betreffen. Dahingehend äußerte sie sich jetzt Mrs Upton gegenüber.

»Sie nicht betreffen?«, fuhr Mrs Upton auf und skalpierte energisch ihre Rosenkohlköpfchen. Sie fand Mrs Julians Ahnungslosigkeit anscheinend umwerfend komisch. »Also, zunächst mal werden keine Streufahrzeuge kommen, und vielleicht haben Sie schon bemerkt, dass es wieder schneit. Die Männer von der Straßenreinigung gehören nämlich zur NUPE. Und dann werden sie die Schulen schließen müssen, und es wird in den Straßen von Kindern wimmeln. Reinigungspersonal der Schulen gehört ebenfalls zur NUPE. Und dann kein Krankenwagen, wenn Sie auf dem Eis fallen und sich ein Bein brechen, keine Krankenträger, und, was noch schlimmer ist, keine Müllmänner. Kein einziger von uns kriegt seinen Müll abgeholt, weil die Müllabfuhr auch NUPE ist. Also von wegen, das betrifft Sie nicht!«

Mrs Julians Mülltonne, die direkt hinter der Gartenpforte auf einer Betonplatte stand und durch einen Lorbeerbusch und einen Cotoneaster den Blicken entzogen war, wurde in dieser Woche nicht geleert. Am nächsten Montag schaute sie aus dem rechten Flügel ihres Erkerfensters und sah auf dem gefrorenen Boden unter den Birken etwa ein Dutzend schwarzer Plastiksäcke liegen, anscheinend mit Abfällen gefüllt und mit Drahtverschlüssen zugemacht. Manche Menschen schreckten offenbar nicht davor zurück, ihren Müll überall in der Gegend zu verstreuen. Sie würde die Müllabfuhr anrufen, sie würde die Polizei anrufen! Zuvor aber wollte sie ihren Fehmantel überziehen, ihren Stock nehmen, hinauszugehen und sich die Sache mal ansehen.

Der Schnee war geschmolzen, das Pflaster war feucht. Ein Auto kam angefahren, und eine junge Frau in Jeans und in diesen albernen Stiefeln, die bis zu den Schenkeln hinaufreichten, nahm zwei weitere schwarze Plastiksäcke aus dem Kofferraum. Mrs Julian war drauf und dran, ihr in aller Deutlichkeit zu sagen, sie solle ihren Müll gefälligst auf der Stelle wieder mitnehmen, da fiel ihr Blick auf ein Schild, das unter den Bäumen aufgestellt war. Es war aus Sperrholz, und darauf stand in roten Buchstaben: NORTHWAY COUNCIL – MÜLLSAMMELPLATZ – SÄCKE HIER DEPONIEREN.

Mrs Julian ging in ihr Haus zurück. Sie berichtete Mrs Upton von dem Müllplatz, und Mrs Upton sagte, das wisse sie längst, sie habe es aber Mrs Julian nicht erzählt, weil sie sich doch bloß aufgeregt hätte.

»Man weiß wirklich nicht, wohin das alles noch führen soll, was?«, meinte Mrs Upton und öffnete eine Dose Pfirsiche für das Mittagessen.

»Oh, ich weiß das sehr genau«, erwiderte Mrs Julian. »Anarchie, dahin wird das alles führen.«

Im Laufe der Woche begann sich der Müll auf dem Abladeplatz zu häufen. Glücklicherweise herrschte sehr kaltes Wetter, und vorerst roch es noch nicht. Bei den Malkastenhäusern erschienen die schwarzen Müllsäcke außerhalb der Betonbehälter, auf den Stufen neben den bunten Haustüren, und schließlich stapelten sie sich bis in die schmalen Blumenbeete hinein. Mrs Upton kam an fünf Tagen der Woche, aber nicht samstags und sonntags. Als es am Samstagmorgen gegen zehn Uhr an der Haustür läutete, öffnete Mrs Julian selbst. Draußen stand Mr Arnold aus dem Haus mit der roten Tür, und hinter ihm auf dem Kiesweg stand eine Schubkarre, beladen mit fünf Plastiksäcken voller Müll.

Er war ein gut aussehender, netter, höflicher Mann, dieser Mr Arnold. Zwei- oder dreiundvierzig, schätzte sie. Manchmal fand sie, seine Augen hätten einen melancholischen Ausdruck. Kein Wunder, man konnte verstehen, dass er melancholisch war. Er sagte guten Morgen, er sei auf dem Weg zum Müllplatz mit seinen und Mr Laindons Abfällen, und ob er ihre vielleicht gleich mitnehmen solle?

»Das ist wirklich sehr freundlich und aufmerksam von Ihnen, Mr Arnold«, sagte Mrs Julian. »Sie finden meinen Müllsack in der Tonne gleich an der Pforte. Ich bin Ihnen wirklich sehr dankbar.«

»Kein Problem«, meinte Mr Arnold. »Ich schlage vor, ich nehme Ihren Sack jedes Mal mit, solange der Streik andauert, einverstanden?«

Mrs Julian dachte nach. Ein Plan reifte in ihren Gedanken. »Das wird nicht nötig sein, Mr Arnold. Ich werde meine Abfälle auf andere Weise beseitigen. Kompostieren, verbrennen«, sagte sie, »die Konservendosen flachhämmern ... so in der Art. Und sehen Sie mal, wenn das alle tun würden ...«

»Ach, dazu ist das Leben zu kurz, Mrs Julian«, erwiderte Mr Arnold. Er lächelte und ging mit seiner Schubkarre davon, noch ehe sie sagen konnte, was ihr auf der Zunge lag, nämlich, dass es für *sie* ja wohl kürzer sei als für die meisten anderen Leute.

Sie beobachtete ihn, wie er ihren Sack aus der Mülltonne nahm und seinen Karren den Hang hinauf und den Pfad zwischen den schwarzfeuchten Hügeln entlangschob. Armer Mann. An manch einem Abend, wenn Mr Arnold bis spät arbeitete, hatte sie gesehen, wie die schokoladenbraune Haustür aufging und der junge Mr Laindon – geschieden, kurz bevor er herzog, so hieß es – herausschlüpfte, an die rote Tür klopfte und eingelassen wurde. Einmal hatte sie Mrs Arnold und Mr Laindon gemeinsam von der Station kommen sehen. Sie nahmen die Abkürzung durch das Wäldchen, und sie lachten und genossen ganz offensichtlich die Gesellschaft des anderen; dabei war es sehr kalt gewesen und auch spät, nach zehn Uhr nachts. Und hier erwies nun Mr Arnold dem Mr Laindon kleine Freundschaftsdienste, vollkommen ahnungslos, wie er hintergangen wurde! Oder vielleicht war er auch nicht ganz so ahnungslos, und deshalb vielleicht die traurigen Augen. Vielleicht war er wie Othello, der hoffte und bangte, argwöhnte und dennoch blind liebte. Es war alles sehr unerfreulich, fand Avice Julian, unerquicklich, um es mit einem ihrer Lieblingsausdrücke zu sagen.

Sie ging in die Küche und begutachtete den Heizungskessel, einen kleinen Koksbrenner, nicht mehr benutzt seit 1963, als der verstorbene Alexander Julian die Zentralheizung hatte einbauen lassen. Der Kamin war gefegt, da war sie sicher, also konnte man ihn wieder in Betrieb nehmen. Konservenbüchsen konnten flach gehämmert und vorübergehend im Gartenschuppen deponiert werden. Und dann konnte sie einen Komposthaufen anlegen – warum auch nicht? Jedermann sollte sich beizeiten einen Komposthaufen zulegen, alles andere war doch unnötige Verschwendung und Verschmutzung.

Sollten ihre Nachbarn zu der skandalösen Verschandelung beitragen – sie nicht! Entschlossen hüllte sie sich in ihres verstorbenen Mannes Burberry und ging hinunter in den Garten, bis in den hintersten Winkel. An der Wäldchenseite, ganz in der äußersten Ecke, dort war der richtige Platz, ganz dicht am Zaun, beschloss Mrs Julian. Sie fand ein Bündel kräftiger Holzstäbe im Schuppen – Alexander hatte seinerzeit Stangenbohnen daran gezogen –, suchte sich vier davon aus und brachte es fertig, sie in die weiche Erde zu treiben, einen an jeder Ecke des flüchtig vorgezeichneten Vierecks. Als Nächstes zog sie eine Bahn feinen Maschendrahtes um die Pfosten, sodass eine Umzäunung entstand. Wenn Mrs Upton das nächste Mal einkaufen ging, würde sie sich ein paar Garotten zum Spannen des Drahtes mitbringen lassen. Avice Julian kannte sich aus mit der Anlage von Komposthaufen, sie und ihr erster Mann waren darin Experten gewesen während des Krieges!

Am Nachmittag, nach einem erfrischenden Schläfchen, räumte sie die Gemüsekiste aus und fand darin ein paar merkwürdige Kartoffeln, die bereits Stängel und Blätter getrieben hatten, ebenso ein paar Mohrrüben, die von bläulichem Pelz überzogen waren. Mrs Upton war keine sehr hygienische Haushälterin. Die Kartoffeln und die Mohrrüben bildeten den Grundstock des neuen Komposthaufens, Mrs Julian riss noch eine Hand voll Unkraut aus und warf es obendrauf.

»Da wird sich meine Arbeit ja ganz schön in die Länge ziehen, das sehe ich schon kommen«, meinte Mrs Upton am Montagmorgen, und dabei lachte sie unangenehm. »Jedenfalls weiß ich nicht, wie ich das Saubermachen schaffen soll, wenn ich den ganzen Tag den Gartenweg rauf und runter trotten muss.«

Mit vereinten Kräften machten sie Feuer im Küchenherd und speisten es mit dem »Daily Telegraph« vom Sonnabend und dem »Observer« vom Sonntag. Mrs Upton hämmerte eine Konservendose platt, in der gebackene Bohnen gewesen waren, und schlug sich dabei auf den Daumen. Sie veranstaltete deshalb ein gewaltiges Geschrei, das Mrs Julian nach Kräften ignorierte. Mrs Julian zog sich in ihren Erker zurück, schlug den zweiten Ärmel des dunkelblauen, doppelfädigen Pullovers auf und sah zu, wie Frauen mit dem Auto ihre Müllsäcke zum Sammelplatz brachten. Einige von ihnen machten sich kaum die Mühe, einen Fuß auf das Pflaster zu setzen, sie machten den Kofferraum ihres Wagens auf und schleuderten von dort, wo sie standen, die Säcke hinüber. Mit ungeheurem Abscheu sah Mrs Julian, wie einer dieser Säcke gegen einen Baumstamm prallte, aufplatzte und wie sein Inhalt in alle Richtungen spritzte – Konservendosen, Glas, Küchenabfälle, Essensreste, Schmutz und Rückstände aller Art.

Während der letzten Woche im Januar kochte Mrs Julian gewöhnlich ihre Orangenmarmelade ein, und sie sah keinen Grund, mit dieser Gewohnheit aufzuhören, bloß weil sie vierundachtzig war. Schimpfend und über ihren Rücken und ihre Krampfadern stöhnend, zog Mrs Upton los, um Einmachzucker und Sevilla-Orangen einzukaufen. Mrs Julian schälte Kartoffeln, bereitete den Kohl für das Mittagessen vor und trug eigenhändig die Kartoffelschalen und die äußeren Blätter des Kohlkopfes hinunter auf den Komposthaufen. Der größte Teil der Orangenschalen würde zu gegebener Zeit ebenfalls dort landen, denn Mrs Julians Marmelade war die klare, geleeartige

Sorte mit nur wenigen, hauchdünn geschnittenen Streifen von Schale darin.

Am Nachmittag kochten sie die erste Partie Marmelade. Am nächsten Morgen kam Mr Arnold mit seinem Schubkarren wieder vorbei. »Ihre private Müllabfuhr steht zu Diensten, Mrs Julian.«

»Danke, aber ich habe wirklich das getan, was ich Ihnen neulich gesagt habe«, erwiderte sie, und sie bestand darauf, dass er mit ihr in den Garten kam und den Komposthaufen ansah.

»Sie essen aber eine Menge Orangen«, staunte Mr Arnold.

Da erzählte sie ihm von der Marmelade, und Mr Arnold sagte, er habe noch nie selbst gemachte Orangenmarmelade gegessen, er wüsste gar nicht, dass man so was immer noch machte. Dies schockierte nun Mrs Julian geradezu, und es bestärkte sie in ihrer Ansicht über Mrs Arnold. Sie schenkte ihm ein Glas Marmelade, und er bedankte sich überschwänglich.

Sie war froh, wieder nach drinnen zu kommen. Die Meteorologen hatten Recht gehabt, als sie sagten, es werde eine neue Kältewelle kommen. Mrs Julian strickte und blickte dabei aus dem Fenster. Und da sah sie, wie Mrs Arnold von Mr Laindon in dessen Wagen von irgendwoher nach Hause gefahren wurde. Um die Mittagszeit hatte es zu schneien begonnen. Der schwere, tief hängende, graue Himmel sah nach sehr viel Schnee aus.

Dies hielt jedoch Mrs Julians Großnichte nicht davon ab, mit ihrem Freund unerwartet vorbeizukommen. Die beiden erklärten frank und frei, sie seien bloß gekommen, um sich den Müllberg anzusehen, von dem es hieß, er sei der größte von ganz London, abgesehen von dem, der den ganzen Leicester Square ausfüllte. Sie standen am Erkerfenster, bestaunten die Halde und kicherten jedes Mal, wenn jemand kam und eine neue Ladung brachte.

»Das ist ja surrealistisch!«, quiekte die Großnichte, als ein Sack unter dem Gewicht des Schnees langsam aus den Zweigen eines Baumes rutschte, die ihn ein paar Tage lang getragen hatten. »Das ist einfach fantastisch! Ich könnte den ganzen Tag hier stehen und zuschauen.«

Mrs Julian war sehr froh, dass sie das nicht tat, sondern nach etwa einer Stunde (mit einem Glas Marmelade) weiterzog zu etwas, das sich »Screen an the Hill« nannte und sich als ein Kino in Hampstead entpuppte. Nachdem die beiden fort waren, schneite es so dicht wie nie zuvor. Während der nächsten Nacht herrschte strenger Frost und während der übernächsten auch.

»Lassen Sie sich bloß nicht einfallen, einen Fuß vor die Tür zu setzen«, sagte Mrs Upton am Montagmorgen, »die Bürgersteige sind spiegelglatt.« Und sie erging sich in einer langen Erzählung über ihren Sohn Stewart, der Polizist war und eine alte Dame gefunden hatte, die ausgerutscht war und hilflos auf dem Eis lag.

Mrs Julian nickte ungeduldig. »Ich hab ja auch keinerlei Absicht hinauszugehen. Und Sie müssen auch sehr vorsichtig sein, wenn Sie den Weg zum Komposthaufen hinuntergehen.«

Sie kochten die zweite Partie Marmelade. Das Feuer im Küchenherd wollte nicht brennen, sodass Mrs Julian schließlich meinte, sie sollten es sein lassen und es morgen wieder versuchen, denn es hatte sich ein Haufen Zeitungen angesammelt, die verbrannt werden mussten. Mrs Julian setzte sich in den Erker, und während sie die Teile des dunkelblauen, zweifädigen Pullovers zusammennähte, beobachtete sie die Leute, die durch den

Schnee zur Mülldeponie kamen. So von Schnee überzogen, ähnelten die Kuppen der Halde einer Bergkette. In der Arktis vielleicht, malte Mrs Julian sich aus, oder auf einem anderen Planeten, wo die Temperaturen ständig unter null lagen.

Die ganze Woche hindurch schneite und fror, schneite und taute es, um dann von neuem zu frieren. Mrs Julian blieb zu Hause. Ihr Neffe, der, der die Sciencefiction-Romane schrieb, rief an und fragte, ob es ihr gut ginge, und ihr anderer Neffe, der, der Berufsfotograf war, wollte vorbeikommen und ihre Auffahrt von Schnee freischippen. Als er dann kam, hatte Mr Laindon das bereits erledigt, aber Mrs Julian schenkte ihm trotzdem ein Glas Marmelade. Es hatte ihr aber widerstrebt, Mr Laindon auch eins zu schenken, wegen der Art und Weise, wie er es mit Mrs Arnold trieb.

Am Sonnabend begann es zu tauen. Mrs Julian saß im Erker und schlug die Maschen für das linke Vorderteil ihrer Jacke auf und sah zu, wie Schnee und Eis zerrannen und den Rinnstein entlangflossen. Sie ließ, wie sie es oft tat, wenn es dunkel wurde, die Vorhänge offen.

Gegen acht Uhr kam Mrs Arnold aus der roten Haustür, und Mr Laindon kam aus der schokoladenbraunen Haustür, und sie standen beieinander und redeten und lachten, bis Mr Arnold herauskam. Mr Arnold schloss die Türen seines Wagens auf und sagte etwas zu Mr Laindon. Wie sehr wünschte Mrs Julian, sie hätte gehört, was das war! Mr Laindon schüttelte nur den Kopf. Sie sah, wie Mrs Arnold rasch in den Wagen stieg und die Tür schloss. Sehr feige, sich so aus allem herauszuhalten, fand Mrs Julian. Mr Arnold schien sich jetzt mit Mr Laindon zu streiten, anscheinend versuchte er, ihn zu irgendetwas zu überreden. Vielleicht, Mrs Arnold in Ruhe zu lassen? Aber alles, was Mr Laindon tat, war, in ein albernes Gelächter auszubrechen und sich in das Haus mit der schokoladenbraunen Haustür zurückzuziehen. Die Arnolds fuhren weg, und dabei fuhr Mr Arnold unverantwortlich schnell für dieses Wetter, so, als ob er verzweifelt spät dran war, irgendwo hinzukommen, wo immer die beiden nun hin wollten, oder aber, und das war das Wahrscheinlichere, als ob er eine große Wut hätte.

Am nächsten Tag, dem Sonntag, sah Mrs Julian nichts von Mr Laindon, aber am Nachmittag sah sie Mrs Arnold alleine weggehen. Sie überquerte die Straße vor dem Malkastenplatz und nahm den Fußweg durch das Wäldchen zur Station, der gnädig vom Müll ausgespart geblieben war. Unterwegs zu einer heimlichen Verabredung, vermutete Mrs Julian. Das Wetter war trockener geworden und weniger kalt, aber sie verspürte keine Neigung hinauszugehen. Sie setzte sich ans Fenster und strickte das Rippenmuster am linken Vorderteil ihrer Jacke. Dabei fiel ihr auf, dass sich drüben vor den Malkastenhäusern die Müllbeutel schon wieder türmten. Aus irgendeinem Grunde, Faulheit vielleicht, hatte Mr Arnold es unterlassen, sie am Samstagmorgen fortzuschaffen. Mrs Julian gönnte sich ein Schläfchen und eine Tasse Tee und las den »Observer«.

Sie war zufrieden, dass Mrs Upton alle alten Zeitungen verbrannt hatte. Jedenfalls waren nirgends welche zu sehen. Aber was hatte sie mit den leeren Konservendosen gemacht? Mrs Julian sah sich überall nach flachgehämmerten, leeren Dosen um. Sie suchte in den Küchenschränken, in den Schränken unter der Treppe und sogar im Speise- und im Frühstückszimmer. Bei Leuten wie Mrs Upton wusste man ja nie ... Vielleicht hatte sie sie ja auch in den Schuppen gebracht, vielleicht hatte sie tatsächlich getan, was ihre Arbeitgeberin angeordnet hatte, und sie im Schuppen verstaut.

Mrs Julian ging wieder ins Wohnzimmer, zurück an ihr Fenster, und sie kam gerade rechtzeitig, um zu sehen, wie Mr Arnold drüben seine Haustür aufschloss. An den Wochenenden schien die Zeit immer langsamer zu vergehen als sonst, und so war sie überrascht, als sie feststellte, dass es bereits neun Uhr war. Es hatte zu regnen begonnen. Die Regenschnüre schimmerten golden im Lampenschein, der aus den Malkastenhäusern fiel.

Sie setzte sich ans Fenster und nahm sich wieder ihr Strickzeug vor. Nach einer kleinen Weile ging die rote Haustür auf und Mr Arnold kam heraus. Er hatte wohl seine feuchten Sachen ausgezogen, hatte die grauen Hosen mit dunkelbraunen vertauscht und das blaue Jackett mit Pullover und Anorak. Er griff nach dem nächstliegenden Abfallsack und schleifte ihn nach drinnen. Nach ein oder zwei Minuten erschien er wieder, trug den Sack und lud ihn auf den Schubkarren, den er vom Autoabstellplatz holte.

Genau in diesem Moment klingelte Mrs Julians Telefon. Der Apparat stand am anderen Ende des Zimmers, und der Anrufer war der ältere ihrer beiden Neffen, der Berufsfotograf. Er wollte wissen, ob er sich wohl ein paar Stücke ihrer Schlafzimmereinrichtung – Stilepoche Zweites Kaiserreich – ausborgen dürfe für irgendeine Ausstattung oder einen Hintergrund. Und die Marmelade hätten sie alle sehr genossen, sie sei schon fast alle. Mrs Julian sagte, er könne nächstes Jahr wieder ein Glas Marmelade bekommen, aber ganz bestimmt könne er ihre Möbel nicht ausborgen. Sie wünsche keine Bilder ihres Kleiderschrankes oder ihrer Frisierkommode in all diesen vulgären Illustrierten, nein, besten Dank. Als sie auf ihren Beobachtungsposten zurückkehrte, war Mr Arnold verschwunden.

Verschwunden war er, genauer gesagt, vom Vorplatz der Malkastenhäuser. Mrs Julian trat an die rechte Seite des Erkers, um die Vorhänge zuzuziehen und den Regen auszusperren, und dort kletterte er auf den nassen, schlüpfrigen, schwarzen Bergen herum mit einem Müllsack in der Hand. Der Sack sah nicht sonderlich haltbar aus, denn an einer Seite war er von einem Flaschenhals durchbohrt, und oben war er auch nicht ordentlich mit einem Drahtverschluss gesichert, sondern nur mehrfach mit einem blauen Strick umwickelt. Schließlich stellte er ihn seitlich an einem der großen Haufen ab, die die Birke umgaben. Mrs Julian zog die Vorhänge zu.

Mrs Upton erschien pünktlich am nächsten Morgen, und sie platzte sofort mit ihrer Neuigkeit heraus. Ein Segen, dass sie eine so stabile Konstitution besaß, dachte Mrs Julian; manch eine Frau in ihrem fortgeschrittenen Alter hätte es krank gemacht – oder schlimmer –, wenn sie etwas Derartiges gehört hätte.

»Aber wie ist es möglich, dass *Sie* das wissen?«, fragte sie. »Es steht nichts davon in der Morgenzeitung.«

Stewart natürlich, Stewart, der Polizist.

»Sie ging von der Station nach Hause«, erzählte Mrs Upton, »hier durch die Wüstenei.« Sie wies mit dem Daumen in Richtung Wäldchen. »Na, wenn das nicht das Unheil herausfordern heißt – so eine eklige, dunkle einsame Gegend! Dieser Kerl, wer immer das nun war, hat ihr was auf den Kopf geschmettert, einen stumpfen Gegenstand, sagt man. Das war gegen halb neun, obwohl, gefunden haben sie sie erst um zehn. Stewart sagt, da war alles voller Blut. Es hat ihn furchtbar mitgenommen, und wo er doch an so was gewöhnt ist.«

»Was für eine entsetzliche Sache«, sagte Mrs Julian, »nein, was für eine schauerliche Sache. Armer Mr Arnold!«

»Umgebracht, bloß wegen dem Geld in ihrer Handtasche! Und dabei war gar nicht viel drin. Heutzutage ist doch niemand mehr sicher.«

Nach so einem Ereignis ist es für Stunden schier unmöglich, seine Gedanken auf irgendetwas anderes zu konzentrieren. Mrs Julian saß im Erker, das Strickzeug im Schoß, und betrachtete nachdenklich die Malkastenhäuser. Im Laufe des Vormittags erschien ein Fahrzeug, sicherlich ein Polizeiwagen, obwohl er kein Blaulicht hatte, und zwei Polizisten in Zivil wurden in das Haus mit der roten Tür eingelassen. Vermutlich von Mr Arnold selbst, der jedoch für Mrs Julian nicht sichtbar war.

Wie musste es wohl sein, auf so gewalttätige Art seinen Ehepartner zu verlieren? Selbst einen so unvollkommenen Ehepartner, wie die arme Mrs Arnold es gewesen war? Ob Mr Laindon es wohl schon wusste, überlegte Mrs Julian. Sie konnte sich beim besten Willen nicht vorstellen, wie ihm zu Mute sein musste. Aus keinem der Häuser des Malkastenplatzes kam jemand heraus, auch ging niemand hinein, und um ein Uhr musste Mrs Julian ihren Erker verlassen, um zum Essen ins Speisezimmer zu gehen.

»Na ja, Sie wissen ja, was die Polizei immer sagt, nicht wahr?«, meinte Mrs Upton und setzte ihr ein noch ziemlich rohes Lammkotelett vor. »Die Ehemänner sind immer die ersten, die verdächtigt werden. Wirft ein schockierendes Licht auf die Ehe, finden Sie nicht auch?«

Mrs Julian gab keine Antwort, sondern hob lediglich die Schultern. Ihre beiden Ehemänner waren ihr sehr zugetan gewesen, und sie fand, sie habe keinerlei persönliche Erfahrung bezüglich derart unzivilisierter Verhältnisse, von denen Mrs Upton da redete. Aber konnte man dasselbe wohl von Mrs Arnold sagen? Hatte sie nicht gerade von ihrem Erker aus seit Wochen, seit Monaten den Zustand der Arnoldschen Ehe ergründet und schon längst einen schlimmen Ausgang befürchtet?

Dies war der Moment – oder vielleicht auch ein wenig später, als sie wieder an ihrem Fenster saß –, in dem Mrs Julian anfing, sich als eine potenzielle Miss Marple oder Miss Silver zu betrachten, auch wenn sie in letzter Zeit keine Werke der jeweiligen Schöpfer dieser Damen gelesen hatte. So war es vielleicht eher, dass sie, den simplen gesunden Menschenverstand erkannte, der der Idee von den alten Damen als Detektiven zu Grunde lag. Wer sonst hatte auch die Muße, so genau zu beobachten? Wer sonst hatte lebenslange Erfahrungen mit der menschlichen Natur hinter sich? Wer sonst hatte genügend Desillusionierung erfahren, um fähig zu sein, derart widerlichen Fakten unerschrocken ins Gesicht zu sehen?

Denn ohne Zweifel waren die Fakten, denen Mrs Julian ins Gesicht blickte, widerlich. Und dennoch kombinierte sie methodisch: Mrs Arnold war eine treulose Ehefrau gewesen. Sie hatte mit Mr Laindon so etwas wie eine Liebesaffäre unterhalten. Dass Mr Arnold davon nichts gewusst hatte, ergab sich daraus, dass sich dieses außereheliche Abenteuer während seiner Abwesenheit abspielte. Dass er dann anfing zu begreifen, ergab sich aus seinem Benehmen vom Samstagabend. Was lag also näher, als dass er sich am Sonntagabend aufgemacht hatte, um seine Frau an der Station abzuholen, sich wegen eben dieser Angelegenheit mit ihr gestritten und sie dann in blinder Eifersucht niedergeschlagen hatte? Als Mrs Julian ihn also das erste Mal gesehen hatte, da war er gerade vom Tatort nach Hause gerannt, die Mordwaffe – von der Mrs Upton sagte, die Polizei suche jetzt danach – unter dem Jackett verborgen.

Der Vormittag war grau und feucht gewesen, aber nach dem Mittag klärte es sich auf, und eine schwache, wässrige Sonne kam zum Vorschein. Mrs Julian zog ihren Fehmantel an und ging in den Garten. Es war das erste Mal nach neun Tagen, dass sie wieder ausging.

Der Komposthaufen hatte nicht sonderlich an Umfang zugenommen. Vielleicht hatte das Gewicht des Schnees ihn zusammengepresst, oder – was wahrscheinlicher war – Mrs Upton hatte versäumt, ihre Pflicht zu tun. Verärgert ging Mrs Julian in den Vorgarten und hob den Deckel der Mülltonne, wohl wissend, was sie darin finden würde. Aber nein, sie hatte Mrs Upton Unrecht getan. Die Mülltonne war leer und ganz sauber. Sie blieb am Zaun stehen und blickte zur Müllhalde hinüber.

Welche Beleidigung fürs Auge das war! Überall quoll der Müll aus den Säcken, sei es, weil sie unachtsam gepackt oder verschlossen worden waren, sodass die nasse, ekelhafte Hügellandschaft übersät war von zerrissenem, nassem Papier, Kartons und Verpackungen und sich dazwischen in den Vertiefungen wie widerwärtiges, wucherndes Gewächs ein Konglomerat aus faulenden Früchten und Gemüseabfällen, verschimmeltem Brot, aus Teeblättern, Kaffeesatz und Glasscherben abgelagert hatte. In einer Mulde entstand eine Bewegung. Maden? Oder die schnüffelnde Nase einer Ratte? Mrs Julian schauderte und blickte schnell fort; sie hob die Augen, und ihr Blick fiel auf den Sack, den Mr Arnold am gestrigen Abend dort unter der Birke abgestellt hatte. Da lag er immer noch, der Sack, der von dem Hals einer Flasche durchstoßen und mit einem blauen Strick zugebunden war.

Sie ging ins Haus zurück. War sie eigentlich berechtigt, ihre kenntnisreichen Beobachtungen für sich zu behalten? Inzwischen gab es für sie keinen Zweifel mehr daran, was Mr Arnold getan hatte: Nachdem er seine Frau ermordet hatte, war er nach Hause gerannt, hatte seine blutbeschmierten Kleider gegen saubere eingetauscht. Und in den Müllsack, den er sich von draußen hereinholte, stopfte er dann die Kleidungsstücke, die er so hastig ausgezogen hatte, und ebenso den so genannten »stumpfen Gegenstand«, das Mordinstrument – eine Eisenstange vielleicht oder ein Stück Metallrohr, das er im Wäldchen aufgesammelt hatte. Bei dieser Gelegenheit hatte er den Drahtverschluss verlegt, konnte so schnell keinen anderen finden und musste darum den Sack mit irgendetwas zumachen, was gerade zur Hand war, nämlich einem Stückchen Schnur. Und dann ab damit über die Straße, wie er es bei etlichen vorangegangenen Gelegenheiten getan hatte, dieses Mal jedoch, um dort einen Sack zu deponieren, welcher Beweisstücke enthielt, die ihn überführen mussten, wenn man ihn auf seinem Grund und Boden fände. Aber was konnte wohl anonymer sein als ein schwarzer Plastiksack auf einem öffentlichen Müllabladeplatz? Dort würde er einer unter Tausenden sein und – so musste er angenommen haben – unmöglich zu identifizieren.

Mrs Julian gefiel der Gedanke, ihrem freundlichen und aufmerksamen Nachbarn Unannehmlichkeiten zu bereiten, ganz und gar nicht, aber Gerechtigkeit musste sein. Wenn sie Kenntnisse besaß, die die Polizei sich nicht auf andere Weise verschaffen konnte, so war es ganz einfach ihre Pflicht, diese zu offenbaren. Je mehr sie darüber nachdachte, desto fester war sie davon überzeugt, dass dies zur korrekten Aufklärung des Verbrechens an Mrs Arnold führen musste. Hätte nicht auch Miss Seaton so gedacht? Und wäre nicht auch Miss Marple, nachdem sie Parallelen zwischen Mr Arnolds Verhalten und dem irgendeines St.-Mary-Mead-Gatten festgestellt, nachdem sie die traurige Bedeutung des Streites am Samstagabend bedacht und erwogen hatte – wäre sie nicht auch in dieser Angelegenheit an das Criminal Investigation Department herangetreten?

Sie zögerte nur Minuten, ehe sie sich das Telefonverzeichnis holte und die Nummer heraussuchte. Es war drei Uhr nachmittags, als sie das örtliche Polizeirevier anrief.

Der Kriminalbeamte und der Polizist, die Mrs Julian eine halbe Stunde später aufsuchten, zeigten keinerlei Erstaunen darüber, dass sie von jemandem wie ihr mit Informationen versehen wurden. Vielleicht lasen auch sie die Werke jener Schöpfer der alten Spürhund-Ladys? Sie behandelten Mrs Julian mit großer Höflichkeit, und nachdem sie ihnen erklärt hatte, was sie vermutete, schlugen sie vor, sie solle die beiden doch an den Rand des Müllberges begleiten und ihnen den verdächtigen Sack zeigen.

Aber das könne sie ja ebenso gut auch von ihrem rechten Erkerfenster aus tun. Die Ermittlungsbeamten nickten, schrieben sich Verschiedenes in ihre Notizbücher, bedankten sich bei ihr und gingen. Eine Weile später erschien ein Transporter, ein Polizist in Uniform stieg aus und nahm den Sack mit. Mrs Julian blieb am Fenster sitzen, arbeitete an dem durchbrochenen Muster am Vorderteil ihrer dunkelblauen Jacke weiter und wartete auf Mr Arnolds Festnahme. Mit Zittern und Zagen und voll widerstrebender Sympathie für ihn blickte sie hinüber. Den ganzen Tag hatte es in der Gegend von Polizisten gewimmelt. Sie waren in den Müllbergen herumgeklettert, hatten Gärten durchsucht und an den Türen geklingelt, aber keiner von ihnen ging hin, um Mr Arnold festzunehmen.

Rein gar nichts passierte, außer, dass um acht Uhr abends Mr Laindon klingelte. Er schien sehr durcheinander, sein Gesicht sah weiß und mitgenommen aus. Er käme, sagte er, um Mrs Julian zu fragen, ob ihr daran gelegen sei, zu den Kosten eines Kranzes für Mrs Arnold etwas beizusteuern, oder würde sie lieber persönlich Blumen schicken?

»Ich glaube, es ist mir lieber, ich entrichte meinen kleinen Tribut an Blumen selber«, sagte Mrs Julian ziemlich frostig.

»Natürlich, wie es Ihnen lieber ist. Ich gehe eigentlich auch nur herum und frage die Leute, um mich abzulenken. Ich bin völlig aus der Bahn geworfen durch diese Geschichte. Sie waren so wundervoll zu mir, die Arnolds, müssen Sie wissen. Bessere Freunde konnte man nicht haben. Mir ging es ziemlich schlecht, als ich herzog – meine Scheidung und alles das –, und die Arnolds, also die kümmerten sich um mich wie um einen Bruder, die sorgten dafür, dass ich nie mir selbst überlassen blieb, bestanden darauf, dass ich mit ihnen ausging … Und dann muss eine so grauenhafte Sache passieren, und ausgerechnet einem so wundervollen Menschen wie ihr …«

Mrs Julian hatte keine Lust, sich derartige Dinge anzuhören. Natürlich gab es genug Leute, die sich von so einer Geschichte einwickeln ließen. Sie ging zu Bett und fragte sich, ob die Festnahme wohl während der Nacht erfolgen würde, diskret, sodass die Nachbarn es nicht mitbekamen?

Am nächsten Morgen sahen die Malkastenhäuser aus

wie immer. Natürlich taten sie das. Die Festnahme von Mr Arnold würde ja auch kaum ihr Äußeres verändern. Um halb zehn klingelte das Telefon, und Mrs Upton nahm den Anruf entgegen. Sie kam ins Morgenzimmer, wo Mrs Julian eben ihr Frühstück beendete.

»Die Kripo will noch mal vorbeikommen und Sie sprechen. Ich hab gesagt, ich würde fragen. Ich hab gesagt, Sie fühlten sich dem vielleicht nicht gewachsen, schließlich wären Sie ja nicht mehr so jung, wie Sie mal waren.«

»Das sind Sie und die Polizisten auch nicht«, erwiderte Mrs Julian, und dann sprach sie selbst mit dem Inspektor und sagte, er könne kommen, wann es ihm passte.

Während der nächsten halben Stunde rumorten etliche nicht unerfreuliche Fantasien in Mrs Julians Kopf herum. Das kommt wohl häufig dabei heraus, wenn man sich mit Charakteren aus der Literatur identifiziert. Sie malte sich aus, dass man ihr zu ihrem Scharfsinn gratulierte oder sogar, dass sich später, anlässlich eines neuerlichen, unglaublichen Verbrechens Polizeibeamte höchsten Ranges Rat suchend an sie wandten. Mrs Upton hatte sie, aufs Ganze gesehen, recht ordentlich bedient, so gut man es in diesen schlimmen Zeiten eben erwarten konnte. Eines Tages vielleicht, wenn es um Stewarts Beförderung ginge, dann könnte wohl ein Wort von ihr an der rechten Stelle ...

Es klingelte an der Tür. Es waren dieselben Beamten wie am Vortage. Mrs Julian war ein wenig enttäuscht, sie fand, mittlerweile stünde ihr etwas Höherrangiges zu. Die beiden begrüßten sie mit jovialem Lächeln und forderten sie auf, ihr in ihre eigene Küche zu folgen, sie wollten ihr dort etwas zeigen. Zwischen sich trugen sie eine große Segeltuchtasche.

Der Kriminalbeamte bat Mrs Upton, ihnen einen Bogen Zeitungspapier zu geben, und bevor Mrs Julian einwenden konnte, dass sie leider alle alten Zeitungen verbrannt hätten, war der »Daily Telegraph« vom Samstag zur Stelle, aus seinem Versteck hervorgezaubert. Und dann zog er zu Mrs Julians Verblüffung aus der Segeltuchtasche den schwarzen Plastiksack hervor, der an der Seite durchstochen und oben mit einem blauen Strick zugebunden war, genau den, den sie am Sonntagabend Mr Arnold auf dem Müllplatz hatte abladen sehen.

»Ich hoffe, Sie finden es nicht zu unappetitlich«, sagte der Mann, »einen kurzen Blick auf den Inhalt dieses Sackes zu werfen.«

Mrs Julian war doch sehr befremdet, dass er *so etwas* einem Menschen ihres Alters zumutete. Dennoch gab sie durch ein schwaches Nicken und eine leise Handbewegung zu verstehen, dass sie einwilligte, während sie sich innerlich wappnete gegen den Anblick irgendeines entsetzlichen Schlagwerkzeuges, an dem womöglich Blut und Haare klebten, sowie eines blutverschmierten Jacketts und ebensolcher Hosen, die aus den Tiefen des Sackes zum Vorschein kommen würden. Und sie war fest entschlossen, sie würde weder in Ohnmacht fallen noch schreien, was immer sie auch zu Gesicht bekäme.

Der Polizist löste den Strick, öffnete den Sack weit, und vorsichtig begann der Inspektor, den Inhalt auf den Zeitungsbogen zu schütten, den Mrs Upton auf dem Boden ausgebreitet hatte. Er verteilte ihn, so gut es ging, in verschiedene kleine Haufen: eine Menge Orangenschalen, diverse Fäden dunkelblauer, zweifädiger Strickwolle, unzählige Earl-Grey-Teebeutel, Kartoffelschalen, Kohlblätter, ein Lammkotelettknochen, die Sherryflasche, deren Hals sich durch die Seite des Sackes gebohrt hatte, und sieben Ausgaben des »Daily Telegraph« sowie eine des »Observer«, und bei allen stand an den Rand gekritzelt: »Julian, 1 Abelard Avenue« ... Mrs Julian blickte auf den Küchenboden, sie blickte den Inspektor an und den Polizisten und den knappen Meter dunkelblauer, zweifädiger Wolle, den er immer noch in der Hand hielt, nachdem er ihn vom Hals des Sackes abgewickelt hatte.

»Ich begreife das nicht«, sagte sie.

»Ich glaube, dieser Sack sieht ganz so aus, als ob er Abfälle aus Ihrem eigenen Haushalt enthält, Mrs Julian«, sagte der Inspektor, »mit anderen Worten, es ist Ihr eigener Müll, alles selbst weggeworfen.«

Mrs Julian setzte sich hin. Schwer ließ sie sich auf einen der Korbstühle sinken und blickte starr auf die gegenüberliegende Wand. In ihrem Gesicht verspürte sie ein seltsam prickelndes, heißes Gefühl, das sie seit über sechzig Jahren nicht mehr erlebt hatte. Sie errötete.

»Ich verstehe«, sagte sie.

Der Inspektor begann die Abfälle in den Sack zurückzustopfen. Mrs Upton sah ihm dabei kichernd zu.

»Falls Sie nicht unsere sämtlichen Vorräte an Sherry ausgetrunken haben, Mrs Upton«, sagte Mrs Julian, »dann sollten wir diesen beiden Herren jetzt wohl ein Gläschen anbieten.«

Die beiden Polizisten tranken, obgleich im Dienst – was nach Mrs Julians bisherigen Ansichten jeden Alkoholkonsum verbot –, jeder zwei Gläser. Die beiden waren um Worte nicht verlegen und plauderten mit Mrs Upton munter drauflos, wahrscheinlich über das Thema vergangener und zukünftiger Großtaten ihres Sohnes Stewart.

Mrs Julian hörte kaum zu und sagte nichts. Sie begriff inzwischen voll und ganz, was geschehen war. Mr Arnold hatte seine Sachen ausgezogen, weil sie feucht waren, und er beschloss, seinen Müll noch am gleichen Abend fortzutragen, weil er vergessen oder versäumt hatte, das am Samstagmorgen zu tun. Also hatte er seinen eigenen genommen und wahrscheinlich auch den von Mr Laindon. An diesem Punkt hatte sie ja das Fenster verlassen, um ans Telefon zu gehen. Und in den paar Minuten, die sie mit ihrem Neffen geredet hatte, war Mr Arnold mit seinem Schubkarren an ihrer Tür vorbeigekommen, hatte den Deckel der Mülltonne gehoben, und als er darin einen vollen Abfallsack fand, hatte er ihn mitgenommen. Und es war dieser Sack, ihr eigener, den sie ihn hatte abladen sehen, als sie wieder hinausblickte!

Kein Wunder, dass der Herd fast nie gebrannt hatte, kein Wunder, dass der Komposthaufen nicht gewachsen war. Kaum hatte es angefangen mit Schnee und Frost, kaum wusste sie, dass ihre Herrin deshalb im Haus bleiben würde, hatte sich Mrs Upton über die hygienischen Anordnungen hinweggesetzt und war zu Sack und Mülltonne zurückgekehrt. Und wozu hatte das nun geführt!

Die beiden Polizisten gingen fort und luden netterweise den Sack auf der Müllhalde ab, als sie daran vorbeikamen. Mrs Upton sah Mrs Julian an, und Mrs Julian sah Mrs Upton an, und Mrs Upton meinte grinsend: »Also, ich möchte bloß mal wissen, was *das* nun sollte!«

Noch nie hatte sich Mrs Julian so sehr nach jenen Tagen zurückgesehnt, da sie in solch einem Fall auf der Stelle die Kündigung ausgesprochen hätte. Aber heutzutage war das unmöglich. Wo sollte sie einen Ersatz finden? So war denn alles, was sie sagte – wohl wissend, dass es unverständlich war: »Ein Fauxpas, Mrs Upton, das war es.« Und dann ging sie langsam hinaus, ins Wohnzimmer, wo sie ihr Strickzeug von dem Sessel im

Erker nahm und damit in die hinterste Ecke des Zimmers zog.

Als Detektiv war sie ein Versager. Und doch war es ironischerweise unmittelbar ihren Bemühungen zu verdanken, dass Mrs Arnolds Mörder der Gerechtigkeit überantwortet wurde.

Mrs Julian hielt es nicht lange fern von ihrem Fenster aus, und als sie am nächsten Tag dorthin zurückkehrte, geschah es eben rechtzeitig, um zuzusehen, wie die Müllmänner den Abfallberg abtrugen und die Säcke zu einer anderen Deponie oder zur Verbrennungsanlage transportierten. Wie sie bereits aus ihrer Zeitung wusste, war der Streik beendet. Aber die Suche nach dem Mordinstrument war es noch nicht. Und jetzt, da die Abfälle fort waren, gab es mehr Bewegungsfreiheit und Platz zum Suchen. Bei Einbruch der Nacht hatte man das Mordwerkzeug dann gefunden, und vierundzwanzig Stunden später wurde der junge, arbeitslose Mechaniker, der Mrs Arnold um des Inhaltes ihrer Handtasche willen niedergeschlagen hatte, festgenommen und unter Anklage gestellt.

Man ermittelte ihn durch den Schraubenschlüssel, mit dem er sie erschlagen und den er, als er an Mrs Julians Zaun vorüberkam, mitten in ihren Komposthaufen geworfen hatte.

Die falsche Kategorie

Seit einer Woche hatte es keinen Mordfall mehr gegeben. Die Abendzeitung widmete stattdessen ihre Titelseite der allgemeinen ökonomischen Situation und einem Erdbeben in der Türkei. Auf der dritten Seite jedoch wurde das Interesse an dieser Serie von Morden wach gehalten. Es gab dort Fotografien aller sechs Opfer, die alle sichtbar demselben Typus angehörten. Bei jedem von ihnen, obgleich sie sich in den Details ihrer Gesichtszüge natürlich unterschieden, gab es die gleichen großen, feuchten Augen, den vollen, weichen Mund und das lange, dunkle Haar.

Barrys Mutter blickte von der Zeitung auf. »Ich möchte nicht, dass du abends weggehst.«

»Was, ich?«, sagte Barry.

»Jawohl, du. All diese Morde sind hier in der Umgebung passiert. Ich mag es nicht, wenn du nach Einbruch der Dunkelheit fortgehst. Und du hast es ja auch nicht nötig, es ist ja nicht so, dass du zur Arbeit musst.« Sie stand auf und begann den Tisch abzuräumen, und dabei redete sie in ihrer leisen, anklagenden Art weiter: »Ich würde ja nichts sagen, wenn du ein großer, kräftiger Bursche wärst. Wenn du die Größe deines Vetters Ronnie hättest, da würde ich kein Wort sagen. Aber ein Junge von deiner Größe hat gegen diesen Verrückten keine Chance.«

»Verstehe«, erwiderte Barry. »Und wessen Schuld ist

es, dass ich bloß einsachtundsechzig groß bin? Darf ich darauf hinweisen, dass eine Frau von einssechzig, die einen Kerl heiratet, der nur fünf Zentimeter größer ist, nicht gerade Riesen als Kinder erwarten kann? Kapiert?«

»Ich glaube manchmal, du treibst dich abends bloß so herum und tust, was du willst, um dir selbst zu beweisen, dass du genau so 'n großer Mann bist wie dein Vetter Ronnie.«

Er brachte sein Gesicht ganz nahe an ihrs. »Hör mal, ja? Jetzt ist Schluss damit, klar?« Er wedelte mit der Zeitung. »Ich hab vielleicht nicht die richtige Größe, aber ich gehöre auch nicht zur richtigen Kategorie. Ist dir das schon mal aufgefallen? Nein?«

»Schon gut, schon gut. Wenn du bloß nicht immer gleich brüllen würdest.«

In seinem Zimmer zog Barry sich seine neue Samtjacke über und tupfte sich Eau de Cologne auf Handgelenke und Hals. Er sah schick und geschniegelt aus. Seine Mutter warf ihm einen missbilligenden Blick zu, als er auf dem Weg zur Hintertür an ihr vorüberkam. Dann wandte sie sich wieder der Betrachtung der Zeitungsfotos zu. Sechs in zwei Monaten. Die mädchenhaften Gesichter, rehäugig und schüchtern, blickten sie an oder sahen zur Seite oder starrten auf ferne, unbekannte Objekte. Nach einer Weile faltete sie die Zeitung zusammen und schaltete den Fernseher ein. Barry war tatsächlich nicht die richtige Kategorie, damit musste sie sich trösten.

Es gefiel ihm, sich die Stellen anzusehen, wo man die Leichen der Opfer gefunden hatte. Das vermittelte ihm das elektrisierende Prickeln der Gefahr und ein seltsames Gefühl der Befriedigung. Das erste Opfer war ganz nahe bei seinem Zuhause erdrosselt worden, auf einem Weg, der zuerst zwischen verkommenen Grundstücken hindurchführte und dann zu einem Hohlweg wurde, der zwischen den hohen, braunen Mauern eines Konvents und der niedrigeren, roten Ziegelmauer einer Schule verlief.

Barry schlug diesen Weg zum lebhafteren Teil der Stadt ein. Er ging rasch, aber ohne Furcht, und er verweilte an der Stelle, wo Pat Leston gestorben war, ein stockfinsterer Platz zwischen den Lichtkegeln zweier Laternen. Wie er so dastand, kam es ihm vor, als atme die unheimlich feucht-stille Atmosphäre noch immer das Böse und den Horror der Tat. Er mochte das, er atmete sie tief ein, und dann ging er weiter, um auf verwilderten Grundstücken, im Gemeindepark, in einer einsamen Gasse voll verrufener Häuser jene anderen Mordplätze aufzusuchen. Nach dem letzten Mordfall hatte man die Unterführung geschlossen, und zu seiner Enttäuschung stellte Barry fest, dass sie immer noch versperrt war.

Er war mindestens zwei Kilometer gegangen und hatte kaum einen Menschen gesehen. Die Leute blieben zu Hause. Es hatte sogar, das war ihm aufgefallen, eine Art Panik geherrscht, als es auf sechs zuging, die Dämmerung hereinbrach und Busse und U-Bahnen die letzten Pendler entließen. Paarweise hasteten sie nach Hause und ließen die Stadt so ausgestorben zurück, als ob dort eine Seuche gewütet hätte.

Barry bog in die High Street ein, ging sie ganz entlang und sah keinen Menschen, bis auf jene, die durch das Metall und das Glas von Kraftfahrzeugen geschützt waren. Nur eine alte Frau saß zusammengekauert auf einer Stufe, in schmutzige Kleider gehüllt, ein Tuch über dem Kopf und eine Flasche in der Hand. Sie war ebenso ungefährdet wie er, genauso weit oder noch weiter entfernt von der richtigen Kategorie.

Dennoch hielt er weiter Ausschau. Sein größtes Vergnügen nämlich, abgesehen davon, die Orte aufzusuchen, wo die sechs gestorben waren, bestand darin, das nächste Opfer zu ermitteln. Wie großartig auch die Zeitungen und die Polizei daherredeten, niemand kannte diesen speziellen Menschentyp so gut wie er: schlank und feinknochig, langbeinig, mit Hohlkreuz, mit riesigen Augen, stark ausgeprägten Gesichtszügen und langem, dunklem Haar. Er war fast sicher, dass er selbst zwei Wochen vor dem Mord auf die richtige Person als potenzielles Opfer getippt hätte, aber genau wusste er es natürlich nicht.

Heute hatte er noch niemanden gesehen, der als Nächstes in Frage kam, obgleich er auf seinem Weg mit großer Faszination den Ausgang der U-Bahn beobachtete. Aber jetzt, als er den *Red Lion* betrat und auf die Bar zusteuerte, fiel sein Blick auf eine Person, die jenem Typus so haargenau entsprach wie noch keine, die er bisher »ausgesucht« hatte. Er geriet in geradezu taumelnde Erregung. Aber es war unklug, sich dabei ertappen zu lassen, wie man ganz offen jemanden anstarrte, jetzt, da alle Welt auf der Hut und derartig nervös war. Der Barkeeper sah ihn fragend an. Er bestellte ein kleines Bier, bezahlte, trank einen ersten Schluck und drehte sich dann, als der Barmann sich wieder ans Gläserspülen machte, langsam rückwärts, um jenen Anblick voll auszukosten – diese Schlankheit, dieser scheue, seelenvolle Blick, die großen, ausdrucksvollen Augen und diese Mähne schwarzen Haares …

Aber die Dinge hatten sich geändert, während der paar Sekunden, die er der Person den Rücken zugewandt hatte. Vorher war ihm jedenfalls nicht aufgefallen, dass sich zwei Leute im Raum befanden, und jetzt saßen sie zusammen. Seine Intuition, auf die sich Barry viel zugute hielt, sagte ihm, dass ohne Zweifel das Mädchen sich an den Mann herangemacht hatte. Davon überzeugte ihn die Art, wie sie auf ihn einredete, während sie ihr volles Glas hob, und etwas in ihrem Blick, scheu und doch provozierend.

Er hörte sie sagen: »Also vielen Dank, aber ich hatte nicht die Absicht ...«, dann verstummte die Stimme, abgewürgt von dem frechen Lachen des anderen.

»... mich anzumachen, eh? Mach dir nichts draus, Liebling. Ist mir 'n Vergnügen. Dein Kerl gehört wohl zur unpünktlichen Sorte, wie?«

Sie gab keine Antwort. Barry starrte wie gelähmt, fasziniert von der Ähnlichkeit mit Pat Leston, nein, noch mehr – fasziniert davon, dass sich in diesem Gesicht eine Quintessenz, eine geballte Mischung, ein Konzentrat all jener Züge fand, die sich in Variationen an jedem der sechs anderen gezeigt hatten. Und was der Sache eine besonders pikante Note verlieh, war, dieses Gesicht Seite an Seite mit so viel brutaler Hässlichkeit zu sehen. Er staunte über den Nerv dieses Mädchens, über ihren Mut, sich an ihn heranzumachen. Jetzt fing sie schon wieder an. Sie legte ihm doch tatsächlich die Hand auf den Ärmel.

»Du hast wohl selbst 'ne Verabredung?«, fragte sie.

Der Mann lachte ironisch. »Allerdings hab ich eine, Herzchen. Ich hab hier bloß zehn Minuten totgeschlagen.« Er machte Anstalten aufzustehen.

»Komm, jetzt spendier ich dir ein Glas.«

Seine Antwort war bloß ein neuerliches, anmaßendes Lachen. Ohne das Mädchen noch einmal anzusehen, ging er durch die Schwingtür hinaus auf die Straße. Dass Leute sich bei dem derzeitigen Angstklima einer solchen Gefahr aussetzten, verschlug Barry den Atem, während er mit den Augen dem Mädchen folgte, das jetzt ebenfalls die Kneipe verließ. Und wenig später war sie menschenleer, nachdem die vermutlich einzigen Gäste des Abends gegangen waren.

Eine merkwürdige Idee samt all ihren fantastischen Möglichkeiten schoss ihm durch den Kopf. Er blieb auf dem Bürgersteig stehen und blickte die ganze High Street entlang. Aber das Mädchen hatte die Straße überquert und wartete an der Bushaltestelle, während der Junge gerade noch in der Ferne zu sehen war, wie er auf den Eingang zur Tiefgarage zusteuerte.

Barry verwarf seine Idee. Vielleicht war sie lächerlich, für ihn jedoch war sie ziemlich verwirrend. Er überquerte hinter dem herankommenden Bus die Straße und überlegte, wie er den Rest des Abends verbringen sollte. Alles, was ihm einfiel, war, sich noch einmal die Plätze jener Mordfälle anzusehen und dann nach Hause zu gehen.

Es musste der falsche Bus für sie gewesen sein. Sie wartete noch immer. Und als Barry näher kam, sprach sie ihn an. »Ich hab dich da im Pub gesehen.«

»Ja«, sagte er. Er wusste nie, was er mit Mädchen reden sollte. Sie irritierten ihn, sie schüchterten ihn ein, besonders, wenn sie größer waren als er, und das waren die meisten. Und die kleinen Dünnen verabscheute er.

»Ich dachte«, meinte sie zögernd, »ich dachte, ich hätte da jemanden gefunden, der mich nach Hause begleitet.«

Barry gab keine Antwort. Sie trat aus dem Wartehäuschen heraus, ganz dicht an ihn heran, und er sah, dass sie viel größer und mächtiger war, als er zuerst gedacht hatte.

»Ich muss gerade meinen Bus verpasst haben, und der nächste kommt erst in zehn Minuten.« Sie sah sich in der glitzernden Menschenleere des Geschäftsviertels um, und er folgte ihrem Blick – alles hell erleuchtet, glänzend, übersät mit den schwarzen Löchern von Eingängen und Passagen.

»Wenn du in meine Richtung gehst«, meinte sie, »ich dachte, vielleicht ...«

»Ich gehe durch den Weg«, sagte er. Hier in der Gegend nannten ihn alle bloß so – den Weg.

»Das passt genau.« Es klang geradezu eifrig, fast bittend. »Das ist 'ne Abkürzung zu meiner Wohnung. Ist es okay, wenn ich mit dir geh?«

»Bitte schön«, sagte er. »Eins der Opfer ist da unten umgebracht worden. Stört dich das nicht?«

Sie zuckte bloß die Achseln. Und dann gingen sie gemeinsam die gelb und weiß beleuchtete Straße hinunter, ohne zu reden und mindestens einen Meter voneinander entfernt. Es war ein feuchtkalter Abend, und ein Windstoß fuhr ihnen entgegen, als sie hinter den Geschäften in den Weg einbogen. Der Wind verfing sich in dem langen, roten Schal, den sie trug, und sie stopfte ihn in den Mantel zurück. Barry trug nie einen Schal, wie es die meisten Leute zu dieser Jahreszeit taten. Es amüsierte ihn, wie viele noch immer einen trugen, als ob ihnen noch nie die Tatsache zum Bewusstsein gekommen wäre, dass all die sechs Opfer mit ihren eigenen Schals erdrosselt worden waren.

An diesem Ende des Weges gab es Laternen. Sie waren mit eisernen Halterungen an der roten und der braunen Mauer befestigt. Das scharf geschnittene Gesicht des Mädchens sah grünlich aus in dieser Beleuchtung, ausgemergelt und so verstört. Auf einmal fühlte er sich ihr gegenüber gar nicht mehr befangen, er hatte keine Angst mehr, mit ihr zu reden.

»Die meisten Leute«, fing er an, »würden nicht für eine Million Pfund abends hier langgehen.«

»Aber du tust es doch auch«, sagte sie. »Du bist doch alleine hier entlanggekommen.«

»Und keiner hat mir eine Million gegeben«, versetzte er frech. »Guck mal, hier lag die erste Leiche, gleich hinter dieser Ecke.«

Sie warf einen flüchtigen, ausdruckslosen Blick auf die Stelle und ging weiter, ein paar Schritte vor Barry her. Er holte sie ein. Wenn sie nicht diese hohen Absätze trüge, dann wäre sie gar nicht so viel größer als er. Er reckte sich zu seiner vollen Größe auf, dehnte seine Wirbelsäule, als könne der Wunsch und die Anstrengung ihn so groß machen wie Vetter Ronnie.

»Ich bin stärker, als ich aussehe«, sagte er. »Ein Mann ist ja immer stärker als eine Frau. Das liegt an den Muskeln.«

Er hätte ebenso gut gar nichts gesagt haben können, gemessen an der Notiz, die sie von ihm nahm. Die Mauern waren zu Ende, stattdessen kam das niedrige Geländer, hinter dem sich die Gartenparzellen dehnten mit ihren verwilderten Beeten voller Kohlstrünke und dem ins Kraut geschossenen Gestrüpp. Dahinter, aber in weiter Ferne, ragten die Hinterseiten hoher Häuser auf, versehen mit hölzernen Balkonen und eisernen Treppen. Ein blasser Mond war zum Vorschein gekommen und warf seinen dünnen, goldenen Schimmer über den trostlosen Anblick.

»Hier wird bestimmt nächstens wieder jemand umgebracht«, sagte er. »Das ist genau der richtige Platz hier. Keiner da, der was sehen könnte. Der Mörder kann durch die Schrebergärten entkommen.«

Sie blieb stehen und sah ihn an. »Denkst du eigentlich nie an was anderes als an diese Morde?«

»Verbrechen interessiert mich nun mal. Ich würde gern wissen, warum er es tut.« Er sprach geradezu einschmeichelnd, seine Verärgerung über sie war wie fortgeblasen, nachdem sie ihm am Ende doch ihre Aufmerksamkeit zuwandte. »Was glaubst du, warum er das macht? Es ist nicht wegen Geld und auch nicht wegen Sex. Was hat er gegen sie?«

»Vielleicht hasst er sie.« Ihre eigenen Worte schienen sie zu erschrecken, und, seltsam, sie riss sich heftig den Schal ab, der wieder im Wind flatterte, und stopfte ihn in die Manteltasche. »Ich kann das verstehen.« Sie blickte ihn mit einer Mischung aus Abscheu und Angst an. »Ich hasse Männer, deshalb kann ich es verstehen«, sagte sie, und ihre Stimme war schrill und zitterte. »Los, gehen wir weiter.«

»Nein.« Barry streckte die Hand aus und berührte ihren Arm. Seine Finger klammerten sich in ihren Mantelärmel. »Nein, das reicht nicht als Antwort. Also – wenn er sie hasst, warum tut er es aber?«

»Vielleicht ist er zu oft enttäuscht und betrogen worden«, sagte sie und trat ein paar Schritte von ihm weg. »Vielleicht ist er vor langer Zeit mal sehr verletzt worden. Und vielleicht will er sie gar nicht töten, aber er kann nicht dagegen an.« Und als sie heftig seine Hand von ihrem Arm schüttelte, stieß sie die Worte hervor: »Oder er ist einfach bloß hässlich. Oder klein wie du!«

Barry hob sich auf die Zehenspitzen, um genauso groß zu sein wie sie. Er trat einen Schritt auf sie zu, die Fäuste erhoben. Sie trat rückwärts bis an das Geländer, und er sah, wie ein Zittern sie durchlief. Und dann fuhr sie herum und begann zu rennen, stolpernd, weil ihre Absätze so hoch waren. Es waren diese hohen Absätze oder die Unebenheit des Bodens oder auch die plötzliche Dunkelheit, als Wolken den Mond verbargen, die sie zu Fall brachten.

Sie lag zusammengekauert auf dem Boden, einen Schuh hatte sie verloren. Langsam hob sie den Kopf und sah Barry von unten her in die Augen. Er machte keinen Versuch, sie anzufassen. Sie kämpfte sich auf die Füße, wischte ihre schmutzigen, blutenden Hände an ihrem Schal ab, und plötzlich, ohne ein weiteres Wort, waren sie in der Dunkelheit ineinander verkrallt.

Diverse wichtige Merkmale unterschieden diesen Mordfall von den anderen. Es gab Blutspuren an diesem Opfer, das blonde Haare hatte statt dunkler, andererseits jedoch sowohl Patrick Leston als auch Dino Facci stark ähnelte. Anscheinend hatte, da Barry Halford keinen Schal trug, der Mörder seinen eigenen benutzt. Letztendlich jedoch war es die Zeugenaussage eines schlanken, dunkelhaarigen Gastes aus dem *Red Lion*, die die Polizei zu der Schlussfolgerung brachte, dass der Mörder dieser sieben jungen Männer eine Frau war.

GOLDMANN

*Das Gesamtverzeichnis aller lieferbaren Titel erhalten Sie
im Buchhandel oder direkt beim Verlag.
Nähere Informationen über unser Programm erhalten Sie auch im Internet unter:*
www.goldmann-verlag.de

★

Taschenbuch-Bestseller zu Taschenbuchpreisen
– Monat für Monat interessante und fesselnde Titel –

★

Literatur deutschsprachiger und internationaler Autoren

★

Unterhaltung, Kriminalromane, Thriller
und Historische Romane

★

Aktuelle Sachbücher, Ratgeber, Handbücher und
Nachschlagewerke

★

Bücher zu Politik, Gesellschaft, Naturwissenschaft und Umwelt

★

Das Neueste aus den Bereichen
Esoterik, Persönliches Wachstum und Ganzheitliches Heilen

★

Klassiker mit Anmerkungen, Anthologien und Lesebücher

★

Kalender und Popbiographien

★

Die ganze Welt des Taschenbuchs

★

Goldmann Verlag • Neumarkter Str. 28 • 81673 München

Bitte senden Sie mir das neue kostenlose Gesamtverzeichnis

Name: _____

Straße: _____

PLZ / Ort: _____